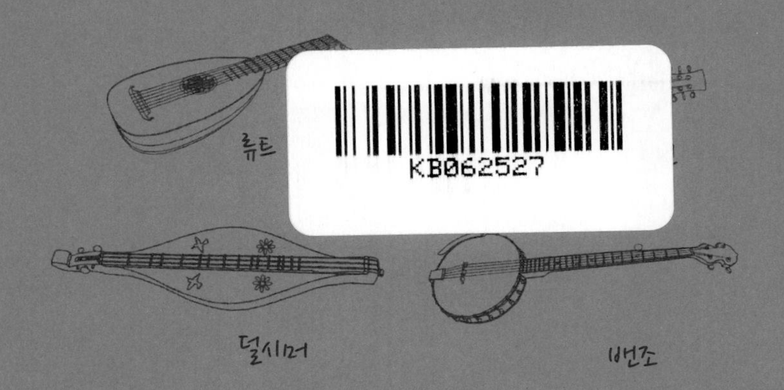
류트
덜시머
밴조

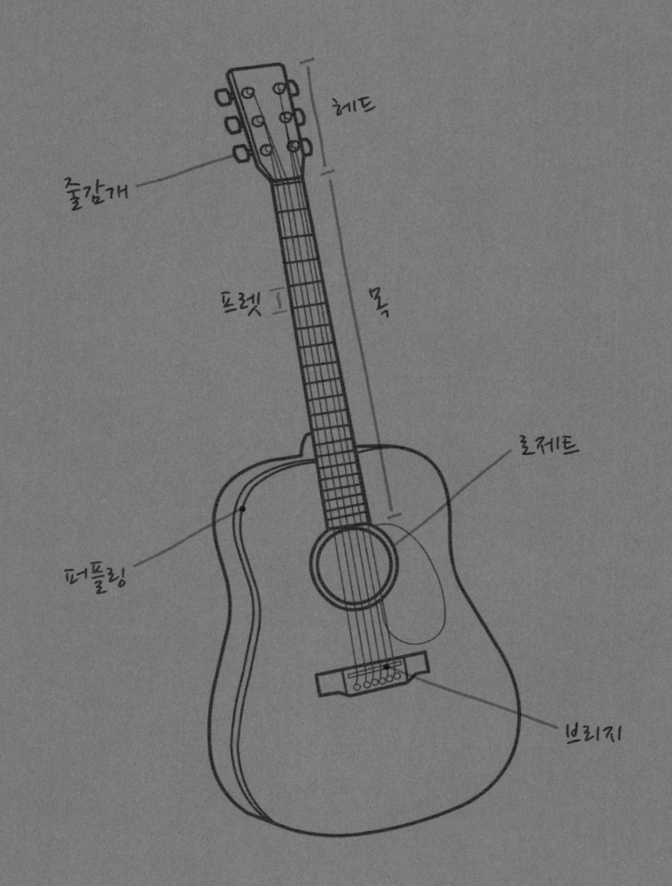
헤드
줄감개
프렛
목
로제트
퍼플링
브리지

기타 보이

낮은산 11 키큰나무

기타 보이

M. J. 아크 장편소설 I 문지영 옮김

2011년 12월 15일 처음 찍음 I 2014년 6월 30일 두 번 찍음

펴낸곳 도서출판 낮은산 I 펴낸이 정광호 I 편집 신수진 I 디자인 박대성 I 제작 정호영 I 영업 윤병일
출판 등록 2000년 7월 19일 제10-2015호 I 주소 121-842 서울시 마포구 동교로 142-7 4층
전화 02-335-7365(편집), 02-335-7362(영업) I 팩스 02-335-7380
홈페이지 www.littlemt.com I 이메일 littlemt2001ch@gmail.com I 트위터 @littlemt2001hr
제판 · 인쇄 · 제본 상지사 P&B

ISBN 978-89-89646-72-3 43840

* 잘못 만들어진 책은 바꾸어 드립니다. * 책값은 뒤표지에 표시되어 있습니다.

기타 보이

GUITAR BOY

M. J. 아크 장편소설 | 문지영 옮김

낮은산

이 책을 쓰는 데 영감을 준
현악기 제작자 버니 리먼에게 이 책을 바칩니다.
버니는 세상에 단 하나밖에 없는 기타를 만드는 사람입니다.
나무 조각에서 나오는 소리를 섬세하게 다듬는 모습을 지켜보면서
저는 버니가 얼마나 그 과정에 몰입해서 즐기는지
분명히 느낄 수 있었어요.
버니는 이 책에 나오는 시의 원작자로 등장하는
무대 뒤 인물이기도 합니다.

I

아버지가 후진 기어를 넣고 차도로 거칠게 나서기 직전에야 트래비스는 겨우 차 문을 닫고 앞좌석에 다리를 구겨 넣었다. 룸미러로 누나 준을 힐끗 바라보았다. 막내 레스터를 무릎에 앉혔는데, 특별히 일요일에만 입히는 깨끗한 셔츠가 벌써 얼룩진 걸 보면 어디선가 진흙을 한 줌 쥐어 숨겨 온 모양이다. 누나는 몰랐을 거다. 알았더라면 틀림없이 다시 씻겨서 단장을 해주었을 테니까. 어머니에게 사고가 일어난 뒤 아빠는 고등학교 3학년인 누나가 동생들을 돌봐야 한다면서 학교를 그만두라고 했다.

오늘은 사고가 난 뒤 처음으로 온 가족이 엄마를 보러 가는 길이지만, 트래비스는 이런 식으로 방문하는 일이 전혀 달갑지 않았다. 어린 동생들까지 한꺼번에 데려가는 것보다는 둘째인 트래비스나 첫째인 준이 먼저 찾아가 보는 편이 낫다고 생각했기 때문이다. 엄마에게 무슨 일이 일어났는지를 이해하기에 동생들은 아직 너무 어리다. 어깨 너머로 보니, 셋째 로이는 트래비스가 깎아 준 나무 자동차를 차창 아래 선에 맞춰 초조한 듯 굴리고 있다. 겨우 초등학교 2학년이지만, 로이는 엄마에게 사고가 난 뒤로 한 번도 운 적이 없다. 트래비스는 계속 입을 꾹 다문 채로 버티는 로이에게서 마음속에 꽁꽁 숨겨 두고 절대 내비치지 않는 슬픔과 두려움을 감지할 수 있었다.

넷째인 얼린이 말을 꺼냈다.

"우리 노래 부르자. 엄마랑 차 타고 어디 가면 노래 불렀잖아."

트래비스가 바로 대답을 하지 않자, 얼린이 발로 앞좌석을 쳐 댔다. 몸이 앞으로 확 쏠렸다. 네 살짜리치고는 엄청나게 센 발길질이다.

"알았어, 얼린. 알았다고!"

발길질이 또 시작되기 전에 트래비스는 얼른 〈존 헨리 John Henry 〉의 첫 소절을 부르기 시작했다. 병원에 도착할 때까지 충분히 시간을 벌려고 일부러 이 노래를 고른 것이다. 〈존 헨리〉는 눈 감고도 술술 가사가 흘러나올 만큼 잘 아는 노래라서 머릿속에서 오만 가지 생각이 떠오를 때 무의식적으로 부르기 좋다. 트래비스는 창밖을 뚫어져라 바라보았다. 스쳐 지나가는 전신주와 그 아래 전깃줄들이 마치 음악에 맞추기라도 한 것처럼 축 늘어졌다 올라갔다 한다. 준이 맑고 높은 소프라노로 화음을 넣자, 엄마가 기타를 치면서 옛날 노래를 부르던 기억이 떠올랐다. 순간, 마치 목구멍에 덩어리가 걸린 듯 노래가 나오지 않아, 트래비스는 소절 중간을 건너뛰고 말았다.

마지막 절이 끝나갈 때쯤, 병원 간판이 눈앞에 보였고 아빠는 주차장에 차를 세웠다. 아빠가 어깨 너머로 아이들을 보면서 말했다.

"어머니 만나면 모두들 아무렇지도 않게 행동해야 한다, 알았지?"

트래비스는 '아무렇지도 않게'라는 말이 자기 가족에게는 어울리지 않는다고 생각했지만 그냥 고개를 끄덕였다. 룸미러로 다시 뒷자리를 보니 준이 주머니에서 휴지를 꺼내 레스터가 윗입술과 턱까지 흘린 콧물을 닦아 주고 있었다. 어린아이를 그럴싸하게 보이도록 하기란 쉽지 않은 일이지만 준은 열심이었다.

준이 물었다.

"엄마는 괜찮으신 거죠? 그렇죠, 아빠? 뼈가 부러지거나 그런 건 아니라면서요."

"그래, 맞다. 뼈 하나 부러진 데 없지. 머리에 혹이 하나 났을 뿐이야."

트래비스가 물었다.

"그 혹이 얼마나 안 좋은 건데요?"

아빠는 그 질문에 멍해진 듯했다. 머리에 난 혹 하나 때문에 누가 병원에 2주씩이나 입원해 있겠는가? 아빠를 채근해서 뭘 알아내는 것보다는 차라리 아무것도 모르는 채로 병원에 가서 뭔가 더 알아보는 편이 낫겠다는 생각이 들었다.

아빠가 대답했다.

"엄마는 지금 완전한 상태가 아니다. 하지만 곧 그렇게 되실 거야. 이 병원은 최신식이고 최고니까. 너희들 아마 이렇게 컴퓨터가 많은 데는 처음 볼 거다."

아빠는 병원 입구에 최대한 바짝 붙일 만한 자리를 찾아 주차하는 데 온통 정신이 팔려 있었다. 어떤 아주머니가 장애인 전용 주차선 바로 뒤편에 세워 둔 차로 가자 아빠는 그 자리를 점찍고는 깜박이를 켠 채, 휴대전화로 통화 중인 그 아주머니가 전화를 끊고 차를 빼기를 기다렸다. 아빠는 엄지손가락으로 깜박이 소리에 맞춰 핸들을 두드렸다.

완전한 상태가 아니라고? 무슨 뜻으로 얘기하신 걸까? 트래비스도 마음속 불편함을 달래려고 반복적으로 무릎을 두드리며 박자를 맞추었다. 그때였다. 아빠가 경적을 울리고 차에서 뛰어내리더니 소리를 질렀다.

"아줌마, 이제 차 좀 빼요! 다른 사람도 병원 좀 들어갑시다."

아주머니는 아빠를 째려보더니 뒤로 차를 뺐다. 아빠가 주차 공간을 훨씬 더 지나쳐 들어가는 바람에 차는 반쯤 인도에 걸친 모양새가 되어 버렸다. 그 상태로 3미터만 더 갔으면 병원 건물을 뚫고 주차했을지도 모른다.

***

트래비스 가족은 우르르 차에서 내려 입구로 향했다. 트래비스는 셔츠 소매를 끌어당겨서 손목까지 내리려 했지만 팔을 소매 안에서 구부려야만 애써 내린 그 길이가 유지되었다. 셔츠는 2년 전 6학년 졸업할 당시에 산 것이라서, 그 뒤로 훌쩍 자란 트래비스에게 더는 맞지 않았다. 아빠는 사고가 난 뒤 처음으로 엄마를 만나는 특별한 날이니까 낡아 빠진 티셔츠를 입고 가서는 안 된다고 했다. 그래서 입고 오기는 했지만, 얼린을 구슬러 넓은 대기실로 데리고 갔을 즈음에는 손목이 셔츠 밖으로 다시 삐져나와서 어쩔 수 없이 소맷부리를 풀고 위로 말아 올려야 했다.

아빠는 방향을 돌려 엘리베이터 쪽으로 가면서 말했다.

"엄마 방은 3층이다. 아빠가 먼저 가서, 준비가 됐는지 보고 오마. 너흰 여기서 기다려라."

준은 품 안에서 발버둥치는 레스터를 붙잡느라 애쓰고 있었다. 레스터는 몇 주 전에야 비로소 혼자 걷기 시작한 터라, 새로 배운 기술을 맘껏 연습해 보고 싶어 했다. 준이 레스터를 바닥에 내려놓자마자, 레스터는 텅 빈 대기실에서 위태롭게 뛰어다니더니 안락의자로 가서 기저귀 찬 엉덩이를 털썩 내려놓았다. 트래비스가 레스터를 의자에서 떼어 내려고 하자 준이 말했다.

"그냥 둬. 사람도 거의 없는데 뭐. 그리고 엄마 방에 올라가기 전에 기운 좀 빼는 편이 차라리 나아."

준이 소파에 자리를 잡고 앉자 얼린이 옆에 바싹 달라붙어 손가락을 빨았다. 로이는 탁자에 놓인 잡지 위아래로 자동차를 굴리고 있었다.

트래비스는 준 반대쪽에 앉아 속삭였다.

"누나, 내가 올라가서 한번 보고 와야겠어. 애들한테 엄마가 너무 무섭게 보일지도 모르니까."

준은 대기실 바닥으로 다시 내려가 펄쩍펄쩍 뛰는 레스터한테서 시선을 떼지 않으면서 말했다.

"사고 난 지 거의 2주가 다 됐어. 멍 자국이 좀 있었더라도 지금쯤이면 다 사라졌겠지."

트래비스는 준에게 몸을 기대며 얼린에게는 들리지 않도록 낮게 말했다.

"하지만 트럭이 세 번이나 굴렀다고, 누나. 가벼운 사고가 아니야. 엄마 머리에 난 상처가 정말 심각하다면 어쩔 거야? 엄마가 이상하게 굴기라도 하면? 아빠는 고통스런 상황을 절대 똑바로 보려고 하지 않는 것 같아. 아빠 얘기보다 상황이 훨씬 더 나쁠지도 몰라."

"이왕 여기까지 왔으니까, 최대한 잘해 봐야지."

준은 레스터가 작은 화분을 거의 넘어뜨리려는 찰나에 벌떡 일어섰다.

트래비스는 연초록색 유니폼을 입은 남자가 엘리베이터에서 침대를 끌어내는 모습을 보았다. 침대에 누운 사람은 전신에 튜브가 꽂혀 있고 머리 위로는 액체가 담긴 비닐 봉투가 흔들리고 있었다. 또 다른 봉투에 담긴 것은 오줌이었다. 침대가 난간에 부딪힐 때마다 철썩거리는 소리가 났다.

그 광경에 트래비스는 속이 메스꺼워졌다. 이곳의 냄새는 예전의 기억을 선명히 되살려 냈다. 트래비스는 로이만 했을 때 나무에서 떨어진 적이 있다. 그 당시 응급실 의사는 트래비스의 팔을 쿡쿡 찌르면서 어디가 아프냐고 물어 댔다. 아빠가 늘 남자는 약골로 보여서는 안 된다고 했기에, 트래비스는 의사에게 아프지 않다고 했고 눈물이 나려는데 억지로 참느라 온 힘을 다 짜내야 했다. 의사가 팔을 구부려 볼 때는 온몸을 찌르는 듯한 고통을 느꼈지만, 어둠 속에서 한 줄기 남은 빛이라도 붙잡는 심정으로 가까스로 울음을 참고 신음 소리만 냈다.

엄마는 조금도 훌쩍대지 않고 잘 견뎌 냈다면서 칭찬을 해주었다. 엑스레이를 찍어 보니 팔이 세 군데나 부러져 있었다. 아빠는 그 뒤로 한참 동안이나 용감한 아들을 자랑스레 떠벌리면서 그 엑스레이 사진을 갖고 다녔다. 그러나 트래비스는 다시는 그때처럼 씩씩한 어린이가 되어 아빠의 기대에 부합할 수 없었다. 만 열네 살이 된 지금, 병원에 그런 식으로 오게 된다면 아빠가 항상 못마땅해했던 대로 트래비스는 "뭐 하나 똑바로 하는 게 없는 아이"라는 점만 새삼 확인하게 되리라.

"자, 이제 엄마는 준비가 다 되셨다. 너희를 얼른 보고 싶어 참을 수가 없으시단다."

아빠의 말이 들리자 트래비스는 현실로 돌아왔다. 트래비스는 로이가 탁자 아래 처박혀서 차만 가지고 노는 모습을 힐끗 바라보았다.

"저만 먼저 아빠랑 같이 올라가 보는 게 어때요? 애들한테는 너무 버거울 수도 있으니까, 그냥 누나랑 여기서 기다리라고 하고요."

트래비스의 물음에 아빠는 고개를 저었다.

"여기서 기다리는 사람은 없다. 의사도 너희를 보면 엄마한테 도움이 될 거라고 했으니 우리 다 함께 가는 거다. 자, 가자."

준은 레스터를 들쳐 안고, 트래비스는 탁자 뒤에 있는 로이를 달래서 데리고 나와 아버지를 따라 복도로 걸어갔다.

얼린은 엘리베이터 문이 열리자 문 앞의 틈을 건너는 데 겁을 먹어서 트래비스가 손을 잡아 주었다. 아이들 모두 엘리베이터는 처음이었고, 트래비스 역시 처음이라 올라갈 때 다리에 힘이 풀리는 듯해서 흠칫 놀랐다.

얼린은 엄마가 입원해 있는 층에 내릴 때도 틈새를 무서워해서 올라왔을 때처럼 이끌어 줘야 했지만, 로이는 즐거워했다.

"나 엘리베이터 또 타고 싶다. 어디까지 올라가나 보면 안 돼?"

트래비스는 사고 이후 처음으로 로이가 웃는 모습을 보았다.

"여기가 꼭대기 층이다. 엄마 만나고 나서 내려갈 때 또 탈 거야. 자, 이제부터 엄마 보면 자연스럽게 굴어야 한다. 사고 나기 전이랑 똑같이 말이다."

아빠는 이를 훤히 드러내면서 씩 웃었다. 그러고는 크게 숨을 들이마시더니 길다란 복도로 앞장서 나갔다.

그런 아빠를 보자 노래 한 대목이 트래비스의 마음을 뚫고 찌릿한 통증을 남겼다.

웃어요, 가슴이 미어지더라도.

이런 가사를 떠올리고 나니 목 뒤로 넘긴 머리카락이 곤두서서 따끔거렸다.

이윽고 '신경과'라고 쓰인 이중문 앞에 섰다. 아빠는 아이들을 차례로 점검하고는 레스터가 턱에 흘린 침을 닦아 내고 로이의 삐죽하게 솟아오른 머리카락을 끈적거리는 뭔가를 이용해 가지런히 붙였다. 레스터는 그래도 여전히 뭔가 흘렸다. 아빠는 트래비스가 말아 올린 소매를 노려보더니 마른 어깨를 똑바로 펴고 억지 미소를 지으며 말했다.

"됐어, 이제 들어가서 테이시 가족이 다 함께 엄마를 기분 좋게 해주자."

커다란 방으로 들어가 보니 카운터와 책상이 둥그렇게 늘어서 있었다. 심장 박동을 표시하는 선이 들쑥날쑥 깜박거리는 컴퓨터와 모니터가 책상 위에 놓여 있었다. 아빠는 카운터 바깥쪽으로 이어져 있는 좀 더 작은 방 쪽으로 걸음을 옮겼다. 아빠는 팔짱을 꼈는데 마치 자기 팔로 스스로를 감싸 안는 듯한 자세여서, 마른 어깨에서 날개라도 솟은 듯 새로 산 셔츠 옷깃이 삐죽 올라왔다. 마침내 여러 개의 문들 가운데 하나 앞에서 멈춰 선 아빠는 트래비스가 보기에는 거짓된 느낌으로, 즐겁다는 듯 엄지를 치켜세우고는 방으로 들어갔다.

준과 트래비스는 서로 마주 보면서 문가에서 잠시 멈췄다. 침대는 두 개였다. 문에서 가까운 침대에는 약간 나이 든 여자가 몸이 한쪽으로 기울어진 채 기대어 입을 벌리고 있었다. 코 고는 소리가 마치 엄마가 오래전에 몰던, 매일 밤 일하러 갈 때마다 어르고 달래야 겨우 시동이 걸리던 포드 트럭 소리 같았다.

엄마 얼굴은 커튼이 드리워져서 잘 보이지 않았지만 아빠가 다가가서 엄마 손을 부드럽게 잡는 모습은 보였다. 아빠가 엄마 쪽으로 몸을 기울였다.

"당신 아가들이 여기 왔어, 여보. 뭐라고? 아냐, 당신 괜찮아. 예뻐, 여보."

아빠가 방 안으로 들어오라고 손짓했다.

트래비스가 커튼을 젖히고 들어서자, 뚱뚱하고 머리가 벗겨진 여인이 튜

브와 전선을 온몸에 매달고 있었다. 트래비스는 자기가 보는 것이 대체 무언지 알 수가 없었다. 아빠가 지금 유치한 장난을 하나?

"트래비스, 준, 가서 동생들 데리고 와서 엄마께 보여 드려라."

아빠가 대머리 여자의 손을 쓰다듬고는 침대 건너편으로 가서 커튼을 열어젖혔다.

"얘들아, 이리 와서 엄마한테 인사해야지."

아이들은 모두 그 자리에 얼어붙어서, 마치 얼음땡 놀이라도 하는 것 같았다. 심지어 막내 레스터마저도 죽은 듯이 꼼짝하지 않았다.

"이리 와, 어서."

아빠 목소리는 부드럽게 애원하는 듯했다. 눈에는 눈물이 그렁그렁했다.

트래비스는 머리가 멍했다. 저런 뚱뚱한 대머리 여자가 엄마라니 말도 안 돼. 엄마는 날씬한 데다 아름답고 붉은 기가 도는 갈색, 아니 엄마 말에 따르면 적갈색이라고 하는 그런 색깔 머리카락을 길게 늘어뜨린 사람이었는데.

얼린이 정신을 차리고 침대로 달려갔다.

"엄마! 우리랑 같이 집에 갈 거지?"

아빠가 얼린을 번쩍 들어 올렸다. 얼린은 아마도 처음에 아주 짧은 순간 스쳐 가듯 보아서였는지, 침대에 있는 사람의 얼굴을 자세히 보자 더 이상 가까이 가지 않고 작은 주먹으로 입을 꾹 눌러 버렸다.

아아, 하느님, 제발 이 사람이 우리 엄마가 아니라고 해주세요. 트래비스는 속으로 기도했다.

여자는 얼린을 향해 손을 뻗치려고 애를 썼지만 왼쪽 팔이 겨우 조금 움직였을 뿐, 오른쪽 손가락은 말려 올라갔고 손목은 허물어졌으며 팔꿈치는 휘어서, 마치 팔이 자기만의 생각을 가지고 여자가 원하는 쪽 정반대로 만 움직이게 하는 것 같았다. 입은 비뚤어진 채로 이상한 말을 뱉어 냈는데, "어어어어르르르르." 소리만 들렸다.

얼린은 아빠 목에 머리를 묻으며 말했다.

"우리 엄마 보고 싶어."

아빠가 얼린의 등을 쓰다듬었다.

"엄마 여기 계시잖니, 얼린. 잘 봐라, 우리 아가."

얼린은 여자를 다시 살짝 보고 잠시 희망으로 눈이 빛나는가 싶더니 이내 고개를 돌리고 흐느껴 울었다.

트래비스의 머릿속에 있던 목소리는 기도를 멈추고 소리를 지르기 시작했다. '이 사람은 우리 엄마가 아니야!' 그 자리에서 빠져나와야만 했다. 침대에서 뒷걸음질을 치다가 야간 조명등을 건드렸는지, 갑자기 날카로운 '삐' 소리가 방 안을 가득 채웠다. 트래비스가 저지른 짓인가? 간호사가 바깥의 책상 대열에서 나오더니 엄마 옆 침대로 갔다.

"스트로더만 부인, 팔꿈치를 구부리면 안 된다고 말씀 드렸잖아요. 링거가 뒤틀어져서 경보음이 켜진다니까요."

간호사가 튜브를 정리한 뒤 침대 가장자리의 기계 단추를 누르자 소음이 멈췄다. 하지만 스트로더만 부인의 코 고는 소리는 전혀 멈추지 않았다.

"트래비스? 이리 와서 엄마 봐야지."

얼린이 울부짖는데도 아빠는 얼굴에 억지로 붙인 미소를 버리지 않고 있었다. 트래비스는 가까스로 침대에 가까이 다가섰다. 이제 보니 여자는 뚱뚱한 게 아니었다. 침대 시트 아래 몸은 평범한 체구로 보였기 때문이다. 얼굴만 온통 부어올라 부풀었던 것이다. 두피를 보니 세 군데 꿰맨 자국이

들쭉날쭉 머리를 가로질러 나 있었다. 그러니까 완전히 대머리는 아닌 것이다. 머리카락을 밀어 버려 대머리처럼 보였을 뿐.

트래비스는 고개를 돌려 버리고 싶은 마음을 참고 엄마의 흔적을 계속 찾아보았다. 어쩌면, 실은 엄마가 아니라는 증거를 찾고 싶었는지도 모르겠다. 창문에 비치는 햇살을 받아 이제 막 자라나는 빳빳한 머리카락 몇 올이 반짝거렸다. 적갈색이었다. 설상가상으로, 트래비스가 여자의 얼굴을 처음으로 자세히 들여다보자 그 눈이 트래비스를 맞받아 보았다. 엄마가 어렸을 때 여행한 바닷가에서 챙겼다는 유리구슬처럼 연한 파란색 눈. 식구 중에는 트래비스만이 엄마의 눈동자 색을 그대로 닮아 같은 색 눈을 지녔다. 다른 식구들 눈동자는 모두 아빠를 닮아 강바닥의 진흙 같은 색이었다.

트래비스는 누군가 흐느끼는 소리를 들었다. 소리를 내는 사람이 준인지 자기인지, 그것마저도 알 수 없었다.

그때 로이가 침대로 척척 걸어오더니, 가까이서 들여다보고는 이렇게 말했다.

"우리 엄마 아니야. 우리 엄마 어딨어?"

그 여자는…… 엄마는…… 손을 뻗어 내밀었고 로이는 "건드리지 마!" 하고 소리치면서 나무 자동차마저 떨어뜨린 채 문 밖으로 뛰어갔다. 트래비스가 그 자리를 벗어날 기회라고 생각하는 순간 준이 선수를 쳤다. "로이 데리고 올게."라고 하면서 방에서 뛰어나간 것이다.

"너희를 여기 데려오는 게 아니었어. 어떻게 이럴 수가 있어? 엄마 마음에 상처만 주고."

아빠는 이렇게 말하면서 울부짖는 얼린을 데리고 문 쪽으로 갔다.

엄마는 신음 소리를 내며 베개 위에서 머리를 앞뒤로 움직이며 몸부림쳤다.

"아니, 아니, 아니……."

오직 이 말만 큰 소리로 계속하던 엄마는 트래비스의 손목을 놀라우리만치 세게 붙잡았다. 엄마가 눈을 똑바로 바라보자 트래비스는 좀 전에 일어난 일을 어떻게든 덮어 보려고 애를 썼지만 숨조차 쉬지 못했다. 아무 소리도 입 밖으로 낼 수가 없었다. 눈물이 가득 찬 눈으로 엄마를 간신히 바라보았을 뿐.

갑자기 그 지긋지긋하기 짝이 없는 경보음이 다시 울렸다.

"가 봐야겠어요."

트래비스는 귀를 거슬리는 그 소리가 아주 중요한 전화라도 된다는 듯, 손목에 감겨 있는 엄마의 손가락을 하나씩 풀었다. 문을 향해 서둘러 뛰다가 구석에서 휙 돌아 나오던 로이의 나무 자동차에 발이 채였다. 트래비스는 그래도 멈추지 않고 뛰었다. 엄마가 예전에 부르던 찬송가가 가슴속에 울려 퍼졌다.

네 쉴 곳을 찾아 달려라
달려야 하느니,
달리고 달리고 또 달려라.

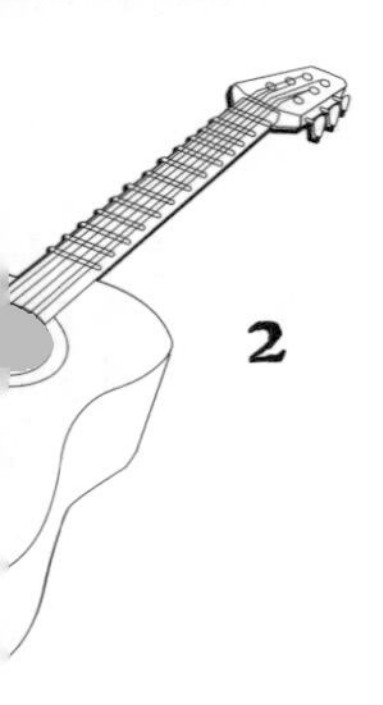

2

처음 얼마 동안 차 안에서 들리는 소리라고는 얼린이 작게 흐느끼다가 크게 코를 훌쩍거리는 소리뿐이었다. 트래비스가 얼린을 무릎에 앉혀 안아 주고 등을 쓰다듬으며 위로했지만 좀처럼 진정되지 않았다. 트래비스는 뒷좌석에 끼어 앉을 만한 자리를 흘끔거리며 누나가 동생 보는 걸 돕게 자기도 뒤로 옮기겠다고 말하고 싶었다. 하지만 어림도 없었다. 트래비스 자리는 아빠 옆 조수석이다. 대신 뒤에는 로이 자리를 만들어 앉히고 안전띠를 매 주었다. 레스터는 어리둥절한 표정으로 가족들 얼굴을 번갈아 보면서 준의 무릎에 앉아 있었다. 트래비스는 자기가 레스터처럼 어렸으면 얼마나 좋을까 하고 간절히 바랐다. 그랬다면 지금 가족이 산산조각 나는 현실도 모른 채 아무 생각 없이 있을 수 있을 텐데. 창밖을 보고 있자니 간절히 같이 있고 싶어 하며 조용히 애원하던 엄마를 뿌리치고 왔다는 생각에 부끄러운 마음이 들끓었다. 하지만 대체 내가 뭘 할 수 있단 말인가? 어떻게 엄마를 도와야 할지도 모르는데. 트래비스는 자기만 그런 게 아니라 다른 누구라 해도 마찬가지였을 거라고 생각했다.

"그래, 괜찮아, 괜찮아."

트래비스는 얼린의 귀에 대고 나지막이 속삭여 주었다. 엄마라면 이렇게 말해 주었을 텐데. 원래의 엄마였다면.

애당초 계획으로는 병원에 다녀오는 길에 칼스 디너 식당에 가서 아빠의 특별 요리를 먹기로 했었다. 아빠는 그 식당 주방장이고 온 가족이 가끔 한 번씩 그곳에서 식사를 하곤 했다. 오늘은 그런 일이 일어나지 않을 것 같았다. 그래서 아빠가 집으로 가는 산길을 오르지 않고 시내 쪽으로 차를 돌리는 순간 트래비스는 깜짝 놀랐다.

아빠가 말을 꺼냈다.

"너희가 엄마한테 한 짓을 생각하면 쫄쫄 굶게 놔둬야 하겠지만, 오늘 아침에 너희 주려고 일찌감치 식사 준비를 해뒀기 때문에 가는 거다. 그냥 두면 낭비니까."

아빠는 애디론댁 산맥(미국 뉴욕 주 동북부에 있는 산맥. 관광지로 유명하다 – 옮긴이) 지역에서 최고로 요리를 잘한다. 모두들 아빠의 재능이 칼스 디너에서 썩는 것이 아깝다면서 애디론댁 산장에 새로 생긴 고급 식당으로 옮겨야 한다고 말하곤 했다. 하지만 아빠는 산장 쪽이 돈도 훨씬 많이 준다는 사실을 알면서도 그곳에 자리를 알아볼 생각조차 하지 않았다.

"생각보다 빨리 왔네. 제네바는 잘 만나고 왔어?"

식구들이 들어서자 식당 주인 칼 아저씨가 말했다.

"말도 마."

아빠는 주방 쪽으로 빠르게 발걸음을 옮겼다.

칼 아저씨는 트래비스에게 무슨 일이냐는 듯 눈썹을 추어올려 보였지만, 트래비스 역시 아무 대답을 하지 않았다. 뭐라고 얘기하기에는 시간도 장소도 적절하지 않은 것 같았다.

"좋아, 그럼. 너희 가족끼리만 있고 싶은 것 같으니, 저쪽 구석에 자리를 마련해 주마."

트래비스가 레스터를 아기 의자에 앉히는 동안 준은 다른 두 동생을 의자에 앉히고 얼린에게는 어린이용 의자를 가져다주었다. 그러고는 일일이 냅킨을 턱 밑에 둘러 주고 늘 그랬듯 이마에 뽀뽀를 한 번씩 해주었다. 준은 언제나 엄마를 도와 동생들을 돌봤고, 학교를 그만두고부터는 아예 하루 종일 돌보고 있어서 이제 누나라기보다는 엄마 같다. 적어도 레스터는 준을 엄마처럼 생각하기 시작한 게 분명했다. 트래비스는 레스터가 병원에서 엄마를 알아보기나 했을지 의심스러웠다. 칼 아저씨는 건너편에서 관광객으로 보이는 두 부부에게 좌석을 안내하고 있다. 그중 남자 한 사람은 창 쪽에 바싹 붙어 휴대전화를 받으면서 칼 아저씨에게 물었다.

"여기서 수신 상태 좋은 데가 어디죠? 지금 수신 표시가 한 줄밖에 안 뜨네요."

"여기는 산속이라 수신 상태가 안 좋아요. 어떤 분들은 주차장 깃대 근처에 있으면 잘 터진다고 하시더라고요."

트래비스는 휴대전화를 갖고 싶다는 생각을 했다. 학교 친구 중에도 몇몇은 갖고 있다. 엄마는 전에 교도소 야간 근무조라서 밤길 운전을 해야 하는데 휴대전화가 있으면 조금 마음이 놓일 것 같다고 말한 적이 있다. 그러나 그때 아빠는 수신율도 낮은데 휴대전화가 있으면 뭐 하냐는 핑계로 반대했다. 트래비스가 보기에 진짜 이유는 물론 돈 때문이었다. 휴대전화가 있었더라면 엄마에게 사고가 난 그날 밤 잘 쓰일 수 있지 않았을까? 조금 더 빨리 도움을 받을 수 있었을 텐데. 설사 말은 못하더라도 엄마가 직접 911에 신고 전화는 걸 수 있지 않았을까? 아니면, 트럭에 깔리자마자 엄마는 의식을 잃고 만 걸까? 아무도 모를 일이다.

아빠가 큰 쟁반에 음식을 담아 왔다. 아빠가 웃음을 띠고 있어서 트래비스는 병원에서 저지른 잘못을 용서받은 줄 알았다.

"자, 얘들아. 너희가 좋아하는 건 다 가져왔다. 미트로프(곱게 다진 고기에 양파 등을 섞어 빵 모양으로 만든 뒤 오븐에 구운 음식)랑 으깬 감자에 완두콩도 있다."

집에서 하듯이 아빠가 접시에 음식을 나눠 담기 시작했다.

"난 배 안 고파."

얼린이 말하자 아빠는 미트로프 한 쪽을 얼린의 접시에 놓아 주었다.

"배가 왜 안 고파, 얼린. 아침도 거의 안 먹었잖니."

"아침엔 너무 좋아서 배가 안 고팠던 거야. 엄마 만나러 간다고 했으니까."

트래비스는 얼린의 아랫입술이 떨리는 것을 보고 얼른 으깬 감자를 한 숟가락 퍼서 얼린의 접시에 올렸다.

"이거 먹어, 얼린. 그레이비 소스(고기를 익힐 때 나온 육즙에 밀가루 등을 섞어 만든 갈색 소스)로 화산 만들어 줄까?"

얼린은 고개를 저었다.

"병원에 있는 그 여자 누구야? 그 여잔 엄마 아니잖아."

아빠는 계속 접시에 음식을 담아 탁자 건너편으로 밀어 주었다. 미소 짓던 얼굴은 점점 굳어져 갔고, 트래비스에게는 아빠의 턱 근육이 조여졌다가 음식을 내밀 때 풀어지는 각도까지 보였다.

"아니지, 응? 그 여자 누구냐니까?"

얼린이 고집스럽게 계속 물었다. 얼린은 식구 중에 아빠의 고집덩어리 기질을 가장 많이 물려받은 아이다.

"쉿, 얼린. 너도 그 여자가 엄마라는 거 알잖니. 온 세상이 다 알게 떠들어 대지 마라."

아빠는 이를 악물고 말하면서 뒤편 탁자에 흘끔흘끔 눈길을 보냈다.

트래비스는 아빠의 어깨 너머로 스모크 피스터와 나제린 피스터 부부를 보았다. 스모크 피스터 아저씨는 입에 돌이라도 물린 것처럼 과묵한 사람이지만 아내인 나제린 아줌마는 다르다. 마치 여우처럼 귀가 밝고, 남의 일을 쿡쿡 쑤시고 다니면서 알아낸 비밀을 떠벌리는 사람이다. 나제린 아줌마가 여기서 뭔가 알게 된다면 바로 내일자로 지역 잡지《인터마운틴 가제트》에 실릴 게 뻔하다. 트래비스는 스모크 아저씨가 벙어리처럼 입을 다물고 사는 이유가 아마도 아내의 말을 듣지 않고 방어하기 위해서일 거라는 생각이 들었다.

트래비스는 포크로 집기 편하도록 한쪽 손으로 미트로프를 썰었다. 배가 얼마나 고픈지도 알 수 없었다. 다른 한 손으로는 완두콩으로 쌓은 바위에 그레이비 소스를 뿌려 얼린에게 화산이 터지는 장면을 보여 주었다.

그때 로이가 말을 꺼냈다.

"병원에 있는 그 여잔 우리 엄마 아니야. 늙고 머리가 홀렁 벗겨져서 엄마랑 하나도 안 닮았다고."

로이는 벌떡 일어서더니 목 둘레에 있는 냅킨을 벗어 던졌다.

"내가 무슨 생각 하는지 말해 줄까? 우리 엄만 죽었어. 그런 것 같아."

아빠는 음식을 먹고 있다가 일어서더니 로이의 접시를 집었다.

"로이 테이시, 잘못했다고 할래 아니면 내가 네 음식 다 먹을까?"

로이는 팔짱을 낀 채 의자에 털썩 주저앉았다.

“난 잘못한 거 없어. 진짜 엄마가 돌아올 때까지 아무것도 안 먹을 거야.”

엄마가 죽었다는 생각을 해놓고는 어떻게 몇 초도 안 지나서 엄마가 집에 올 거라고 생각하는지 트래비스는 로이를 이해할 수 없었다. 하지만 이내 자신도 거의 비슷한 감정이었음을 깨달았다. 엄마는 살아 있지만, 언제 다시 예전의 엄마로 돌아올 수 있을지, 그리고 언제 집으로 올 수 있을지 모른다. 우리가 알던 엄마는 죽은 게 맞을지도 모른다.

트래비스는 동생들을 둘러보면서 다음엔 누가 폭발할지 지켜보았다. 누나 준만은 아니기를 바라면서. 준은 엄마와 많이 비슷하고 늘 동생들을 위해 냉정함을 잃지 않았지만 이번에는 한계점에 다다랐던 모양이다. 얼굴을 양손에 파묻고는 미안하다고 하더니 화장실 쪽으로 달려가 버렸다. 준이 나가자마자 막내 레스터가 울음을 터뜨린 건 두말할 필요도 없고.

“어쩔 수 없군.”

아이들이 반도 안 먹은 음식을 아빠는 잔반통에 담기 시작했다.

“난 너희한테 잘해 주려고 했다. 엄마도 보여 주고, 밖에서 맛있는 것도 먹고. 그런데 지금 이 꼴이 뭐냐? 징징대고 불평이나 하고.”

로이의 접시 위에 트래비스가 거의 손도 안 댄 접시를 올리자 회벽에서 석회 반죽이 미어져 나오듯 으깬 감자가 줄줄 흘렀다. 트래비스는 아빠가 저렇게 멀쩡한 음식을 내다 버린다는 게 믿기지 않았다. 트래비스 가족은 절대로 음식을 버리지 않았다. 버릴 만큼 남은 적도 없었으니까.

“너희 생각에 불평할 자격이 있는 사람이 누구일 것 같냐? 너희 어머니다. 그 사람 말고는 아무도 아니야. 그런데도 엄마는 전쟁터의 군인이나 된 것처럼 상황을 묵묵히 받아들이고 계시다.”

트래비스가 나섰다.

"아빠, 미리 말씀을 해주셨어야죠. 엄마가 어떤 상태인지, 머리카락을 전부 밀었다든지 하는 걸 알려 주고 우리가 뭘 얼마나 기대해야 할지 일러 주셨어야죠."

아빠가 음식통에 접시를 쾅 소리가 나게 던졌고, 적어도 그중 하나는 부서지는 소리가 들렸다. 깨진 접시 값은 분명히 아빠 월급에서 물어내야 할 것이다. 아빠는 자리를 박차고 현관으로 뛰쳐나갔다. 트래비스는 벌떡 일어나 아빠를 따라서 주차장으로 갔다.

"아빠! 아빠!"

아버지가 트래비스를 향해 돌아섰다.

"내가 미리 어머니 상태를 말해 줬다면, 니들 중 누구도 따라나서지 않았을 거야."

"아니에요, 아빠. 우린 갔을 거예요. 그리고 누나가 로이랑 얼린에게 잘 설명했으면 걔들도 괜찮았을 거고요. 동생들은 지금 혼란스럽고 무서워서 저러는 거예요."

"난 지금 어떨 것 같냐? 네 어머닌 내 인생의 전부였어."

아빠는 눈물을 흘리고 있었지만, 곧 턱을 치켜들며 자세를 다잡았다.

"이젠 절대로 너희가 엄마한테 상처를 주게 놔두지 않겠어. 다시는 거기 안 데려갈 거다."

아빠는 차에 올라타더니 이내 주차장을 빠져나가 버렸다.

트래비스가 안으로 돌아오자 나제린 피스터 아줌마가 알을 품고 싶은 암탉이 꼬꼬댁거리는 것마냥 얼린과 레스터를 향해 혀를 차 대고 있었다.

"엄마한테 사고가 나서 어쩌니, 얘들아. 그래서 딴사람이 됐단 말야? 꽤 안 좋은 상태라고? 대머리가 되었어? 그렇게 예쁘던 머리카락이 다 사라진 거야? 제네바는 머릿결이 정말 탐스러운 걸로 유명했는데, 쯧쯧."

칼 아저씨가 주방에서 나와 음식통의 난장판을 치우는 걸 보니, 이미 한 바탕 소동이 나는 소리를 들었던 모양이다.

"대체 이 무슨……. 아버지는 어디 가셨니?"

나제린 아줌마가 대답했다.

"화가 나 가지고 씩씩대면서 가 버리더라고요. 이 어린 것들을 내버려두고 지들끼리 어쩌라는 건지 원. 우리가 집까지 태워 줄게. 어머니 얘기나 좀 더 해다오. 아유, 제네바가 얼마나 착했는데."

트래비스는 나제린 아줌마를 쏘아보았다.

"괜찮습니다. 저희끼리 갈 수 있어요."

순간 너무 무례했다는 생각에 곧바로 우물거리며 덧붙였다.

"고맙습니다만."

나제린 아줌마는 눈이 동그래졌다.

"하지만, 내가 봤는데, 아버지가 차를 몰고 그냥 혼자 가 버리셨잖니."

칼 아저씨가 나섰다.

"피스터 부인, 괜찮습니다. 아이들이 식사를 마치면 제가 데려다 주기로 했습니다."

"아유, 그러니까 쟤들 아버지가 다 먹기도 전에 음식을 막 내던져 가지고……."

"좋은 하루 되세요, 그럼. 안녕히 가시고요, 피스터 부인."

칼 아저씨는 피스터 부부를 문 쪽으로 떠밀듯이 보내고 돌아왔다.

"앉아라, 얘들아. 음식 좀 더 갖다 줄게."

트래비스가 대답했다.

"감사합니다. 아빠 때문에 죄송해요."

"네 아버지께선 지금 혼자서 감당할 수 없을 만큼 너무 많은 일을 겪고 계셔, 트래비스. 나는 그 맘 안다. 살다 보면 때때로 한 인간이 짊어질 게 너무 많지."

칼 아저씨가 식사를 잘 차려 주었고 얼린과 로이는 진정이 되었으며, 나중에 칼 아저씨가 집까지 잘 데려다 주었다. 집에 도착했을 때 트래비스는 아빠 차가 아직 안 보여 다행이라고 생각했다.

누나가 잠이 든 막내를 내려놓는 동안 트래비스는 얼린과 로이의 마음을 가라앉혀 주려고 엄마의 오래된 기타를 꺼냈다. 재미난 가사가 길게 이어지는 노래들을 꼽아 보았다. 기타 줄을 튕기는 손가락 끝에서 나는 소리를 듣노라니, 트래비스는 그 어느 때보다도 엄마가 그리웠다. 지금처럼, 엄마가 다시 기타를 연주하거나 같이 노래할 수 있을까.

기타는 언제나 트래비스에게 마법과도 같았다. 이 기타는 트래비스네 할아버지의 아버지의 아버지의 아버지인 엘리 더닝이 만든 것이었다. 그래서 그 4대조 할아버지 이름을 따서 '엘리'라고 불렀다. 아이들은 할아버지의 엄마 세대가 어떻게 살았는지, 1800년대 이곳 미국으로 건너온 이야기며 정착한 이야기, 그리고 아직도 숲 속에 잘 보존되어 있는 통나무집을 어떻게 지었는지 등을 엄마에게서 다 들었다. 엘리 더닝 할아버지는 엄마가 태어나기 훨씬 전에 돌아가셨다고 한다.

엘리 더닝 할아버지는 가수였는데, 악기를 만들어서 생계를 유지했다고 한다. 류트, 덜시머, 기타, 심지어 바이올린까지. 할아버지가 만든 다른 악기는 모두 사라지고 지금까지 남은 건 기타뿐이다. 무려 4세대라는 긴 세월 동안 여러 사람이 연주해서 닳고 닳은 이 기타의 앞판에는 큰 얼룩이 남아 있다. 트래비스는 사고가 난 바로 그날에도 엄마가 이 낡은 기타에서 깔끔하고 세련된 음악을 뽑아내는 마법을 보았다. 엄마가 그 달콤하고 맑은 목소리로 노래하던 기억을 떠올리자니 가슴이 뭔가로 쥐어짜는 듯 아파 왔다.

"우리 〈여우 The Fox〉 부를까?"

준이 방으로 돌아오면서 제안했다. 트래비스와 준과 엄마는 셋이서 〈여우〉라는 노래를 화음을 섞어 부르곤 했는데, 이제 둘만의 목소리로 부르자니 뭔가 빠진 것만 같았다. 옛날 노래였지만 엄마는 종종 자신만의 선율을 덧붙여서 아이들을 웃겨 주었다. 셋이 가장 좋아했던 소절 "늙은 어머니 미끄러지셨네, 털썩, 철썩 침대 밑으로 털썩." 하는 부분을 부르고 있을 때, 트래비스는 바깥에서 아빠 차가 '끼익' 하며 들어서는 소리를 들었다.

누나가 동생들을 불렀다.

"얘들아, 이리들 와 봐. 나가서 산책하자."

준은 아빠가 현관문을 밀어제치기 직전에 뒷문으로 로이와 얼린을 떠밀어 밖으로 나갔다. 아빠의 손에는 두 병이 벌써 빠져나간 여섯 병들이 맥주가 들려 있었다. 아빠는 평소에 술을 잘 안 마시니 두 병만으로도 너끈히 취했을 것이었다. 잠깐 문 앞에 멈춰 선 아빠는 트래비스를 노려보다가 약간 비틀거렸다. 그러다 기타 목을 움켜쥐더니 세게 내던졌다. 그 바람에 가죽 끈이 떨어져 나가 트래비스의 뺨을 휘갈겼다.

아빠가 내뱉듯이 말했다.

"이 따위 낡아 빠진 걸로는 불쏘시개나 해야겠어."

트래비스는 펄쩍 뛰면서 기타를 아빠한테서 뺏으려 했다.

"엄마가 이 기타를 얼마나 좋아하는데요. 나아지면 연주하게 해드려야 된단 말이에요."

"엄마를 보고도 그런 말이 나오냐. 연주고 노래고 절대 못할 거다. 아마 말도 못할걸. 저 따위 부러지고 낡아 빠진 기타, 보면 속이나 상하는 기타는 아무한테도 필요 없어."

아빠는 기타를 머리 위로 들어 올리고 벽에다 내리칠 기세였다. 트래비스는 아빠에게 달려들어 균형 감각을 무너뜨린 다음, 손에서 기타를 떨어뜨렸다. 그러고는 기타를 낚아채 뒷문으로 뛰었다.

트래비스는 아빠가 고함치는 소리를 들었다.

"이리 오지 못해!"

그러나 트래비스는 뛰고 또 뛰어서 엘리 할아버지의 통나무집까지 와서야 멈췄다. 여기가 트래비스에게는 안전한 보금자리, 어릴 때부터 늘 지켜주던 곳이었다. 문제가 있을 때면 트래비스는 언제나 숲으로 뛰었다. 집으로 돌아간 뒤에는 거기 숨었다고 아빠에게 더 심한 꾸지람을 들었지만, 그래도 늘 이곳으로 왔다. 저 늙은 가문비나무는 트래비스가 이곳으로 뛰어오는 모습을 얼마나 많이 보았을까? 어쩌면 트래비스 전에는 어머니가, 어머니 전에는 어머니 가족의 조상님 중 누군가가 이렇게 왔겠지?

트래비스가 통나무집 문을 밀고 들어서자 한동안 닫혀 있던 공간 특유의 퀴퀴한 냄새가 익숙하게 코를 찔렀다. 이 근처에서는 처음으로 지어진 건물이었고 엄마의 할아버지가 트레일러(자동차가 끌고 다니는 값싼 이동식 주택)를 구입할 때까지는 온 가족이 모여 살던 유일한 집이었다. 그리고 그 트레일러는 이제 트래비스 가족이 사는 곳이 되었다. 통나무집에는 창문이 없어서 밖에서 들어오는 가느다란 불빛에 의지해 주위를 알아보기까지 몇 분 정도 시간이 걸렸다. 트래비스는 벽에 기대어 간이침대 위에 기타를 놓고, 아버지가 거칠게 잡아끌었을 때 부러진 데는 없는지 손으로 짚어 가며 살펴보았다. 괜찮은 것 같았다. 줄을 엄지로 뜯고 뚱땅거리며 다시 조율했다. 각각의 줄에서 완벽한 소리가 날 때까지 줄감개를 이리저리 돌렸다. 엄마는 트래비스에게 기타 줄 맞추는 방법을 알려 주면서 엄마를 닮아 완벽한 음감을 지녔다고 했다. 맨 아래 두꺼운 줄은 트래비스의 가슴에 묵직한 진동을 남겼고, 맨 윗줄은 마치 종소리처럼 낭랑했다. 못생기고 낡은 기타지만, 그 소리는 신비롭기 그지없었다. 마치 천사들의 합창 소리처럼.

어머니가 가장 좋아하던 곡 몇 개를 연달아 치고 나니 마음이 좀 가라앉았다. 마치 기타 줄이 트래비스와 엄마를 연결해 준 것 같았다. 엄마가 가르쳐 줄 때 좀 더 열심히 배워 둘걸 하는 아쉬움이 몰려 왔다. 아, 물론 웬만한 노래는 트래비스도 코드를 잡을 줄은 알지만 엄마처럼 줄을 뜯는 기술, 말하자면 개똥지빠귀가 부르는 노래처럼 한 음 다음에 바로 다음 차례의 음이 또르르 굴러떨어지듯 연주하는 방법은 익히지 못했던 것이다.

트래비스의 손가락은 어느덧 엄마와 함께 부르던 노래를 찾아 연주를 했고, 자기도 모르게 트래비스는 노래를 부르고 있었다.

가끔 난 엄마 없는 아이 같아
가끔 난 엄마 없는 아이 같아
가끔 난 엄마 없는 아이 같아
집에 가는 길이 너무 멀어
집에 가는 길이 너무 멀어.

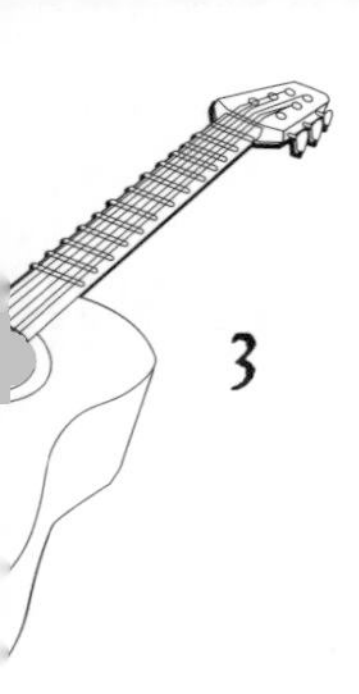

3

2주 전 아빠가 온 가족을 병원에 데려간 그날 이후로 상황은 나빠지기만 했고, 아빠는 정말로 다시는 아무도 병원에 데려가지 않았다. 트래비스가 식탁에서 으깬 감자를 더 먹으려 하자, 아빠가 손가락으로 쳐 내면서 트래비스의 손목을 움켜잡았다.

"네 뱃속으로 이렇게 반이나 처넣으면 남아나질 않는다. 동생들도 먹어야지."

얼린은 접시를 옆으로 밀어냈다.

"그만 먹을래. 엄마가 해준 거랑 달라."

"혼나기 싫으면 좀 먹어."

트래비스가 얼린에게 속삭였다. 이제 사고가 난 지 한 달이 되어 가는데도 얼린은 엄마가 떨어져 있다는 사실을 받아들이려 하지 않았다. 얼린이 이럴 때마다 아빠는 화를 내기 마련이었다. 얼린은 트래비스가 방금 접시에 떨어뜨려 준 감자를 포크로 콕콕 찔러 댔다.

엄마라는 말이 나오자 로이가 울음을 터뜨릴 것 같은 표정이 되는 걸 보고 트래비스는 남은 감자를 얼른 로이에게 다 퍼 줬다. 로이는 화가 난

척만 하고 있지만, 트래비스는 그런 로이가 속으로 깊은 상처를 받고 있어서 아무도 위로해 주기 힘들다는 걸 잘 알고 있었다. 로이는 엄마를 기억할 정도로는 컸기 때문에 상실감도 더 컸다. 좀 더 어린 얼린은 엄마를 기억하기는 했지만 엄마의 빈자리를 준이 채워 주면 엄마에 대한 갈망을 어느 정도는 해소했다. 온 식구가 신경이 날카롭게 곤두서 있어서 여기저기 수습하기 바쁜 나머지, 정작 트래비스 자신은 엄마를 그리워할 시간조차 거의 없었다.

낡은 전기 스토브를 바라볼 때면 엄마가 두 개의 버너 중 상태가 괜찮은 쪽에 펄펄 끓는 수프 단지를 올려놓고 젓던 모습이 떠올랐다. 엄마는 그때마다 〈산을 타고 오를 거야 She'll be coming round the mountain〉라는 노래를 얼린과 레스터에게 불러 주었고, 아이들은 자석에 붙는 쇳가루처럼 엄마 다리에 찰싹 달라붙어 있었다. 요즘은 아빠가 방에 들어서면 구석으로 뿔뿔이 흩어지는 걸로 봐서 아빠는 그 반대 역할을 하는 것 같다.

"내 말 듣고 있는 거야, 너?"

아빠가 고함을 질렀다. 레스터가 울음을 터뜨리기 시작하고 준은 레스터를 들쳐 안고 밖으로 나갔다. 예전에는 참을성이 많던 아빠가 요즘은 화만 났다 하면 그 누구보다도 빠르게 '이 버르장머리 없는 새끼'라고 소리를 지른다. 엄마를 잃고 나서 아빠는 변했다.

"들었어요, 아빠."

트래비스는 거짓말로 대답했다.

"바트한테 얘기 다 해뒀으니 내일부터 시작해."

"내일이요?"

트래비스는 질문으로 시간을 끌면서 아빠가 좀 전까지 무슨 이야기를 하고 있었는지를 짐작해 보려고 했다.

"내일 아침 8시에 바트가 널 데리러 올 거다."

"내일은 학교 가는 날인데요."

아빠가 계속 얘기하는 바트라는 사람이 대체 누구지? 식당에서 접시 닦는 사람? 아니다, 그 사람은 바튼인데.

"부양할 가족이 있는데도 계속 학교나 다니면서 시간 낭비할 셈이냐? 바트 비클리가 일자리를 줬으니 고마운 줄이나 알아."

이제 알겠다. 중고 가구와 잡동사니를 파는 가게 주인 바트 비클리다. 다른 말로 하면 고물상. 트래비스네 학교에서 9학년을 가르치는 컴퓨터 담당 로빈스 선생님이 어느 날, 교육만 받았다면 그 사람도 그런 일을 하지는 않을 텐데, 라고 한 적이 있다. 바로 그 일을 하는 사람이다.

"기말고사가 한 달밖에 안 남았어요, 아빠. 이번에 그만둘 순 없어요. 이 시험은 졸업할 때 성적에 반이나 반영된단 말예요. 그리고, 우리 주에서는 열여섯 살까지 학교를 그만두지 못하게 하는 걸로 알고 있는데요."

"주 정부가 너 같은 조무래기한테 콧방귀나 뀔 줄 아냐. 준이 그만두고 나서도 질질 끄는 거 못 봤어? 벌써 한 달째 학교에 안 나가고 있는데 누구 하나 무슨 일이 생겼는지 묻지도 않잖냐."

아빠의 주장에 토를 달 수가 없었다. 도시 아이들이 그만두면 주 정부가 학교로 데려오려고 나름대로 애를 쓴다. 하지만 외떨어진 이런 지역에서는, 아이가 집에서 일을 시켜서 학교에 안 다닌다면 그건 그냥 그 가족이 알아서 할 일이지, 남이 개입할 일이 아니다. 교육을 제대로 받지 못하는 바람에 트래비스가 제몫을 하지 못한다면? 그래 봐야 고물상이 치워야 할 쓰레기 더미가 하나 더 생기는 것과 다를 게 없지.

트래비스는 감자를 다 먹고 나서, 마지막 남은 찌꺼기까지 먹기 위해 고기 조각을 접시 아래위로 문질렀다. 그나저나 감자에 대체 뭘 넣은 거지? 마늘? 고추냉이를 좀 넣었나? 얼린은 아빠의 요리보다 엄마가 만든 걸 더 좋아했지만 트래비스는 그렇지 않았다. 물론 엄마도 요리를 잘했고 평균을 내자면 더 나을 수도 있지만, 아빠는 부엌에서 그야말로 미친 듯이 솜씨를 발휘하곤 했다.

칼스 디너 식당에서 해고되기 전까지만 해도, 아빠가 심지어 치어 죽은 스컹크를 길에서 주워 와 그레이비 소스를 뿌려 내놓는다고 해도 먹겠다는 사람들이 장사진을 이룰 거라고 장담할 수 있었다. 아빠는 요리에 유머 감각을 발휘하는 사람으로도 유명했다. 아빠의 장기인 쇠고기 파이에 가끔 주머니쥐를 슬쩍 밀어 넣고 먹여도 불쌍한 관광객들은 걸신들린 듯 먹었을 테고, 트래비스에겐 그런 일이 전혀 놀랍지 않았을 것이다. 하지만 엄마가 사고를 당한 뒤로 아빠의 유머 감각은 사라졌다. 그리고 주문을 뒤죽박죽 받기 시작했으며 요리에 불평을 하는 손님이 있으면 거칠게 욕을 퍼부었다. 그런데도 칼 아저씨는 아빠가 안됐다고 생각해서 몇 주간 아빠를 해고하지는 않았다. 하지만 아빠가 백발의 노부인 관광객이 앉은 식탁 한가운데에 칠리 소스 단지를 일부러 와르르 쏟아 버리자 더 이상은 참지 못하고, 나가서 다시는 오지 말라고 했다. 그 뒤로 아빠는 덫에 걸린 오소리보다 더 심술궂고 한층 더 게을러졌다. 그래도 요리 솜씨는 아직 괜찮다. 그 점은 트래비스도 인정한다.

트래비스는 싱크대에 접시를 담고 얼린의 손과 얼굴을 닦아 주려고 수건 끝을 물에 적셨다. 로이는 아직 식탁에 앉아 의자 끝을 붙잡고서 앙상한 어깨를 구부리고 있다.

"나가자, 로이. 네가 만들어 달라고 했던 트럭, 마저 깎아 줄게."

아빠가 말했다.

"내일 아침 여덟 시에 반드시 나서야 한다. 그리고 남의 돈 받는 만큼 제대로 일해야 해, 알아들어? 바트 아저씨가 네가 너무 말라서 무거운 냉장고 같은 가구 들 때는 도움도 안 되겠다고 하길래, 황소처럼 튼튼한 애라고 했다."

"알겠어요, 아빠."

생각만으로도 당장 등이 욱신거렸다.

"그리고, 잘 들어라."

트래비스는 문가에서 발을 멈췄다.

"넌 나이에 비해 키가 크니까, 바트 아저씨가 괜한 걱정하시지 않게, 만으로 열여섯 살이고 학교는 마쳤다고 말해 뒀다. 무슨 말인지 알아듣지?"

아빠는 "열여섯"이라는 단어를 쓰면서 트래비스의 머릿속에 새로운 나이를 분명히 박아 넣으려는 듯 들고 있던 포크로 허공을 두 번 찔러 댔다.

트래비스는 말싸움을 하기 싫어 그냥 고개를 끄덕이고 말았지만, 어떻게 아빠가 아들의 나이를 실제보다 두 살이나 위라고 밀어붙이는지 이해할 수 없었다. 현관을 껑충 뛰어넘어 뒤뜰에 내려가 가문비나무의 달콤한 냄새를 크게 들이마셨다. 지난 몇 달간, 트래비스는 아빠랑 같은 공간에 있다가 나오면 꼭 폐에 신선한 공기를 불어넣지 않고는 견딜 수가 없었다. 아마도 아빠랑 있을 때면 혹시나 화나게 할 만한 말을 하지 않을까 두려워하며 내내 숨을 꾹 참고 지내서 그런가 보다.

준이 레스터를 안고 나무 그네에 앉아 있었다.

"안 싸우고 무사히 나온 거야?"

"응. 거의 입을 닥치고 있었지. 그럼 괜찮아. 뭐, 항상 그런 건 아니지만."

트래비스는 나무 그네 아래 앉아서 칼과 나무 트럭을 꺼냈다. 로이가 트래비스 곁에 앉아서 팔에 기댄 채로 나무를 다듬는 모습을 지켜봤다.

"바퀴 굴러가게 만들 수 있어?"

"그건 어떻게 하는지 아직 몰라, 로이. 어차피 바퀴 만들어도 흙더미에서는 잘 안 굴러."

로이가 고개를 끄덕였다.

"알았어. 그래도 범퍼는 만들어 주기다."

트래비스는 로이가 진정되어 간다고 느꼈다. 로이가 기기 시작했을 때부터 트래비스는 뒷마당의 흙더미를 애디론댁 산이라고 치자면서, 길 내는 법을 가르쳐 주었다. 트래비스는 초등학교에 주로 있는 모래통보다는 자기네 마당 흙더미가 낫다고 늘 생각했는데, 쉽게 흩어지는 모래보다 단단한 흙이 길을 내기에 더 좋았기 때문이다. 로이는 가게에서 산 덤프 트럭을 하나 갖고 있지만, 트래비스가 깎아서 만든 트럭을 더 좋아하는 것 같았다. 얼린이 트래비스 반대쪽에 앉아서 트래비스가 트럭 옆면을 깎아 내면서 생긴 꼬불거리는 대팻밥을 들고 놀았다. 얼린은 그걸로 반지를 만들어 손가락에 끼웠다.

준이 발을 굴러 둥그렇게 돌면서 그네 줄을 꼰 뒤, 감겼던 줄이 풀어지게 했다. 레스터가 좋아서 꺅꺅거렸다.

"또, 또!"

돌기를 멈추자 레스터가 소리쳤다.

준이 무릎에서 레스터를 내려놓은 뒤 땅에 내려섰다.

"밥 먹자마자 탔으니 이 정도면 됐어. 계속 타면 먹은 거 다 토할라."

레스터는 준의 신발끈을 몇 번 잡아당기더니 이내 자기가 뭘 졸랐는지도 잊고는 기어 다녔다.

"아빠가 일 얘기 꺼냈지, 트래비스? 학교 그만두란 소리는 아니지, 응?"

트래비스는 트럭에 붙은 곱슬거리는 나무 부스러기를 걷어 냈다.

"내가 달리 방법을 찾지 않는 한, 그렇게 될 것 같은데. 쓰레기 뒤지는 바트 비클리랑 일하러 가래."

"그럴 순 없어. 내가 학교 그만둔 건 괜찮아. 난 어쨌든 그만한 머리가 없으니까. 하지만 넌 달라. 너는 기회가 반만 있어도 뭔가 해낼 애야."

트래비스는 칼을 너무 세게 미는 바람에 바퀴 덮개를 잘라 낼 뻔했다.

"바로 그거야, 누나. 나한테 기회는 반밖에 없었고, 이제 그것마저 날아가서, 이제는 쓰레기 왕 트래비스 테이시가 되는 거지."

"엄마라면 이렇게 놔두지 않을 거야. 엄만 늘 우리한테 교육을 잘 받는 게 가장 중요하다고 하셨잖아."

"엄마가 무슨 생각을 하는지 누가 알겠어, 누나? 어쩌면 아무 생각도 없을걸. 지금 이 상황에서는 아빠만이 유일한 결정권자야."

"우린 이제 엄마 없어."

로이가 고개를 푹 숙이면서 말했다. 준과 트래비스의 눈이 마주쳤다. 전에도 로이에게 병원에서 만난 사람이 엄마라고 설득해 봤지만 별 소용이 없었다. 로이는 한 마디도 받아들이지 않았다.

한편, 사슴 똥을 발견한 레스터가 온 신경을 집중해서 엄지와 집게손가락 사이에 똥덩이 하나를 천천히 끼우는 것을 보고 준이 쫓아 나갔다. 준이 잡기 직전, 레스터는 가까스로 알갱이를 잡고 기뻐하며 입에 넣으려는 참이었다.

"안 돼! 떼끼, 지지!"

준은 레스터가 잡은 것을 손에서 놓을 때까지 흔들었고, 레스터는 소중한 뭔가를 잃기라도 한 것처럼 분해서 울부짖었다.

"그냥 하나 먹으라고 해. 그럼 절대 다시는 안 먹을걸. 엄마가 만날 말씀하셨잖아. 사람은 죽기 전까지 더러운 거 9리터는 먹게 된다고."

"더러운 거 9리터가 똥 9리터랑 같니. 네가 학교 그만두는 거랑 내가 그만둔 것도 그만큼이나 달라."

준은 트래비스를 똑바로 보며 말했다.

"잘 봐, 트래비스. 나는 둔해. 둔-하-다."

준이 씩 웃으면서 트래비스가 농담을 받아들였는지 확인한 뒤 다시 진지하게 말했다.

"책으로 세상을 배우는 것보다는 아기 돌보는 일이 나한테는 더 잘 맞았어. 지금 꼭 필요한 일이기도 하고. 그렇지만 너는 컴퓨터도 그렇고, 나는 상상도 못해 본 것들도 잘 익히잖아. 그리고 넌 엄마처럼 음악적 재능이 있어. 넌 네가 원하면 뭐든지 할 수 있어."

"기죽지 마, 누나. 누난 스스로 생각하는 것보다 훨씬 똑똑해. 그리고 노래할 때면 화음도 누구보다 잘 넣고."

준이 고개를 저었다.

"아빠가 너를 학교에서 쫓아내고 싶어 한다니 너무 화가 나. 정말 아까워. 아빠가 저러고 있지 말고 다시 일을 시작하면, 엄마가 교도소에서 벌었던 만큼의 돈을 네가 메울 필요도 없는데."

트래비스는 나무 깎기를 멈추고 준을 올려다보았다.

"아깝다고? 엄마도 교도소에서 야간 교대 근무나 하는 청소부로 썩기엔 아까웠어."

얼린이 칭얼댔다.

"엄마 보고 싶어. 엄마 집에 언제 와?"

준이 쪼그려 앉아서 얼린의 머리를 쓰다듬었다.

"금방 오셔. 다 나으면 금방 오실 거야. 이제 레스터가 뭐 하나, 사슴 똥 먹나 안 먹나 가서 좀 보고 와 봐."

얼린은 표정이 약간 밝아지더니 동생에게로 뛰어갔다. 얼린에게는 쉴 새 없이 움직이는 것이 약인 듯하다. 준은 로이를 한 팔로 끌어안고 말했다.

"얼린이랑 레스터 좀 봐줄래, 로이? 누나 좀 도와주라."

로이도 일어나서 얼린을 따라갔다.

트래비스는 트럭의 타이어 부분을 조금씩 잘라 내서 동그랗게 만들었다. 준은 트래비스 곁에 앉아 말을 이었다.

"얼린한테 자꾸 엄마가 다 나을 거라고 하지 마. 진실을 아는 날엔 어쩌려고 그래? 있지, 깜박 잊을 뻔했는데, 크레올라 호킨즈 아주머니가 아까 집에 들르셨어. 아줌마 어머니 뵈러 지난주에 요양원에 갔다가 보셨는데, 우리 엄마 거기 계신다더라."

"엄마가 요양원에? 아빤 언제까지 말을 안 해줄 작정이었지? 크레올라 아줌마가 뭐라셔? 엄마는 어떻대? 아직도 말 못하신대?"

"모르겠어. 많이는 못 물어 봤어. 누구든 엄마 이야기만 꺼내면 아빠가 얼마나 화내는지 잘 알잖니. 아줌마는 얼린한테 입히라고 아줌마 딸이 입던 옷 주려고 잠깐 들르신 것뿐이고. 아줌마 말로는 엄마가 좀 돌아다닐 수 있대."

"걸을 수 있다는 말이야?"

"아니, 크레올라 아줌마가 엄마를 휠체어에 태워서 밖에 산책하러 나가셨대."

"그게 무슨 산책이야. 엄마 발로 서서 훈련을 해야지. 요양원에서 엄마를 데리고 나와야겠다."

"엄마가 많이 나아졌으면 당연히 지금쯤 집으로 보냈겠지. 지금은 엄마를 어떻게 도우면 되는지 잘 아는 사람들이랑 있는 편이 더 나을 거야."

"그게 문제라고!"

트래비스는 트럭을 내팽개쳤다. 트럭이 빙글빙글 돌아서 땅을 가로질러 가자, 얼린이 아기 돌보기를 포기하고 트럭을 잡으려고 허둥댔다. 로이는 동생들을 버려 두고 혼자서 흙더미에서 놀고 있었다.

"내가 보기에 엄마가 요양원에 계신 이유는, 제대로 치료받을 수 있는 곳으로 갈 돈이나 보험이 없어서일 뿐이야. 요양원에서 여든 살 아래인 사람은 엄마밖에 없을 거야. 요양원이라는 데는 장례식장에 갈 준비를 마칠 때까지 노인네들을 잠시 맡아 주는 그런 데라고!"

얼린이 트럭을 가지고 돌아오자, 준이 입술에 손을 갖다 댔다.

"애들이 들으면 곤란해."

"오빠, 이거 다 만들면 나한테 새 깎아 줄 거지?"

얼린이 물었다.

"앗, 레스터!"

사슴 똥을 또 집으려는 레스터를 보고 준이 뛰어 내려갔다.

"해줄 거지?"

얼린이 고집을 세우기 시작했다.

"예쁜 새 깎아 줘야 해?"

산만해진 트래비스가 칼을 너무 세게 미는 바람에 타이어 바닥이 잘리고 말았다.

"오빠 트럭 망쳤다."

얼린이 짜증을 내자 로이가 와서 들여다보았다.

"타이어 펑크 났네. 펑크 난 타이어로는 트럭 운전 못하는데."

트래비스는 칼을 접어서 주머니에 넣었다.

"됐어, 난 이렇게밖에 못해. 로이 너는 누나랑 여기 있어. 나중에 보자."

엉덩이에 매달려 울부짖는 레스터를 달래며 준이 말했다.

"나만 두고 이렇게 가면 어떡해, 트래비스. 저녁 먹은 거 치우고 애들 조용히 시키고 침대에 눕혀 재우는 것까지, 나 혼자 어떻게 다 하라고."

"잠깐만 혼자 있게 해주라, 누나. 머리 좀 식혀야겠어. 설거지는 그냥 둬. 내가 나중에 할게."

트래비스는 돌아서서 걷기 시작했다.

누나를 도와주지 않고, 트럭 타이어를 망가뜨리고, 로이가 슬퍼하는데도 모른 척한 것이 마음에 걸렸다. 하지만 다른 무엇보다도, 어머니를 구출할 도리가 없다는 생각에 마음이 몹시 괴로웠다.

15미터 가량 걸어서 숲으로 들어가자, 뻣뻣하던 트래비스의 어깨가 조금 부드러워졌다. 치수가 한참 작은 윗옷을 이제야 벗은 것만 같았다. 그늘진 곳에서 시원한 바람이 불어와 뺨을 스치면서 타오르던 열기를 식혀 주었고, 마르고 딱딱한 진흙 위에 가문비나무 바늘잎이 떨어져 있어 발아래 땅은 폭신한 쿠션 같았다. 트래비스는 자신만의 장소로 달려가서 숨겨 둔 기타를 간이침대에서 꺼냈다.

트래비스는 엄마가 부르던 노래 몇 개를 죽 연주했다. 마음이 슬프거나 외로울 때마다 그 기타를 치면 살아 있는 무언가를 잡은 느낌이 들었다. 엄마의 손가락이 이 기타의 프렛 판을 수천 번도 넘게 오르락내리락했다. 엄마의 손가락 흔적을 따라가기라도 하듯 엄마가 가르쳐 준 방식 그대로 트래비스가 연주하는 소리가 숲에 울려 퍼졌다.

마지막으로 연주한 노래는 엄마가 가장 좋아한 노래인 〈난 어디로 가는지 알아 I Know Where I'm Going〉였는데, 트래비스는 그 음악에서 기쁨과 자유가 아니라 무거운 멍에가 내려앉는 것 같은 심정이었다. 그렇다, 트래비스도 어디로 가는지는 안다. 등에는 무거운 헌 냉장고를 짊어지고, 자신도 모르는 사이 망각의 길로 곧장 추락할 것이다. 마지막 코드는 저절로 줄이 떨리면서 침묵 속으로 사라지도록 해놓고, 트래비스는 간이침대 아래에 기타를 집어넣고 집으로 향했다. 어서 잠자리에 들어 푹 자야만, 내일 아침에 또렷한 눈과 원기 왕성한 힘으로 고물상 일을 새로 시작할 수 있을 테니까.

4

다음 날 아침 트래비스가 일찌감치 집을 나선 그 시각은 마침 스쿨버스가 집 앞을 지날 때였다. 급히 나무 뒤로 몸을 숨기려 했지만, 버스 기사는 트래비스를 보고 말았다. 버스 기사가 문을 열었다.

"장난 칠 시간 없다, 트래비스. 탈 거야 말 거야?"

"블랜드 아줌마, 죄송해요. 저 오늘 학교 안 가요."

"왜 안 가?"

블랜드 아줌마는 트래비스를 빤히 보면서 버스 앞문을 열어 주려는 듯 문손잡이를 잡고 있었다.

"아, 뭐 좀 해야 돼서……. 오늘 일이 있어요."

"학교 가는 것보다 더 중요한 일도 있니?"

필버타 블랜드 부인은 학교에 대한 열정이 대단한 분이다. 그래서 가끔 운전석을 박차고 내려와 늦잠 자는 아이들을 질질 끌고 나오면서 분통을 터뜨리기도 한다. 어떤 아이가 잠옷 바람으로 등교하면 누구든지 그 아이가 47번 버스를 타고 온 줄 알게 되기 때문에, 한번 그런 창피를 당하고 나면 다시는 늦잠을 자지 않았다.

트래비스는 아빠가 일을 시키려 한다는 사실을 블랜드 아줌마가 알면 분명히 구해 줄 거라고 생각했다. 아줌마는 트래비스네 집으로 쿵쿵거리며 곧장 들어와서 아빠에게 정신 차리라며 설득할 테고, 그걸로 일은 해결될 것이다. 하지만 트래비스로서는 그 많은 아이들이 버스에서 바라보는데 말을 꺼낼 자신이 없었다. 이런 작은 동네에서는 아무리 말도 안 되는 일이 있더라도 자기 가족의 오점을 방송하듯 떠벌리기란 불가능하다.

"약속이 있어서요. 누가 절 데리러 오기로 했어요."

블랜드 아줌마는 트래비스의 말을 듣고 잠깐 아무 말이 없었다. 트래비스가 진실을 말하는지 아닌지 꿰뚫어 보기라도 하듯이.

"좋아, 그럼. 내일 보자."

시험을 통과한 것 같다. 문이 닫히고 버스는 떠났다. 트래비스는 아줌마가 자신이 거짓말을 하지 않았다고 믿은 게 의외라고 생각했다가, 이내 자기 말이 사실이었음을 깨달았다. 그래서 아줌마의 레이더에도 감지되지 않았던 것이다.

버스가 바퀴 자국이 깊이 팬 길을 뒤뚱대며 내려가는 것을 보자, 트래비스는 버스를 쫓아 달려가서 골짜기 아래 다음 집에 멈추면 올라타고 싶었다. 어쩌면 정말 실행에 옮길 수도 있었던 그 순간, 경적 소리에 트래비스는 가던 길을 돌아섰다. 바트 비클리가 트래비스에게 트럭으로 올라타라고 손짓했다.

녹이 슨 트럭 문은 잘 열리지 않아 세 번이나 쾅쾅 내리쳐야 했고, 트럭에 몸을 구겨 넣듯 올라탔을 때는 청바지 밑자락이 차에서 늘어진 금속 줄에 걸리고 말았다.

바트 비클리가 트래비스를 바라보았다.

"네가 테이시네 장남이냐?"

"예. 트래비스라고 합니다."

바트는 트럭을 몰기 시작했다.

"내 이름은 바트다. 너희 집은 기타 뜯는 친구들 이름을 따서 애들 이름을 지었다지?"

"네. 엄마가 음악을 좋아하셔서요. 제 이름은 멀 트래비스Merle Travis(1917년에 태어난 미국 컨트리 음악 가수. '컨트리 음악'이란 미국 농촌에 살던 백인들의 대중음악이다. 멀 트래비스는 독특한 기타 주법으로 유명해 그의 이름을 딴 '트래비스 피킹 주법'은 현재까지 잘 알려져 있다) 이름을 따서 지으셨대요."

바트는 담배를 씹고 있어서, 흘러나온 액체를 뱉기 위해 창문을 내렸다.

"니 누나는 준 카터June Carter(1929년에 태어나 가수로서뿐 아니라 작곡가, 배우, 작가로도 활동했다) 이름을 땄고. 그렇지? 내 딸 도리스랑 같은 학교를 다녀서 안다."

"맞아요. 그리고 제 밑으로는 로이가 있는데, 로이 오비슨Roy Orbison(1936년에 태어난 컨트리 음악 가수로 특유의 바리톤 음색이 인기를 끌었다)에서 딴 거고, 그 아래 동생은 얼린이에요."

"얼린이라는 가수는 못 들어 봤는데."

"얼 스크럭스Earl Scruggs(1924년생으로, 민속 악기 밴조를 세 손가락으로 연주하는 주법을 만들었다)예요. 엄마가 얼린을 가졌을 때 아들인 줄로 믿고 그렇게 지었는데, 딸이 나와서 미처 다른 이름을 준비 못하고 얼린이라 붙였대요."

"그렇군."

바트가 담배로 찌들어 누렇게 변한 이를 드러내며 웃었다.

"막내 이름은 레스터예요."

트래비스가 마지막 이름을 말했다.

"레스터 플랫Lester Flatt(1914년에 태어난 컨트리 음악 가수)이군. 이제 뭔가 알겠다. 다 모으면 밴드가 되네. 그래, 너희는 전부 다 기타를 잘 치냐?"

"누나는 시간 날 때 조금씩 치고요, 엄마만큼이나 노래도 잘해요. 저도 연주랑 노래를 조금 하고요."

보통은 한 사람을 제대로 알 때까지 트래비스는 경계를 풀지 않았다. 그런데 왜 지금은 낯선 사람에게 이렇게 가족 이야기를 떠벌리고 있을까? 트래비스는 슬쩍 바트를 쳐다보았다. 마른 몸매에, 회색 머리카락에는 기름이 잔뜩 끼었고, 콧수염과 구레나룻이 얼굴을 전부 가려서 호기심으로 반짝거리는 작은 눈과 날카로운 매부리코만 보였다. 마치 야구 모자를 쓴 한 마리 늙은 까마귀 같다고나 할까.

바트 역시 트래비스를 보며 평가 중이었다.

"너 몇 살이냐?"

트래비스는 바트가 머릿속으로 계산하는 중임을 알아차렸다. 준이 트래비스의 누나라는 것을 아니까, 트래비스의 나이도 그에 따라 짐작할 수 있을 것이다.

"열다섯 살입니다."

아빠가 뭐라 했더라? 더 많았나?

"아, 열여섯 살이요."

트래비스는 얼른 고쳐 말했다.

차가 뭔가에 부딪혀서 바트가 길 쪽으로 눈을 돌렸다.

"사람들은 보통 자기 나이를 헷갈리진 않는데. 아주 쉬운 문제잖아."

"생일 지난 지 얼마 안 되어서요. 깜박했어요."

"운전면허를 딸 수 있는 나이가 되었는데, 그걸 깜박했다고? 너만 한 애들은 열여섯 살 생일만 하루하루 손꼽아 기다리는 게 정상인데."

트래비스는 더 이상 대꾸하지 않았다. 계속해 봐야 좋을 게 없었다. 바트는 어차피 트래비스의 거짓말을 알고 있었다. 만약 그게 문제가 되었다면, 곧장 트래비스를 집으로 다시 데려다 주었을 거고, 그랬다면 아빠야 화가 났겠지만 트래비스로서는 나쁜 일이 아닐 것이다.

바트 역시 아무런 말도 하지 않았다. 둘은 길가에 세탁기를 내놓은 집에 다다를 때까지 묵묵히 가기만 했다. 바트가 트럭을 세우고 엄지손가락으로 뒤를 가리켰다.

"손수레는 받침대 안에 있다."

트래비스는 무슨 소리인지 알 수 없었다. 다음에 무슨 말을 더 하겠지 하고 기다렸다. 트래비스가 움직이지 않자, 바트가 차에서 내렸다.

"일일이 너한테 죄다 보여 주면서 일하면 하루가 굉장히 길어진다."

그러고는 안쪽으로 머리를 들이밀었다.

"그쪽 문은 안에서 잘 안 열리니까 힘을 줘서 팍 밀어라."

어깨로 세 번이나 문을 치고 나서야 겨우 잠금 장치가 풀어졌고, 트래비스는 그대로 길에 나뒹굴었다. 트래비스는 허둥지둥 일어나서 아무 일도 없는 척했다.

바트는 눈을 굴리더니 트럭 뒷문을 당겨 받침대를 털썩 내려놓았다. 손수레가 그 안에 있었다. 트래비스는 뒷문으로 다가가 손수레를 꺼냈다. 이런 일이라면 등에 무거운 물건을 지는 일보다는 훨씬 수월하다.

"경사가 지게끔 판을 두 개 올려라."

트래비스는 바트가 지시한 대로 판을 올리고 세탁기를 손수레에 올리기 좋게 기울였다. 아주 쉽군. 두 개의 판을 타이어 위치에 맞추고 손수레를 트럭 쪽으로 밀었다. 경사진 판에 절반 정도 올라섰을 때였다. 트래비스는 손수레 왼쪽 바퀴가 판에서 벗어났다는 것을 알아차렸다. 세탁기가 뒤로 넘어가려 하자 바로 일으켜 세우려고 했지만 때는 이미 늦어 버렸다. 트래비스가 정신을 차렸을 때는 세탁기에 왼쪽 팔을 꼼짝 못하고 눌린 채로 길 한복판에 드러누워 있었다.

바트가 욕지거리를 내뱉으며 달려와 옆에 앉았다.

"이 물건 모서리란 모서리는 몽땅 찌그러뜨려 놨구만. 두들겨서 펴려면 칠이 다 벗겨지겠어, 젠장."

트래비스는 일어나 보려고 애를 썼지만 움직일 수가 없었다.

"제 팔이……."

"그래, 네 팔이 부러져서 떨어지거나 어떻게 됐나 몰라도, 지금 내 세탁기가 망가졌다구. 최고가에 팔 작정이었는데. 이젠 그냥 고철 더미가 돼 버렸어. 쓰레기 처리장에 버리러 가는 기름 값도 아까울 지경이다."

바트는 세탁기를 똑바로 세운 뒤 손수레에 올리고, 판들을 정리한 뒤 트럭에 집어넣었다. 몸은 작지만 강단이 있고 사냥개 무리에 쫓기는 고양이보다 더 빨랐다.

바트가 트래비스를 내려다보며 말했다.

"거기 그냥 누워 있을 셈이냐?"

"아닙니다."

팔꿈치가 욱신거리기는 했지만 움직여 보니 부러진 데는 없었다. 전에 실제로 팔이 부러졌을 때처럼 삐걱거리는 소리가 나지 않아서 알 수 있었다. 트래비스는 몸을 일으켜 차에 올라앉고 문을 세게 닫았다.

바트는 트래비스가 사고 친 일에 대해서 아직 뭐라고 하지 않는다. 한번 쳐다본 뒤 "괜찮냐?"고 물었을 뿐. 그래서 트래비스는 바트가 이런 말을 하기 전까지는 자기를 걱정하는 줄로만 알았다.

"네가 바보짓을 해서 스스로 다쳐 놓고 나한테 병원비 내라고 할 생각은 마라. 이 정도 위험은 감수하고 스스로 택한 일이니까, 그렇지?"

"알겠어요."

"그리고 너한테 줄 돈에서 저 세탁기로 벌 수 있었던 돈만큼은 빼야겠다. 당연한 거 아니냐, 그렇지?"

트래비스는 고개를 끄덕였다. 트래비스는 얼마를 받기로 했는지도, 저 중고 세탁기로 바트가 얼마를 버는지도 몰랐다. 그럼 하루 종일 한 푼도 못 벌고 일한다는 뜻인가? 아니면 집에 가는 길에 바트에게 돈을 꾸는 상황까지 예상해야 하나?

"보니까, 전혀 이런 일을 안 해본 것 같으니, 내 이번 한 번은 넘어가지. 하지만 얼른 배워야 한다. 저기 앞에 있는 난로는 제대로 수거할 수 있겠냐? 어디 한번 해봐라."

이번에는 몇 번이고 판들이 똑바로 세워졌는지 점검을 하고 경사면을 만들어 손수레를 굴렸다. 그리하여 별 사고 없이 난로를 트럭에 넣을 수 있었다.

다시 차를 몰고 떠나면서 바트가 말했다.

"속도를 좀 더 내야지. 하루 종일 수집만 할 거냐. 먹고 살려면 더 멀리 뛰어야 한다고."

트래비스는 바트에게 웬만해선 인정을 받을 수 없다는 걸 알아챘다. 운

좋게도 몇 시간 동안 주운 다른 물건들은 다 가벼운 것들이었다. 그중 아주 이상한 의자 몇 개는 지나치게 가벼워서 트래비스까지 벌렁 트럭 뒤로 넘어가기도 했지만. 그 뒤로는 트레일러 앞에 누군가 낡은 냉장고를 내놓은 걸 보고 잠시 멈추었는데, 바트가 보더니 쓸모가 없다고 했다. 트래비스는 편안하게 드라이브를 즐기려고 의자를 젖혔다. 이제까지 서너 군데 골짜기를 지나왔고 앞으로 나오는 길은 가파른 비탈 언덕이었다. 버스가 다니는 길 뒤편 도로라서 트래비스에게 이 길은 처음이었다. 차가 산 아래쪽으로 내려가기 시작하자 길이 가파르게 구부러지고 이어서 갑자기 나무가 전혀 없어서 전망이 탁 트인 지대가 나타났다. 멀리로 높은 봉우리가 보이고 그 아래 산들이 앞서거니 뒤서거니 열을 이루어 마치 메아리처럼 서서히 사라지는 것처럼 보였다. 너무나도 아름다운 광경이라 트래비스는 숨이 멎는 것 같았다.

"와!"

트래비스가 탄성을 내지르자 바트가 물었다.

"한 번도 못 본 거냐?"

"처음이에요."

"하긴, 여기는 전국에서 가장 아름다운 곳인데도, 저 망할 놈의 나무들이 둘러싸고 있는 숲 안에 처박혀 살면 저런 광경을 못 보지."

누구 못지않게 숲을 사랑하는 트래비스지만, 이번에는 바트의 말이 맞다는 걸 인정할 수밖에 없었다. 스쿨버스를 타고 다닐 때 보이는 건 온통 나무뿐이었다. 이제서야 트래비스는 여름철이면 왜 그리 관광객이 많이 몰리는지 알 것 같았다. 트래비스도 이 근처에서 산이나 호수 같은 데 놀러가 본 적은 있지만 이런 풍경은 아니었다. 이렇게 멋진 전망을 코앞에 두고 살고 있다는 사실이 믿어지지 않으면서, 엄마와 아빠는 자식들에게 이런 풍경을 보여 줄 생각조차 하지 않았다는 것도 새삼 깨달았다. 지난 몇 년 동안 식구들이 또 놓친 건 어떤 것들일까. 트래비스는 문득 궁금해졌다.

이제 눈앞에 다른 주로 들어가고 있다는 팻말이 보였다. 또 다른 팻말에는 '볼가 시'라고 씌어 있었는데, 한 번도 들어 본 적도, 가 본 적도 없는 곳이었다.

"점심은 싸 왔니?"

바트가 물었다.

"아니요, 안 싸 왔는데요."

"난 저기 치킨 디너 식당에서 먹을 작정인데, 넌 어떠냐? 돈은 있고?"

트래비스가 고개를 저었다.

"굶어서 비실대는 애랑 일할 순 없지. 오늘은 내가 돈을 대신 내주마. 네가 받을 돈에서 까는 거야. 내일은 점심을 싸 오든가, 돈을 가져오든가 해라, 알았지?"

바트는 식당 주차장에 차를 세웠다. 아빠가 일했던 칼스 디너 식당은 평범한 식당으로 보이는 곳인데 비해, 치킨 디너란 곳은 콘크리트 블록으로 토대를 만들어 그 위에 오래된 객차 모양으로 지었다. 지붕에는 노란색 페인트칠이 벗겨져서 사이사이로 회반죽이 드러난 거대한 닭 동상이 있었다. 닭은 약간 기울어져서 마치 들고나는 손님들 숫자를 세면서 손님들 쪽으로 몸을 기대려는 것처럼 보였다. 그 밑을 걷자니 좀 우스운 기분이 들었다.

식단은 모두 지역 특산물로 만든 음식이었고, 건설 노동자와 트럭 운전수로 보이는 사람들이 꽤 많았다. 관광객으로 보이는 사람은 하나도 없었다. 바트는 의자에 앉은 무리 뒤에서 활보하면서, 아는 체하며 이름을 부르고 몇몇 사람은 등짝을 치기도 했다. 그중 몇 명은 돌아서서 인사를 하긴 했지만, 어느 누구도 반가워하는 것처럼 보이지는 않았다. 바트가 카운터 끝에 자리가 하나 났다면서 트래비스를 불렀고, 트래비스는 슬며시 옆 자리에 앉았다.

여종업원이 흘깃 보고는 손을 흔들었다. 적갈색에 가까운 머리카락이 무척 아름다웠다. 눈썹은 밀어 없애고 대신 검은색 선을 아치 모양으로 이마 쪽에 올려붙여 그렸는데, 그런 눈썹 때문인지 표정이 꼭 뭔가에 놀란 사람 같았다. 입술은 트래비스가 봐도 알 만큼 실제 입술보다 크고 두껍게 붉은 색으로 칠했고, 스스로 예쁘다고 생각하는 여자 특유의 모습으로 카운터에서 트럭 운전수에게 애교를 부렸다. 트래비스는 저렇게 화장을 잔뜩 하고 원래 생김새를 바꾸는 게 좋을 수도 있겠다고 생각했다. 원래 태어난 모습이 마음에 들지 않으니 화장으로 가리는 것이다. 자기도 실제 삶을 가리고 뭔가 더 나은 색으로 칠할 수 있으면 좋겠다는 생각이 들었다.

여종업원이 커피 주전자를 들고 와 바트에게 묻지도 않고 한 잔을 따랐다. 그러더니 트래비스를 보고는 웃으며 말을 건넸다.

"애가 있는 줄은 몰랐네, 바트."

바트가 설탕을 한 번에 네 개나 찢어서 커피잔에 풍덩 넣는 바람에 커피가 반이나 카운터에 흘러내렸다.

"내 애 아니야, 랠핀. 새 조수야."

랠핀이 트래비스를 너무 바싹 들여다봐서 트래비스는 고개를 파묻었다.

"점점 더 어려지네. 지난번 조수는 어떻게 된 거야?"

"게으른 놈팡이 주제에 월급까지 올려 달라잖아. 해고해 버렸지."

또 다른 남자가 트래비스 곁으로 들어왔다.

"바트, 자네만큼 조수를 많이 갈아 치운 사람은 내 주변에 없던데."

바트가 남자를 쏘아보았다.

"스콧, 내 일은 상관 말고 가서 자네 일이나 신경 쓰지 그러셔."

스콧은 바트만큼이나 말랐지만 인상은 전혀 달랐다. 우선 잘생겼고, 들쭉날쭉 제멋대로인데다가 거친 바트의 수염과는 달리 짧게 면도를 해서 단정해 보였다. 그리고 침대 스프링처럼 항상 튀어오를 준비가 되어 있는 바트와는 대조적으로 편안한 느낌이 들었다. 뭐랄까, 차분하고 안정되어 보였다. 또 몸에서 나는 냄새도 바트보다 훨씬 좋았다. 트래비스가 곁눈으로 슬쩍 보니, 그 사람의 모자에 '기타'라는 단어가 쓰여 있었다. 그래서 더욱 관심이 갔지만 그렇다고 모자에 쓰인 단어를 전부 읽을 정도로 오랫동안 뚫어져라 볼 수는 없는 노릇이었다.

랠핀이 트래비스에게 메뉴판을 건네면서 커피를 따라 주었다.

"이런 일 하기엔 너무 어려 보이는데. 몇 살이니, 너?"

바트가 말했다.

"묻지 마. 자기가 몇 살인지도 모르는 놈이니까. 멍청하기는. 여태껏 숲 뒤로 한 번도 못 와 봤대."

트래비스는 그 말을 바로잡으려고 하다가 곧 그만두었다. 바트를 화나게 하면 점심을 못 얻어먹을지도 모르는데, 아까 낡은 냉장고를 발견했던 지점부터는 계속 위장에서 꼬르륵 소리가 멈추지 않는 상태였기 때문이다. 게다가 트래비스는 하루에 몇 시간을 일해야 하는지도 듣지 못했다. 아마도 바트가 집에 데려다 줄 때가 되어서야 몇 시간인지 가늠이 되리라.

랠핀은 기타 모자를 쓴 남자에게 커피를 따라 주러 갔다.

"스콧 맥키삭 씨께서 우리 가게엘 다 오시고. 오늘은 어쩐 일로 점심시간에 오셨어요? 지난 부활절 식사 때 이후로 한 번도 못 뵀는데."

"작업실에서 통 빠져나올 시간이 없었어요, 랠핀. 식사는 클래런스랑 버디가 갖다 주는 즉석 요리로 때우기 일쑤랍니다."

"저런, 그런 음식으로 때워서는 안 돼죠. 제가 지금 제대로 된 음식 좀 갖다 드려요?"

"고맙지만 시간이 별로 없어요. 오늘은 페스티벌 때 당신이랑 아르노가 음식을 준비해 줄 수 있을지 물어보려고 들렀어요."

랠핀은 작은 공책을 집더니 귀 뒤에 꽂았던 연필을 꺼냈다.

"물론 가능하죠. 작년이랑 똑같이 준비하면 될까요. 닭 요리랑 감자 샐러드? 삶은 콩도 좀 준비할까요?"

"그거 좋겠네요. 디저트로는 파이 좀 준비해 주시고, 얼마나 필요할지 양은 랠핀이 결정해 줘요. 올해는 몇백 명은 올 것 같은데. 연주 경연대회 참가자만도 거의 백 명이나 되거든요."

경연대회라고? 트래비스는 귀를 쫑긋 기울였다. 기타 연주 이야기를 하는 건가? 트래비스는 그런 대회가 있는지도 몰랐다.

"당신네 페스티벌 덕분에 장사가 잘되네요, 스콧. 작년에도 타지에서 온 사람들이 페스티벌 마치고 저녁도 먹고 다음 날 아침도 먹으러 꽤 많이 왔죠. 들어서자마자 노래들을 불러 대서 좀 시끄럽긴 했지만, 전 꽤 재미있더라고요."

스콧 맥키삭이 웃으며 말했다.

"최소한 음정은 맞출 줄 아는 사람이 와야 할 텐데 말입니다. 지게차로 잡아도 도무지 조율이 안 되는 사람도 더러 있거든요. 꼭 가장 못 부르는 사람이 가장 크게 부르니 참 희한하죠."

"아, 독특한 멋쟁이들이 몇 명 있었죠. 그래서 더 재미났고요. 그래, 날짜는 언제예요? 작년처럼 독립 기념일인 7월 4일 낀 주말에 할 거예요?"

"맞아요. 토요일 하루 종일 할 거예요."

트래비스는 대체로 어른들이 대화하는 데 끼는 편은 아니었지만, 이번만큼은 참을 수가 없었다.

"저, 그 경연대회가 기타 연주로 하는 건가요?"

스콧 맥키삭이 웃으며 대답했다.

"그럼. 너도 기타 칠 줄 아니?"

"경연대회 나갈 정도로는 못 쳐요. 기타를 좋아하기는 하지만요. 저희 집에 4대조 할아버지께서 만드신 아주 오래된 기타가 있어요."

"말도 안 돼. 아직 그런 게 온전히 남아 있단 말야?"

"많이 낡기는 했지만, 그래도 소리는 좋아요."

"언제 한번 꼭 보고 싶구나. 나는 수제 악기가 어떤 식으로 조립되었는지에 관심이 많거든. 특히나 그렇게 오래된 기타라면 더하지."

스콧은 지갑에서 명함을 꺼내더니 트래비스에게 건넸다.

"이쪽 숲 근처에 올 일 있으면 기타 들고 한번 찾아오렴. 난 항상 작업실에 있으니까."

"아, 저는 그 기타를 팔 생각으로 말씀 드린 게 아닌데요."

"당연하지. 그렇게 오래 가족들에게 남아 있는 기타인데, 팔다니. 넌 그걸로 연주도 한다면서. 어떤 사람들은 악기를 옷장 구석에 처박아 놓고 도통 즐기지를 않는데 말야."

"우린 그러지 않아요. 이 기타는 늘 누군가 연주했어요. 엄마께선 거의 날마다 치셨고요."

"치면 칠수록 기타 소리는 더 좋아진단다. 엄마랑 같이 경연대회 꼭 보러 오렴. 정말 놀라운 주법으로 연주하는 소리를 들을 수 있을 거야."

바트가 말했다.

"재 엄마는 요양원인가에 있다네. 내가 들은 바로는, 이제 재 엄마에게 기타 칠 날은 다시는 안 와. 말도 못하는 판국에, 노래는 무슨."

트래비스는 얼굴이 새빨개지는 것을 느꼈다. 저 따위 낙오자 바트가 어머니에 대해서 함부로 말하는 것을 듣고 그냥 넘길 수가 없었다. 무슨 권리로 우리 엄마가 다시는 기타를 못 친다는 말을 한단 말인가. 아무것도 모르면서.

바트가 팔꿈치를 트래비스의 갈비뼈 아래에 들이밀었다.

"그만 지껄이고 자, 어서 점심 먹고 일하러 나서야지? 랠핀, 나는 더블치즈버거랑 감자튀김으로 줘."

"저도 같은 걸로 할게요."

트래비스가 메뉴판에 머리를 묻고 웅얼거리듯 말했다.

바트가 메뉴판을 손에서 탁 내팽개치는 바람에 스콧 맥키삭이 준 명함이 땅에 떨어졌다.

"그렇게 비싼 걸 먹을 필요 없어, 넌. 내가 그렇게 돈이 많은 줄 알아?"

바트가 랠핀에게 말했다.

"이 녀석 몫으로는 땅콩버터랑 젤리면 충분해."

이때 스콧이 일어서더니 트래비스 앞으로 5달러짜리 지폐를 내놓았다.

"더블치즈버거랑 감자튀김 값도 못 내 주는 주인이라면 이참에 다른 일을 찾아봐라, 트래비스. 자, 랠핀, 페스티벌 최종 계획 마무리하러 클래런스나 내가 다음 주에 다시 올게요."

트래비스는 스콧에게 5달러를 도로 내밀었다.

"고맙습니다만, 저는 이걸 받을 수 없어요. 땅콩버터만 먹어도 괜찮습니다. 언제 이 돈을 갚을 수 있을지도 모르는 걸요."

스콧이 트래비스 앞에 다시 돈을 놓았다.

"이건 꿔 주는 게 아니라 선물이야. 기타 연주자 동지로서 기쁘게 돕는 거다."

스콧이 자리를 뜬 뒤, 트래비스는 바닥에 떨어졌던 명함을 주웠다. '스콧 맥키삭, 수제 기타 제작'이라고 씌어 있었다. 명함에는 기타 사진이 박혀 있었는데 이제까지 트래비스가 본 것 중에 가장 아름다운 기타였다.

바트가 말했다.

"가끔 제 분수도 모르는 놈들이 있다니까. 비싼 기타 만들어 부자들에게 판답시고 자기가 뭐 대단한 사람인 줄 아는 모양이군."

랠핀이 치즈버거와 감자튀김을 가져다주었다. 트래비스가 버거 안에 든 케첩과 겨자, 양파, 옥수수 따위를 정돈하는 동안 바트는 벌써 자기 몫을 다 먹어 치웠다. 트래비스는 아빠가 식당에서 해고된 뒤로 식당 밥을 먹어 본 적이 없었다. 버거는 정말 맛있었다. 그릴에 구워서 탄 자국이 남은 고기하며, 감자도 바삭하니 잘 튀겨졌다. 바트가 마치 석탄을 용광로에 부어 넣듯이 음식을 쏟아 넣는 동안 트래비스는 한입 한입 맛을 음미했다. 바트는 입을 다물지도 않고 음식을 마구 씹고 있었다. 그 광경에 입맛이 뚝 떨어져서, 트래비스는 바트 맞은편에서 식사하지 않는 게 다행이다 싶었다.

바트는 감자튀김을 다 먹고 나서 소매로 얼굴을 닦았다.

"끝! 자, 자, 빨리 좀 먹어라, 이 녀석아. 무슨 할망구처럼 밥을 먹고 앉았어."

그러고는 트래비스 몫의 감자튀김을 한 움큼 집었다.

랠핀이 커피 주전자로 막아서면서 바트의 잔에 커피를 더 따라 주었다.

"불쌍한 애가 밥 좀 조용히 먹게 놔 둬. 5분 늦는다고 길가에 버린 명품이 어디 도망가기라도 한대?"

"내 말이 그 말이야. 모츠빌에서 온 놈이 요새 내 영역을 침범했다고. 여기서 이 할망구 같은 녀석이 점심이나 야금야금 깨작거리고 얌전 떠는 동안 그놈이 내 걸 다 쓸어 갈 거야."

바트가 5달러 쪽으로 가까이 가자, 빨간 매니큐어를 칠한 랠핀의 손가락이 먼저 잽싸게 돈을 집어서 주머니에 쏙 넣었다.

"이건 내 생각에 당신 게 아니고……. 어, 너 이름이 뭐니, 얘야?"

"트래비스요, 트래비스 테이시."

랠핀이 미소를 지었다.

"어머, 잘 어울리는 이름이네. 컨트리 가수 이름 같아. 거스름돈 가지고 올게요, 트래비스 테이시 씨."

바트는 카운터에 지폐를 몇 장 던진 뒤 문 쪽으로 향했다.

"이 따위로 해서는 팁은 한 푼도 못 줘, 랠핀. 우수 고객님한테 잘해야 다음에 또 오지."

건설 노동자로 보이는 이들 중 하나가 어깨 너머로 바트를 불렀다.

"바트, 자네가 무슨 자격으로 우수 고객이 되나?"

또 다른 사람도 말했다.

"랠핀이 자네가 또 오길 바라기는 하고?"

그러고는 모두들 한바탕 웃었다.

랠핀은 트래비스에게 50센트를 거스름으로 가져다주었고, 트래비스는

25센트짜리 동전 하나를 접시 아래 놓았다. 아빠는 늘 식당에서는 팁을 남겨야 한다고 했다. 식당에서 일해 보면 팁이 얼마나 소중한지 알 거라면서. 트래비스가 먹다 남긴 치즈버거와 감자튀김은 랠핀이 조심스럽게 포장 상자에 담았다.

"난 네가 급하게 밀어 넣듯이 음식을 먹게 하긴 싫다, 트래비스. 이렇게 가져가면 트럭 안에서 편안하게 먹을 수 있을 거야."

"바트 아저씨가 그러게 놔두지 않을걸요. 그래도 감사합니다."

랠핀이 웃으며 말했다.

"바트는 불평 많은 멍텅구리일 뿐이야, 안 그러니? 그런 사람 때문에 주눅 들 필요 없어. 그래도 그렇게 나쁘기만 한 사람은 아니란다. 늘 투덜대서 그렇지."

트래비스가 의자에서 일어나자, 랠핀이 팔짱을 끼었다.

"바트가 네 어머니 이야기했던 건 신경 쓰지 마라. 어머니께선 분명히 괜찮아지실 거야. 두고 보렴."

짙은 화장 속에서도 랠핀의 얼굴은 희망과 의지로 가득 차 보였고, 그런 모습을 보자 트래비스도 한결 기분이 나아졌다.

5

바트는 트래비스가 음식 상자를 들고 오자 언짢은 표정을 지었다. 길가로 나가려고 기어를 넣으며 바트가 말했다.

"트럭에 음식 냄새가 진동을 하겠구먼."

트래비스는 음식 냄새로 바트한테서 나는 냄새를 덮으면 훨씬 낫겠다고 속으로 생각했지만, 말로 표현하지는 않았다.

"열지는 않고 집에 가서 먹을게요."

"그냥 놔두는 건 더 안 돼. 지금 당장 먹지 않으면 그 음식 때문에 온갖 더러운 것들이 꼬일 거야, 이를테면 쥐새끼 같은 거."

"이 정도 속력으로 달린다면 쥐가 뛰어오르기엔 좀 힘들겠는데요."

트래비스는 이렇게 말하고 나서도 잠깐 동안 바트에게 자신이 한 방 먹였다는 사실이 믿기지 않았다. 아마도 식당에서 사람들이 바트에게 비아냥거리는 것을 본 뒤 용기가 생긴 모양이다.

"어쭈, 이제 개그맨 흉내도 내냐? 좋다, 의자 뒤에 감자튀김 하나라도 떨어지는 날엔, 가게로 돌아가서 차를 세울 테다. 그럼 어떻게 되는지 아냐? 날아다니는 벌레들……. 뭐냐, 파리 같은 뭐 그런 거 마구 꼬일걸. 너구리 같은 동물도 어슬렁대겠지. 너, 너구리가 감자튀김 냄새를 얼마나 멀리서부터 맡는지 알기나 해?"

"아뇨. 얼마나 멀리서부터 맡는데요?"

"아주아주 먼 데서부터지. 몇 킬로는 족히 될걸. 냄새를 엄청 잘 맡거든, 너구리가. 그리고 먹기 전엔 꼭 음식을 깨끗이 씻는단다. 그건 몰랐지? 모를 테지, 암. 학교에선 그런 걸 가르쳐 줄 리가 없지."

트래비스는 먹고 있던 치즈버거의 마지막 조각이 입 밖으로 튀어나오려 해서 얼른 창문 쪽으로 얼굴을 돌렸다.

아랑곳하지 않은 채 바트는 강의를 계속했다.

"감자튀김 말고 또 다른 거 하나 알려 주랴?"

트래비스가 말을 않자 무시하는 걸로 받아들이고 바트는 계속했다.

"곰 있지, 곰. 곰이 트럭에서 어떤 짓을 할 수 있는지 알아? 모르겠지, 당연히 모를 거야. 학교에서 실제 사는 데 필요한 걸 가르칠 리가 없지. 내가 그럼 가르쳐 주지.

옛날에, 그러니까 한 20년 전쯤에, 내 살던 집 앞에 어떤 사람이 차를 세우고 창문을 열어 둔 채로 껌 한 통을 차 안에 남겨 놨어. 스피어민트 껌, 쥐꼬리만 한 껌이었어. 그러고는 톰슨네 철물점에 들어가서 한 15분 있었지, 아마. 그런데 그자가 차로 돌아가 보니, 차 안이 산산조각이 난 거야. 천장은 완전 너덜너덜해지고 의자 안을 채우는 스폰지 같은 것들이 막 길거리까지 날아다니고. 한여름인데 눈보라 치는 것 같았지 뭐냐."

"그게 곰이 한 짓인 줄 어떻게 알아요? 아저씨가 봤어요?"

바트가 씩 웃으며 고개를 끄덕였다.

"봤고말고. 곰이 잘못해서 자동차 경적 위에 앉아 버렸거든. 그 소리 때문에 온 동네 주민 절반은 달려가서 대체 무슨 일인가 하고 봤지."

"그런데, 곰이 껌 냄새를 쫓아서 왔단 걸 어떻게 알았어요?"

"포장지를 일일이 찢어서 껌을 입안에 넣더라니까. 똑똑히 봤어. 껌 뭉치를 씹고 앉아 있는데, 기분이 죽아 죽겠다는 표정이더라."

"곰이 그랬을 리가 없어요!"

"넌 그때 거기 없었잖아?"

"없었죠."

바트는 머리를 뒤로 젖히고 담뱃재에 찌든 이를 드러내면서 웃어 댔다. 입맛이 뚝 떨어질 지경이었다.

"그러니까, 넌 아무것도 모른다니까. 못 믿겠으면 너네 아빠한테 물어봐라. 아빠는 기억하실 거다. 이 근처 사는 사람이면 누구든지 다 알아."

"그러고 나서 곰은 어떻게 되었어요?"

"음, 오래오래 거기 앉아 있었지. 앉아서 줄창 껌을 씹어 대면서. 곰 때문에 교통이 마비되어서 사람들이 쏘려고 했어. 그런데 스러미 톰슨이, 철물점 주인 말야, 22구경 권총(소형이지만 암살용으로 쓰일 만큼 위력이 세다)을 들고 나오더라고."

"그래서 곰을 쐈어요?"

바트가 트래비스를 바라보았다.

"톰슨 딴에는 그러려고 했겠지만 못 맞췄어. 빗물받이에 구멍 세 개, 타이어에 구멍 두 개, 그게 다였지. 아무튼 그 바람에 곰을 쫓아내긴 했어."

트래비스는 감자튀김을 입에 물고 우물거리면서 웃지 않으려고 애썼다.

"전부 다 거짓말이죠, 그렇죠?"

"이런 걸 두고 우리 고장의 전설이라고 하는 거다. 누구는 이렇게 봤대고,

또 누구는 저렇게 봤대고, 그런 식이지."

"하지만 아저씨가 거기 계셨다면서요. 그럼 무슨 일이 일어났는지 다 보셨을 거 아네요?"

"무슨 일이 일어났는가는 중요치 않아. 탈것 안에는 절대로 음식을 놔두면 안 된다는 게 요점이다. 어, 저기 좀 잘 봐라. 물건들 꽤 괜찮은데."

바트는 차를 멈췄다. 트래비스는 음식 상자를 놔두고 차에서 내렸다. 용수철이 고장 난 침대와 한쪽 받침대만 남은 흔들의자, 구부러진 자전거 프레임과 녹슨 잔디깎이 기계, 그리고 거의 닳아 없어진 잎사귀 정리용 갈퀴가 나와 있었다. 트래비스는 트럭 창문가로 가서 바트에게 보고를 했다.

"잔디깎이는 가져와라. 고상한 환경보호주의자 님들께서 여기로 이사 오더니 가스가 배출되는 기계는 버리고 비싼 돈을 들여 새걸 산다지."

트래비스는 기계를 트럭에 싣고 자리에 앉았다. 감자튀김 상자를 들어보니 말끔히 비어 있었다.

"저 없을 때 곰이 다녀갔어요?"

후진을 하면서 바트는 앞만 쳐다보았다.

"그런가 본데?"

때마침 햇빛이 바트의 얼굴로 들이쳐서 트래비스는 그의 입 주위로 반짝이는 소금가루를 눈치챘다.

"곰이, 되게 빠르더라, 야."

바트가 말하면서 증거를 없애기 위해 입술을 훔쳤다.

트래비스는 바트가 자기 감자튀김을 훔쳐서 화가 났지만, 아무 말도 하지 않음으로써 신이 나 있는 바트를 불편하게 하는 편이 낫겠다고 판단했다. 그런데 주운 물건들이 별 쓸모가 없자 바트 스스로 기분이 점점 나빠지기 시작했다.

"이게 다 저 망할 모츠빌 놈 때문이야. 이 동네를 싹 쓸어 버렸구만."

"어쩌면 처음부터 별거 없었는지도 모르잖아요. 고물 줍기엔 좋은 날이 아닌가 봐요."

"이렇게 나쁜 적은 없었어. 이건 말이 안 된다고."

트래비스가 혹시나 놓친 물건이 있는지 확인해 보려고, 바트가 차에서 내려 찾기 시작했다. 그리고 마침내 제법 마음에 드는 청소기를 찾아냈다.

"가게에 청소기가 두 대 있거든. 석 대를 다 모아 놓고 보면 부품 중에 분명 쓸 만한 게 나올 거다."

트래비스는 자전거 하나를 발견하고 나무 받침대 아래에서 꺼냈다. 산악자전거였는데 프레임도 단단하고 바퀴도 한쪽은 휘었지만 다른 한쪽은 튼튼해 보였으며, 케이블 브레이크도 잘 달려 있었다.

"저 이거 주워도 돼요?"

트래비스가 물었다.

"아아니, 자전거는 돈 안 돼. 애들이 만날 공짜로 달라고 조르거든."

"가게에 가져가자는 게 아니고, 제가 갖고 싶어서요."

바트가 눈을 가늘게 뜨고 트래비스를 바라보았다.

"딱 하루 나랑 돌더니, 벌써 네 사업을 시작하겠다는 소리냐? 내 물건 다 훔치는 모츠빌 놈 때문에 안 그래도 성질 나는 판국에 너까지 이래?"

"타고 다닐 자전거가 필요한 것뿐이에요. 부품은 알아서 구할게요."

"내 차 타고 기름 쓰면서 다녀 가지고 부품을 찾아내면, 그럼 그 자전거는 내 물건이 되는 거다. 그래도 너한테는 싸게 팔아 주지."

"제가 부품 모아서 집으로 가져가고, 제가 직접 자전거 고치는데, 아저씨한테서 사야 된다고요?"

"그렇지. 그래야 공평하지."

트래비스는 자전거를 도로 내려놓았다.

"됐어요. 그렇게까지 해서 가지고 싶지는 않아요."

"좋아, 그럼. 돈은 안 내도 된다. 대신, 매주 급여에서 조금씩 빼는 걸로 하자."

"아저씨, 지금 제가 무슨 산골 촌뜨기 바본 줄 알아요? 그렇게 해도 결국 돈 내는 건 마찬가지잖아요."

"아니지, 전혀 안 똑같지. 한 번에 안 나가고 거의 눈치 못 챌 만큼 조금씩 나가잖아."

"하긴, 저는 제 급여가 얼만지도 모르니 눈치챌 일도 없겠네요."

바트는 놋쇠로 만든 거실 등을 주워서 트럭에 넣었다.

"그 문제는 아빠랑 다 합의가 됐다. 아빠한테 물어보면 알 거야."

바트가 트럭에 타라고 손짓했지만, 트래비스는 그대로 서 있었다. 그렇게 된 거란 말이지. 바트는 아빠에게 급여를 주고, 아빠는 그 돈을 거의 다 챙긴 다음 기분 내킬 때나 나에게 조금 떨궈 주겠지. 트래비스는 하루 온종일 돌아다니며 고물을 줍고, 아빠는 앉아서 돈을 벌어들이고. 어림없는 게임이다.

"그만둘래요. 오늘 번 돈이나 주세요."

바트가 트럭에 타더니 문을 쾅 소리가 나게 쳤다.

"너 같은 애는 애당초 쓰는 게 아니었어."

그러고는 지폐 몇 장과 동전을 창문으로 던졌다.

"나중에 와서 다시 써 달라고 빌기만 해봐."

"걱정 마세요. 그럴 일 없으니까."

바트가 차도로 쌩 하고 떠나자, 그 뒤로 자갈들이 요란하게 쏟아졌다. 그 바람에 작은 돌들이 날아와 트래비스 옆의 자전거 프레임에 맞아 딱딱 소리를 냈다. 트래비스는 땅에 떨어진 지폐 중 한둘은 5달러짜리길 바라며 주워 모았지만, 전부 1달러짜리뿐이었다. 그리고 잔돈까지 주워서 세어 보니 전부 합해 3달러 64센트였다. 이건 사기나 다름없다. 돈을 주머니에 쑤셔 넣고 트래비스는 자전거를 살펴보았다. 휜 쪽은 뒷바퀴였다. 트래비스는 바퀴를 들어 도로의 중앙분리대 끝에 대고 밀어서 휜 곳을 똑바로 펴고 양쪽 바퀴가 나란해지도록 만들었다. 페달 하나는 좀 느슨해져서 칼끝으로 조여 주었다. 브레이크 케이블은 나사를 조여서 잘 붙어 있게 만들었다. 뒷바퀴에 듣는 브레이크만 남기는 했지만 앞바퀴에만 들어서 핸들 너머로 나가떨어지는 것보다는 나았다.

트래비스는 자전거의 나머지 부분을 점검했다. 체인이랑 브레이크 한쪽을 빼면 다 괜찮았다. 언덕을 오르지는 못하겠지만, 내려갈 때는 자전거를 타고 오르막이 나오면 걸으면서 끌고 가면 된다. 지금까지보다 더 힘들겠지만 집에 갈 수는 있다.

트래비스가 자전거를 끌고 걸어서 언덕 꼭대기로 올라가다가 보니, 휘어진 바퀴를 고친 데가 잘 작동해서 스스로가 자랑스러워졌다. 뒷바퀴는 조금만 힘을 줘도 잘 돌아갔다. 꼭대기에 다다라서는 안장이 잘 조여져 있는지도 확인했다. 그러고는 바로 뛰어올라 앉은 뒤 자전거를 몰아 언덕 아래로 내려갔다. 커브 길이 넓은 편안한 도로였기에 자전거는 안정적으로 나아갔고 그다지 속력을 낼 필요도 없었다.

반쯤 내려가자, 트래비스는 자기가 지금 어느 방향으로 가는지 모르고 집으로 가는 길도 모른다는 것을 깨달았다. 짧은 여행이지만 지금까지 본 바로는 마을은 골짜기 아래에 몰려 있었으니 언덕 밑에 다다랐을 때 누군가에게 집으로 가는 방향을 물어보면 될 것이다. 그게 어렵다면 다시 위로 걸어 올라가서 다음 골짜기에선 마을이 나올 거라는 희망을 가져야 할 테고. 아직 해가 중천에 떠 있으니 어두워지기 전까지 시간은 충분하다. 트래비스는 기분이 꽤 좋아졌다. 바트 비클리에게 정면으로 맞섰고 탈 만한, 뭐 겨우 언덕을 내려가는 데만 쓰기는 하지만 자전거도 생겼다. 시작이 반이니, 집에 가서 오늘 번 돈으로 자전거 체인과 브레이크 하나를 더 사서 수리하면 완벽하다. 이제 자신만의 운송수단이 생겼으니 원하면 언제든지, 아빠가 좋아하건 말건, 엄마를 보러 갈 수도 있다.

그러나 다음 커브를 돌아서자, 길은 갑자기 깊어지고 커브가 점점 날카로워졌다. 자전거가 점점 속력이 나서 브레이크 손잡이를 꽉 움켜쥐고 잘 잡아야만 안전하게 천천히 내려가는 느낌이 들었다. 이렇게 가는 것 역시 트래비스에게는 자랑스러운 일이었다. 브레이크 케이블을 잘 조여 두었고 또 그래서 잘 작동한다는 것은, 한 번도 자전거를 가진 적 없는 아이가 한 것 치고는 잘한 일 아닌가.

그때 갑자기 탱! 소리가 나더니 자전거가 채찍을 맞은 경주마처럼 펄쩍 뛰었다. 브레이크 케이블이 딱 소리를 내며 부러졌다. 몸을 날리기에는 너무 빠른 속도라 트래비스는 자전거를 꼭 잡고 자갈길에 넘어지지 않으려고 애쓰면서 길 끄트머리를 따라 달렸지만 곧 미끄러지게 될 것이 뻔했다. 나무들이 너무 빨리 지나가서 트래비스의 눈에는 초록색이 짓뭉개진 듯 뿌옇게 보였다. 이 속도에 자전거를 멈추고 도로로 미끄러진다면 피부가 다 벗겨질 뿐만 아니라 몸에 있는 뼈란 뼈는 다 부서지게 생겼다. 하지만

이 상황을 헤쳐 나갈 방도가 하나도 떠오르지 않았다.

순간 트래비스는 눈앞에 오른쪽으로 갈라지면서 언덕으로 오르는 길을 발견했다. 저 모퉁이를 미끄러지지 않고 돌기만 하면 올라가는 길이니 속력이 줄어들 것이다. 앞바퀴가 점점 뒤뚱거리기 시작하고 있었다. 똑바로 가기 위해 온 힘을 다해야만 했다. 모퉁이를 돌면서 안간힘을 쓰는 와중에도 트래비스는 도로 정중앙으로 가려면 바퀴가 얼마나 돌아야 할지를 계산했다. 그러느라 구멍이 움푹 패인 곳을 못 보았는지, 아니면 앞바퀴 때문인지 자전거는 갑자기 서고 말았다. 손이 핸들에서 잡아 뜯기듯이 떨어지더니 트래비스의 몸이 공중으로 붕 떠올랐다. 그 뒤로는 모든 것이 영화에서 고속 촬영을 해서 일부러 만든 움직임처럼 느리게 보였다. 이제 죽나 보다 싶었다. 눈앞에 그간 살아온 일생이 깜박거리며 보이길 기다렸다. 그러나 그런 건 보이지 않았다. 몇 번을 뒤집혀서 길가에 겨우 내려선 자전거가 저 아래 보일 뿐이었다.

그때 눈앞으로 물이 들이쳤다. 어찌나 열심히 물을 내리쳤는지 숨이 멎는 것만 같았다. 물속에서 몸부림을 치다 보니 뭔가 부드러운 것이 닿았다. 진흙이다! 발이 내려가 닿은 곳에 진흙이 달라붙었다. 트래비스는 거기서 빠져나오려고 안간힘을 썼지만 숨을 들이쉴 수 없었다. 물을 한입 들이키고 미친 듯이 허우적거리기 시작했다. 물 색깔이 검게 변했다. 있는 힘껏 헤엄을 쳤다. 어느 쪽으로 가야 수면 위로 떠오를지 알 수 없었다. 이때 다시 공기가 폐부 깊숙이 들어왔다. 살았다!

트래비스는 연못가로 헤엄쳐 가기 시작했다. 얼마 안 가 발이 땅에 닿는 것이 느껴졌다. 신발이 모래를 흠뻑 빨아들일 정도로 한참을 묵묵히 걸어 부들(습지에서 자라는 갈대 비슷한 식물) 숲을 헤쳐 길가에 다다랐다. 오른발에서는 철벅 소리가 났는데 왼발에는 도로를 스치는 발바닥의 감각이 느껴졌다. 진흙 구덩이 어딘가에서 한쪽 신발을 잃어버린 것이었다. 돌아가서 찾아볼까도 생각했지만, 부들 숲이 가리고 있어서 애써 뚫고 나온 길이 보이지도 않는다. 가망이 없다. 자전거 쪽으로 걸어가는데 청바지가 진흙투성이가 되어 푹 젖어서, 무게가 족히 20킬로그램은 넘는 것처럼 느껴졌다.

자전거는 트래비스보다 훨씬 더 엉망이었다. 앞바퀴는 완전히 못쓰게 휘어졌고 내려갈 때 끌고 갈 수 있을지조차 의문이었다.

멍하니 서서 어떻게 해야 할지 막막해하는데 차 소리가 들렸다. 차는 원래 가려던 방향과는 반대쪽 언덕 위로 오르는 중이었지만 운전수가 트래비스를 보면 도와주려 멈춰 설지도 모른다. 모퉁이 길에서 그 모습이 드러났다. 자동차는 아니고 트럭이었다. 어쩌면 자전거도 뒤에 실어 주고 태워줄 수도……. 잠깐만……. 저건 트래비스가 잘 아는 트럭이다. 바트 비클리의 트럭. 바트가 길 가장자리에 차를 세웠다.

"뭔 빌어먹을 일이 생긴 거냐?"

"괜찮아요. 그냥 가세요."

바트가 차에서 내리더니 길을 건너 트래비스의 자전거를 들었다.

"너랑 네 최악의 자전거랑 집에 데려다 주고 나서 혼자 있게 해주지."

"필요 없어요. 혼자 집까지 갈 수 있어요."

바트는 트래비스를 머리부터 발끝까지 천천히 훑어보더니 신발 한 짝이 없어진 걸 알고는 고개를 내저었다.

"척 봐도 알겠다. 자전거 끌고 집까지 가려면 이틀, 아니 어쩌면 사흘이 걸릴지도 몰라. 운이 없으면 일주일이 걸릴 수도 있고."

바트가 자전거를 트럭에 올린 뒤 따라오라는 시늉을 했다. 트래비스는 꼼짝하지 않았다.

"관두세요."

"야, 내가 뭐 너한테 친절이나 베풀려고 이러는 줄 아냐. 나랑 일했으니까 책임지는 것뿐이야."

바트가 팔을 잡아끌자, 트래비스가 뿌리치면서 말했다.

"이제 아저씨 조수가 아니에요. 그만뒀다고요, 잊으셨어요?"

"내가 널 여기 그냥 두고 가면, 넌 아마 멍청이같이 죽고 말 거다. 그럼 누가 욕을 먹을 것 같으냐? 너랑 같이 있었던 마지막 사람이겠지. 그건 바로 나고. 사람들이 내가 널 때리고 진흙 속에 처박아서 익사시켰다고 할지도 몰라. 자, 다시 한 번 말하는데, 나도 좋아서 이짓 하는 게 아니라고. 하지만 너 땜에 감옥 갈 순 없는 노릇이니까, 닥치고 어서 타."

트래비스는 너무 힘들어서 말싸움을 할 기력도 없었다. 게다가 누군가의 도움 없이 집에 갈 도리도 없었다. 그래서 조수석 쪽으로 걸어갔다.

바트가 몸을 기울이더니 문을 잠그고 창문만 열어 놓고 말했다.

"내 옆자리를 진흙탕으로 만들 셈이냐. 쓰레기는 뒷자리에 태운다."

"좋아요. 어차피 나도 옆에 앉아서 아저씨 목소리 듣기 싫어요."

트래비스를 짐칸에서 굴려 대려고 일부러 매번 구멍이 움푹 파인 길만 골라 가는지 트럭이 마구 흔들렸다.

자동차가 자갈에 구르는 소리를 듣자마자 아빠가 집에서 나왔다. 아빠는 바트가 있는 쪽 창가로 다가갔다.

"하루 일치고는 좀 빨리 끝났네?"

바트가 말했다.

"내 생각엔 오늘 하루 공친 것 같소. 내가 번 돈보다 당신네 잘난 아드님이 해먹은 돈이 더 들었으니. 오늘부로 해고요. 어쩔 수 없었네요. 내가 데리고 있기엔 무리요."

트래비스가 트럭에서 살며시 빠져나오려 했지만, 아빠는 이미 보고 말았다. 아빠가 그냥 넘어갈 리가 없다. 트래비스는 자전거를 끌어내렸다.

"대체 무슨 일이냐? 일을 안 했다니 그건 또 무슨 말이고? 수영이라도 갔다 온 꼴을 하고 있구나. 그런 거야? 농땡이 치고 수영하러 간 거야?"

"아니에요, 아빠, 저는……."

바트가 끼어들었다.

"농땡이 친 거 맞네요, 암요. 지금까지 본 애들 중에 제일 게을러요. 제일 멍청하기도 하고. 오늘 찾은 물건 중에 최고로 값나갈 만한 물건은 아주 제대로 떨어뜨려서 내 하루 벌이를 망쳐 버렸고, 그것보다도 더 어이없는 건, 내가 얘 점심까지 사야 했다는 거죠."

"거짓말이에요, 아빠. 점심 사 준 적 없어요. 그리고 일도 열심히 했어요."

아빠가 트래비스 쪽으로 돌아섰다.

"집으로 들어가라, 건방지게 말대꾸하지 말고. 창피하게 굴지 좀 마."

트래비스는 아빠가 자기가 아니라 바트의 편을 든다는 사실을 믿을 수 없었다. 그 자리를 떠나 집으로 향했다. 준이 설거지를 하고 있다가 트래비스를 흘끗 보고 인사를 건넸다.

"트래비스, 왔구나. 오늘 어땠어?"

"잘 안됐어. 그만뒀어."

트래비스는 창가로 가서 바트와 아빠의 대화를 엿들어 보려 했지만 너무 멀어서 잘 들리지 않았다. 아빠가 바트에게 주머니에서 돈을 꺼내 주는 모습이 보였다.

"저 형편없는 사기꾼. 아빠한테 오히려 돈을 내게 하다니."

준이 수건으로 비누 묻은 손을 닦았다.

"어떤 일이 있었든 간에, 일을 안 한다니 난 좋아. 그럼 넌 이제 학교로 돌아갈 수 있을 테니까."

아빠가 문을 열고 들어오면서 그 말을 들었다.

"학교? 학교 같은 소리 하네. 얼마나 멍청하면 기껏 고물상 조수 자리에서도 낙제를 받겠냐. 넌 너무 멍청해서 학교 못 간다."

준이 말했다.

"그렇지 않아요, 아빠. 트래비스 성적은 늘 좋았어요. 학교 다시 보내 주세요."

아빠는 팔짱을 끼고 트래비스를 쏘아보았다.

"나랑은 상관없는 일이다."

그러고는 아래를 보더니 트래비스의 한쪽 발이 맨발임을 알아차렸다.

"뭐야, 너 신발까지 잃어버리고 온 거야? 너 그게 얼만 줄이나 알아?"

"이건 엄마가 1달러 내고 교회 바자회에서 산 거예요. 학교 얘기가 나와서 말인데, 누나도 학교로 돌아가야 해요. 사고 난 직후에는 동생들 돌보는 일이 중요했지만, 이제는 사람을 하나 써도 되잖아요."

아빠의 눈에서 불꽃이 튀었다.

"허, 네가 지금 나한테 훈계하는 거냐? 1달러의 가치가 얼마인지도 모르는 분께서? 내가 일자리 찾는 동안에 네놈이 약간이나마 벌어서 도움이 되지 않을까 기대했는데, 넌 한다는 짓이 농땡이나 치고 해고나 당했어."

"바트 비클리가 거짓말했어요. 해고된 게 아니라, 내가 그만둔 거라고요."

아빠가 트래비스의 멱살을 잡았다.

"식구들이 도움을 바라는 걸 알고도 스스로 그만뒀다니, 그랬다면 그건 더 나빠."

트래비스는 단 1초도 더는 참을 수가 없었다.

"식구들이 원하는 건, 아빠가 일자리를 구하는 거예요. 나가서 알아보시지도 않았잖아요. 애들도 돌보지 않으셨고요. 누나가 집에서 일이란 일은 혼자 다 했어요. 아빤 엄마 사고로 자기만 불쌍해졌다 생각하면서 아무 일도 안 하잖아요. 아빠만 엄마를 잃은 게 아니라고요, 우리도, 우리 모두 엄마가 보고 싶다고요."

아빠는 몇 초 동안 한 마디도 꺼내지 못하고 마치 생각을 한 군데로 끌어모으려고 애쓰는 듯이 입을 다물지 못했다. 그러고는 불쑥 내뱉었다.

"난 평생 엄마만 바라보고 살았다. 네 엄마는 내 전부란 말이다."

아빠는 소파에 털썩 주저앉더니 얼굴을 양손에 파묻었다.

그런 모습을 보자 트래비스는 안쓰럽기는커녕 오히려 더 화가 나서 소리를 질렀다.

"우리도 마찬가지예요. 엄마만 바라보고 살았다고요! 그러니까 핑계 대지 마세요. 그렇게 엄마가 소중했으면, 그날 밤 왜 엄마 일하는 데까지 안 데려다 주셨어요? 엄마가 폭풍우 치는 밤에 운전하는 걸 그렇게 싫어하는 줄 알면서. 너무 게을러서 안 가신 거잖아요."

아빠는 손을 떼고 고개를 들어올렸다. 트래비스의 예상과는 달리, 눈물을 숨기고 있던 것이 아니었다. 트래비스가 속았다. 아빠는 벌떡 일어서서 싱크대에 있는 프라이팬을 움켜쥐고 무기인 양 머리 위로 올렸다. 준이 비명을 질렀다.

"아빠! 안 돼요!"

아빠는 우스꽝스러울 정도로 표정을 일그러뜨리더니 프라이팬을 내려 놓았다. 그러고는 마치 자기가 아니라 손이 혼자서 프라이팬을 들었다는 듯 멀뚱히 손을 바라보았다.

준과 트래비스는 그 자리에 얼어붙어서 아빠의 다음 행동을 기다렸다. 아빠는 트래비스 쪽으로 돌아섰다.

"나가."

목소리가 너무 낮아서 거의 들리지 않았다.

트래비스는 움직이지 않았다. 준이 목소리가 잠긴 채로 애원했다.

"아빠, 제발요, 엄마가 늘 그러셨잖아요, 가족끼리는 힘들수록 더 잘 뭉쳐야 한다고요."

"나가라는 말 안 들려! 엄마도 너를 부끄러운 놈이라고 생각하실 거다."

아빠가 으르렁거리며 돌진하는 순간, 트래비스는 겨우 문을 빠져나왔다.

숲 속의 은신처로 내달리는 트래비스의 귀에 아빠의 고함 소리가 들렸다.

"통나무집에 숨을 생각일랑 하지도 마라. 거기도 우리 집이니까 너한테는 턱도 없다. 다시는 이쪽에 얼굴도 비치지 마라, 다시는!"

트래비스는 숨이 차 더 이상 뛰지 못할 때까지 달려서 집과 엘리 할아버지의 오두막 중간 지점에서 멈췄다. 아빠가 따라올까 봐서 그렇게 달린 건 아니다. 아빠는 한 번도 숲에 들어온 적이 없다, 항상 벌레가 싫다고 말하면서. 그렇지만 상황이 진정될 때까지 일단 통나무집에 가 있으려 한다는 것을 아빠가 정확히 알아채고 얘기했다는 게 마음에 걸렸다.

트래비스는 이제껏 단 한 번도 아빠에게 아까처럼 대든 적이 없었다. 하지만 아빠는 엄마의 사고로 인해 얼마나 자신이 상처를 입었는지, 그 부분만 과장되게 부풀리면서 정작 다른 가족들에게 끼칠 영향은 염두에 두지 도 않는다. 트래비스는 수도 없이 여러 번 이 말을 하려다가 꾹 참았다. 이제 트래비스는 아까 한 말 때문에 아빠에게 미안하다는 생각이 들지 않았다. 누나 준은 분쟁이 일어나는 거라면 뭐든 좋아하지 않기 때문에 절대 대들지 않았다. 평화 유지군이라도 된 듯, 뭐든 깃털 하나라도 흐트러지지 않을까 두려워하기만 했다. 트래비스는 그렇지 않았다. 트래비스가 본 바로는, 아빠는 마치 자기 때문에 엄마가 탔던 트럭이 뒤집히기라도 한 것처럼 자책하고 있었다. 트래비스는 오랫동안 그 생각을 해왔다. 가슴에 담아 두었던 말을 털어놓았는데도 기분이 전혀 나아지지 않아서 허탈했다.

은신처에 도착한 뒤, 트래비스는 눅눅하게 젖은 셔츠와 청바지를 벗어서 있는 힘껏 짜낸 뒤 낮게 드리운 나뭇가지에 걸어 말렸다. 그러고는 통나무집 안으로 들어가서 간이침대 밑에 둔 기타를 꺼내고 코드를 몇 개 쳐 보았다. 준이 와서 집에 돌아가도 괜찮다고 말해 줄 때까지는 여기 있어야겠다는 생각이 들었다. 아빠는 절대 오랫동안 화를 내는 법이 없었다. 트래비스가 마음을 졸일 만큼은 화를 내겠지만, 밤이 오면 자기 침대로 가서 잘 수 있을 정도로는 풀릴 거라고 생각했다.

트래비스는 애써 웃으면서 〈걱정 많은 남자의 블루스 Worried Man Blues〉 도입부를 연주했다. 가사가 완벽히 맞아떨어졌다.

나는 지금 걱정이 많다네,
하지만 그리 오래 가진 않을 거야.

6

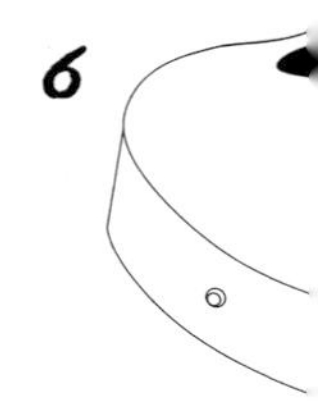

트래비스는 오래전부터 가족들이 불러 온 찬송가를 몇 곡 이어서 불렀다. 라디오나 텔레비전에서 들어 봐서 요즘 노래들을 알고는 있었지만, 어쩐지 엘리 할아버지의 기타에는 그런 곡이 어울리지 않는 것 같았다. 이 기타는 흘러간 노래나 포크 송을 연주할 때 최상의 소리를 낸다. 트래비스 역시 옛날 노래가 더 좋았다. 트래비스가 느끼는 감정을 직설적으로 표현하는 데 제격이었다.

통나무집으로 들어오는 빛이 점점 흐려져서 트래비스는 기타를 내려놓고 밖으로 나갔다. 바닥에 앉아서 준을 기다리며 문가 구석에 기댔다. 얼마나 시간이 흘렀을까. 몇 시나 되었는지 알고 싶었다. 숲 안으로 깊숙이 들어가면 언제 해가 지는지 정확히 알기 어렵다. 변화가 있다면 빛의 색깔이 주황색으로 변해서 곤충들이 나무 꼭대기를 날아다니는 모양이 마치 황금빛 먼지 부스러기처럼 보인다는 것, 그리고 새들이 한낮보다는 서로에게 더 많이 말을 걸기 시작한다는 것뿐이다.

배가 심하게 꼬르륵거렸다. 아빠는 어쩌면 벌이라면서 저녁밥도 안 줄지 모른다. 하긴, 벌과 저녁 식사 금지는 잘 어울리는 조합이다. 하지만 오늘 밤엔 트래비스 스스로 집에 안 들어갈 수도 있다. 준이 데리러 올 때, 트래비스가 먼저 '아빠한테 내가 도망갔다고 해줘'라고 말할 수도 있다. 그러는 게 더 마땅하다는 생각이 들었다. 아빠를 걱정시키고 싶었다.

오래전 트래비스가 밖에 너무 오래 나가 있으면 엄마는 사방으로 찾으러 다녔다. 엄마가 그렇게 걱정해 줄 날이 또 올까? 엄마는 트래비스, 아니 자식들을 기억하기나 할까? 트래비스는 종일 바트와 일하면서 스스로 불쌍하다는 생각만 하느라, 식당에서 기타 아저씨를 만났을 때 빼고는 엄마 생각을 한 번도 하지 않았다. 그런데 그 아저씨 이름이 뭐였더라?

트래비스는 바지를 걸어 둔 쪽으로 가서 주머니를 뒤져 명함을 찾았다. 명함은 폭삭 젖은 데다 거의 읽을 수조차 없게 거뭇해져 있었지만 잃어버리지 않은 것만도 천만다행이었다. 아빠와의 문제만 해결하고 나면, 자전거를 다시 조립해서 타고 이 아저씨의 작업실로 찾아갈 수 있을 것이다.

청바지에 묻은 진흙은 이제 거의 말랐다. 트래비스는 바지를 나무 그루터기에 쳐서 딱딱해진 진흙 부스러기를 털어 냈다. 아직 약간 축축했지만 주변에서 윙윙거리는 모기에 물리지 않으려면 다리를 보호하는 차원에서라도 어쨌든 입어야 했다. 셔츠도 여전히 축축해서, 입고 나니 몸이 으슬으슬 조금 떨렸다. 이제 해는 온데간데없이 사라졌다.

해가 없으니 주위가 잘 보이지 않기 시작했다. 통나무집 안은 유독 어두웠다. 트래비스는 집 안에 초와 성냥이 있다는 건 알았지만 지난번에 쓰고 나서 어디에 뒀는지 생각이 나질 않았다. 탁자라고 생각되는 곳을 찾은 다음 서랍을 열어서 초와 성냥을 더듬어 찾았다. 손을 탁자 끝으로 올려 훑으면서 항상 촛대로 사용했던 콜라 병을 찾아보았다. 유리 같은 것이 손에 잡힌 순간 기울어지면서 덜컹 소리가 나나 싶더니, 병이 바닥으로 떨어져 더 크게 땡그랑 소리를 내며 굴렀다. 다행히 깨지지는 않았다. 병이 굴러갔다고 생각되는 방향으로 기어가서 손을 반쯤 오므려 낡은 바닥에 대고 움직이자 마침내 손가락 끝에 병이 닿았다.

병을 들고 다시 돌아서 다른 한 손으로 바닥을 짚고 기어 탁자 다리를 잡고 겨우 일어섰다. 이러느니 어둠을 받아들이자 싶어서 트래비스는 눈을 감아 버렸다. 그러고 나니 보려고 기를 쓸 때보다 오히려 사물의 윤곽이 더 잘 파악되는 것 같았다. 양초를 병목에 비틀어 넣으면서, 트래비스는 손가락이 알아서 자기가 할 일을 또박또박 말해 주는 것 같은 느낌을 받았다. 성냥을 찾아 초에 불을 붙였다. 통나무집이 빛으로 가득 찼다. 빛뿐만 아니라 하룻밤을 아늑하게 보내면서 맛 좋은 인간을 빨아먹으려고 날아든 온갖 벌레들도 가득 찼다.

그런데 누나는 대체 어디서 뭘 한담? 뱃속에서 이미 저녁 식사 시간이 한참 지났음을 알려 왔다. 트래비스는 어둠속에서 뚫어져라 문가만 바라보다가 문득, 그러다가는 준이 더 빨리 오지 않을 것 같아져서 가끔 한 번씩만 보기로 마음먹었다. 과연 효과가 있었다. 얼마 지나지 않아 나무 사이로 흔들리는 손전등 불빛이 나타난 것이다. 트래비스는 준이 자기를 더 쉽게 찾아낼 수 있도록 초를 들고 문가로 갔다.

불빛은 점점 가까워지면서 길을 찾아 양옆을 비추다가, 앞을 보기 위해 위로 들리기도 했다. 이런 숲 속에서는 불빛을 비춰도 대부분 길을 잘 못 찾지만 준과 트래비스는 표식이 될 만한 지점을 눈 감고도 찾을 만큼 잘 알았다. 마치 스위치로 껐다 켰다 하는 것처럼 나무들이 차례로 손전등 빛을 받으며 어둠속으로 사라졌다.

"트래비스!"

준이 불렀다.

"이쪽이야!"

트래비스가 소리쳤다. 불빛이 트래비스의 얼굴을 비췄다.

손을 흔든 뒤 트래비스는 안으로 들어왔다. 이제 다 괜찮아질 것이다. 빨리 가서 저녁밥을 먹고 싶어 참을 수가 없을 지경이었다. 곧 준의 얼굴이 문가에 나타났다. 준은 샌드위치와 오렌지를 먼저 건네주었다.

"여기 있을 줄 알았어. 따뜻한 음식을 가져다주고 싶었지만, 아빠가 떡 버티고 계셔서 못 싸 왔어. 혹시 아빠가 따라와서 네가 숨은 데를 아시게 될까 봐서."

준이 주머니에서 쿠키를 꺼내 탁자 위에 올렸다. 트래비스는 준이 음식을 가져올 생각을 해준 것이 고마웠다. 여기서 먹으면 먹는 내내 자기를 몰아세우는 아빠의 꾸지람을 듣지 않고 평화롭게 먹을 수 있으니까. 그리고 아까 생각한 대로 아침까지 돌아가지 않으면 밤새도록 아빠를 걱정시키는 계획도 성사된다.

"고마워. 배가 너무 너무 고팠어."

트래비스는 샌드위치를 한입 베어 물었다. 아빠가 만든 미트로프에 케첩이 뿌려져 있고 양파가 크게 한 조각 들어 있다. 원래 트래비스는 이 샌드위치를 가장 좋아했지만, 지금은 아빠가 만들었다는 생각만으로도 뱃속이 거북해져 왔다. 이런 거북함은 약 3초 뒤 허기에 밀려 사라졌다. 트래비스는 또 크게 한입 베어 물었다.

준이 트래비스 맞은편에 앉았다. 촛불 아래 준의 뺨이 눈물로 빛났다.

"아빠는 화가 많이 나셨어, 트래비스. 그 어느 때보다 훨씬 더."

"그래도 나, 아침엔 돌아갈 수 있지? 내 말은, 나도 화가 났지만, 참고 넘어갈 거니까."

트래비스는 쿠키 하나를 입에 밀어 넣었다. 부모가 옆에 없을 때 아이들끼리 밥을 먹으면 가장 좋은 점이 바로 이렇게 식사를 다 마치지 않고서도 간식을 먹을 수 있다는 점이다. 트래비스는 이렇게 섞어 먹는 것이 좋았다. 샌드위치, 쿠키, 다시 샌드위치.

"그럼 누나 생각엔, 내가 언제까지 여기 있는 게 좋을 것 같은데?"

트래비스가 두 번째 쿠키를 집으려 하자 준이 말렸다.

"이렇게 통나무집에 있을 순 없어, 트래비스. 아빠는 네가 가장 먼저 갈 곳이 여기라는 걸 아시는 데다가, 숨은 걸 찾기만 하면 이 집을 불태워 버린다고 협박하셔."

"설마 그렇게까지 어리석은 짓을 하실까."

준은 이마에 손을 짚었다.

"그래. 설마 그러진 않으실 거야. 하지만 아빠는 지금 제정신이 아니야. 너를 절대 다시 보는 일은 없을 거라면서 계속 소리를 지르셨어. 난 아빠에게 나 혼자선 애들을 돌볼 수 없다고, 애원하고 설득하려고 했지. 하지만 까딱도 않으셔. 네가 아빠의 아픈 데를 건드린 거야, 트래비스. 특히 엄마 사고 난 거 가지고 아빠를 비난했을 때 말야."

"흥, 뭐 사실이잖아?"

준은 대답하지 않았다.

"왜 이래, 누나도 그런 생각 해본 적 있을 거 아냐."

준은 고개를 저었다.

"아니, 솔직히 아니야. 그냥 사고일 뿐이야. 아빠가 그렇게 만든 게 아니야. 네가 지나쳤어, 벌집을 쑤셔 놓은 꼴이라고."

트래비스는 누나가 배를 발로 뻥 찬 것 같은 기분이 들었다. 준과 트래비스는 언제나 모든 일에 의견이 일치했다. 트래비스는 뭐라 말을 할 수가 없었다. 남은 샌드위치를 입안으로 우겨 넣기만 했다.

준은 트래비스가 먹는 모습을 물끄러미 바라보았다.

"일을 구하지 않으신다는 네 말이 옳은 걸 아빠도 분명 아실 거야. 하지만, 그래서 오히려 더 발끈하시는 거야. 한편으로는 네가 엄마를 생각나게 하니까 그런 것도 있을 거고. 둘 다 눈이 파랗고, 엄마만큼 너도 기타를 잘 치고 하니. 그런 점 때문에 네가 아빠의 목표물이 되기 쉬운 거지."

준은 깊은 한숨을 내쉬었다.

"앞으로 며칠간은 내가 음식을 날라다 주도록 해볼게. 그렇지만 아빠는 곧 알아내실 거고, 한바탕 난리가 날지도 몰라. 그래서 내 생각엔, 네가 어디 잠깐 동안 살 만한 곳을 찾아봤으면 싶어."

트래비스는 속이 부르르 떨렸다.

"살 곳이라니! 어디?"

"네 친구들 가족 중에 찾아보면 받아 줄 곳이 있지 않을까."

트래비스는 누나가 하는 말을 믿을 수가 없었다.

"무슨 친구? 제일 친한 친구는 데이튼 말로인데, 크리스마스 전에 펜실베이니아로 이사했어."

"알아. 하지만 다른 친구들도 있잖아?"

"있지. 하지만 집에 들어가 살게 해달라고 할 만큼 친하진 않아."

나방 한 마리가 날아와 준의 얼굴 근처에서 펄럭거리면서 촛불 속으로 달려들었다. 준은 손을 모아 나방을 잡아서 불에 타죽지 않게 해주었다.

"그렇담, 어떡하냐. 하지만 조만간 어디든 묵을 데를 찾고 돈도 좀 벌 궁리를 해야 해."

준은 동생보다 나방을 구하는 데 더 혈안이 되어 있는 것 같았다.

"일을 구하라고? 난 어제 하루 일해 보고 나서 학교에 꼭 남아야 한다는 걸 절실히 느꼈다구."

"어제는 백만 년 전이나 마찬가지야. 이제. 모든 게 달라졌어. 여러 가지 일이 좀 수습된 뒤라야 학교로 돌아갈 수 있을 거야."

트래비스가 손바닥으로 탁자를 쾅 내리쳐서 촛불 그림자가 통나무 벽에 마구 흔들렸다.

"이건 미친 짓이야. 누군가에게 말을 해야 돼. 아빠를 아동학대로 고발해야 한다고. 가족을 제대로 부양하지 못하면 그러는 게 맞지. 왜, 렌더 할망구한테도 그렇게 했잖아, 기억나지? 아빨 감방에 보내 버리자."

"트래비스 너, 생각보다 똑똑한 애가 아닌가 보다. 그때 정부에서 렌더 아주머니가 너무 아파서 가족을 못 돌본다는 걸 알았을 때 어떻게 했니? 모두 뿔뿔이 흩어졌잖아. 지금 그애들 여섯 명은 각기 다른 양부모한테 맡겨졌어. 너 로이나 얼린이 남의 집 가서 사는 걸 상상할 수 있어?"

"물론 아니지, 그건. 그래도 뭔가 조치를 취해야 해. 이런 식으로 아빠가 날 쫓아내게 둘 순 없어."

"할아버지가 아빠를 쫓아낼 당시의 아빠 나이랑 지금 네 나이가 같아. 그러니 아빠에겐 이게 당연할는지도 모르지."

"그런 얘긴 첨 듣는데. 누가 그래?"

"엄마가. 몇 년 전에 내가 아빠한테 뭣 때문에 화를 냈을 때 얘기해 주시더라. 아빠가 어려서 고생이 심했고 아빠네 가족은 아빠를 인정하지 않았다면서."

"그렇다고 아빠한테 나를 쫓아낼 권리가……."

준이 트래비스 팔을 잡으면서 말렸다.

"쉿, 내 말 좀 들어 봐. 우리에겐 시간이 없어. 내가 아빠를 감당하고 애들을 돌볼게. 엄마가 식료품 저장고에 남겨 둔 거 챙겨 봤어. 세일할 때면 엄마가 통조림을 조금씩 더 사다 놓았잖아. 적어도 한 달은 버틸 정도 분량이 있더라."

"한 달이 지나면? 나는 집에 있지도 않은데 뭘 어떻게 도우라는 거야?"

"입 하나가 줄잖아, 트래비스. 아빠는 네가 주변에 없기만 하면 그다지 상태가 나쁘지 않으셔. 네가 아빠를 자꾸 거슬리게 하는 거야. 지금은 엄마 때문에 화가 나서 그 어느 때보다 더 심하고. 네가 좀 떨어져 있으면 아빠는 나아질 거야. 그리고 일도 구하시고 우린 다시 정상적인 생활로 돌아갈 거야."

"정상 좋아하시네! 어떻게 돌아가? 우리 엄마는 요양원이란 데서 썩어 가면서 말도 못하시고 아마 생각이란 것조차 못하실걸! 정상에 그렇게 매달리다간, 누나, 앞으로 분명히 크게 실망하게 될 거야."

준이 벌떡 일어서더니 의자를 밀쳐 냈다.

"난, 가족이 다 같이 살게 하려고 뭐든 다 하고 있어. 너한테는 단지 아빠 그림자에서 잠시만 떨어져 있어 달라는 건데, 그게 그렇게 무리한 부탁이니?"

트래비스는 남아 있는 구실이 뭐가 있을지 빠르게 생각을 굴렸다.

"신발 한 짝으로 가면 얼마나 멀리 가겠어?"

준이 손을 휘저었다.

"옷가지랑 필요한 것들 챙겨서 아침에 가져올게. 이젠 가 봐야 해. 아빠가 내가 없는 걸 알아채시기 전에."

그러더니 준은 곧 돌아서 뛰어나갔다. 트래비스는 누나의 손전등이 나무 사이로 흔들리는 모습을 지켜보았다. 트래비스가 기억하는 한, 둘은 늘 가장 좋은 친구 사이처럼 지냈는데, 이제 누나는 트래비스더러 나가라고 한다.

평생 처음으로 트래비스는 혼자 살아가야 한다. 그래, 아빠도 열네 살에 쫓겨났고 살아서 버텼는데, 나라고 못할 리 없지. 트래비스는 아침까지 누나를 기다리기조차 싫어졌다. 잠시 눈을 붙이고 누구든 깨나기 전에 여기서 떠날 것이다. 모두에게 본때를 보여 주는 거다. 나가서 다시는 돌아오지 않으면 모두들 미안해하겠지. 아빠는 트래비스를 내쫓아서, 준은 그런 아빠를 놔둔 죄로.

그러나 트래비스는 생각과 달리 오랫동안 깨어 있었다. 엄마를 생각하면서, 엄마에게 대들었던 시간들을 후회했다. 엄마가 기분이 안 좋은 트래비스를 웃게 하려 할 때마다 불렀던, 터무니없는 노래가 생각났다.

할아버지 나무 다리 구멍 뚫고 들어가자.
내가 가면 시계 태엽은 누가 돌려 주지?
가서 도끼 좀 가져와 봐.
리지 귀에는 벼룩이 있대.
소년의 가장 좋은 친구는 바로 어머니라네.

마지막 구절을 떠올리자 트래비스의 눈가에 눈물이 가득 차올랐다.

7

동이 트고 한줄기 아침 햇살이 통나무집 문을 뚫고 들어와 얼굴을 비출 때 즈음, 트래비스는 눈을 떴다. 지난밤에 남겼던 쿠키를 하나 꺼내 먹고 주머니에 있는 돈을 세어 보았다. 젖은 지폐 3달러는 그대로 있었지만 동전은 남아 있지 않았다. 바지를 나무에 대고 진흙을 털어 낼 때 떨어진 게 틀림없을 것 같아, 밖으로 나가 발뒤꿈치에 달라붙는 솔잎들을 털어 가며 땅바닥을 샅샅이 뒤졌지만 겨우 5센트짜리 하나와 1센트(1센트는 100원 정도)짜리 동전 네 개밖에 찾지 못했다. 동전을 다 합하면 족히 1달러는 되었을 텐데, 나머지는 연못에 빠졌을 때 잃어버린 모양이었다.

트래비스는 갖고 있는 물품 목록을 챙겨 보았다. 바지 밑단에 아직도 진흙 연못의 흔적이 남아 있는 청바지 하나, 티셔츠 하나, 돈 3달러 9센트, 신발 한 짝, 그리고 식량은 전혀 없음. 비상장비치고는 많이 모자라다. 누나가 자기를 한심한 어린애처럼 취급하는 데 화가 나서라도 더 이상 멍청하게 굴지는 말아야겠다고 트래비스는 다짐했다. 그래서 누나가 식량과 물품을 가져올 때까지 기다리기로 했다.

멀리 스쿨버스가 길을 내려가는 소리에 이어 우편배달부의 트럭이 끽

하고 멈추는 소리가 들린 뒤, 거의 한 시간이 지났겠다 싶은 시각에야 드디어 준이 트래비스가 학교 갈 때 메고 다니던 배낭을 들고 숲 사이로 나타났다. 가까이서 보니 울어서 눈이 벌게져 있어서, 트래비스는 약간 화가 누그러졌다. 어쨌든 누나는 트래비스 때문에 마음이 아픈 것이다.

준이 배낭을 건넸다.

"먹을 걸 좀 넣었어. 치즈 큰 거 한 덩어리, 식빵이랑, 땅콩버터 반 통, 그리고 콩 통조림. 많지는 않지만 적어도 어딘가 정착할 때까지 배곯지 않을 정도는 될 거야."

마치 나쁜 꿈을 꾸는 것만 같았다. 가족에게 잠시 토라져서 홱 나왔던 것뿐인데, 자기를 몰아세운 데 대해서 미안해하길 바라고 한 일인데, 모든 상황이 한꺼번에 더 나빠지고 말았다. 시간이라도 좀 늦출 수는 없을까.

"동생들은? 잘 있으라는 인사 정도는 해야 하지 않겠어, 특히 로이한테는? 내 말은, 이런 식으로 떠나 버리면 애들한테는 엄마랑 똑같이 떠난 셈이 된단 말이야."

준이 놀란 표정을 지었다.

"내 말 무슨 뜻인지 알지? 엄마는 그냥 일하러 나갔는데 다시는 안 돌아오셨어. 안녕이란 말 한마디 없이. 내가 애들을 만나지도 않고 떠나면 다시 그런 일이 반복되는 거라고."

"이거랑 그건 전혀 달라."

"아니야, 똑같아. 엄마도 애들을 떠나고 싶지 않았고, 나도 그러니까."

준이 트래비스의 어깨를 붙잡았다.

"너 왜 이렇게 힘들게 구니? 집으로는 지금 못 가. 로이가 어제 아빠가 너한테 소리 지르는 걸 듣고 얼마나 울었는데. 한 시간이나 달래서 겨우 진정시켰는데 네가 지금 가서 다시 펑펑 울게 만들겠다는 거니?"

준은 트래비스를 놔주고는 배낭을 열었다.

"바지랑 티셔츠, 그리고 아빠 신발도 하나 가져왔어."

트래비스는 신발을 멀리 치워 버렸다.

"난 아빠 신발 안 신어! 내가 가져갔단 걸 알면 아마 까무러치실걸."

준은 신발을 배낭 안으로 도로 집어넣었다.

"너 그런 맨발로는 멀리 못 가. 이건 정장에 신는 구두라서 찾지 않으실 거야. 옷장 한구석에 처박혀 있더라. 마지막으로 이걸 신으신 날이 워런 할머니 장례식인데, 그게 벌써 5년 전이야. 양말도 하나 넣었어."

"뭐야, 속옷은 없어?"

준은 탁자 위에 배낭을 내던지며 말했다.

"나 참, 동생이랑 마지막으로 생각해야 하는 게 고작 속옷 나부랭이라니. 내가 가져온 걸로만 알아서 어떻게 해봐."

"농담 좀 한 거 가지고 뭘 그래, 응?"

트래비스는 자기가 우울해하면 언제나 그래 주었듯 누나가 웃어 주길 바랐다. 하지만 이번에는 먹히지 않았다. 준은 여전히 심각했다.

"모두 깨기 전에, 아빠가 날 찾기 전에 돌아가야 해. 아 참, 이거."

준은 주머니를 뒤져 약간의 돈을 건넸다.

"많지는 않아. 찾아봤는데, 이게 전부야. 소파랑 의자 쿠션 뒤져서 찾은 것들이라 대부분 동전이지만, 아빠 겨울 점퍼 주머니에서 지폐도 몇 장 찾아냈어."

트래비스는 아무 말도 하지 않고 있다. 이제 생각하니 아침이면 준이 마음을 바꾸고 떠나지 말라고 하기를 속으로 바랐던 것이다.

“이것 봐, 누나. 누난 가족의 평화를 유지하는 데 도사잖아. 아빠를 설득해 볼 순 없어? 아침이 되어서 아빠가 좀 괜찮아졌을 수도 있잖아. 그리고 애들 돌보려면 내가 누나를 도와야 하잖아.”

준은 엄마가 머리 아플 때면 곧잘 그랬듯 이마를 문질렀다.

“지금 내게 필요한 건, 네가 여길 떠나서 아빠가 더 이상 화낼 이유를 만들지 않는 거야. 벌써 다 얘기했잖아, 트래비스. 나도 이러고 싶지 않지만 다른 도리가 없어. 조심해. 그리고 잘 있는지 틈날 때마다 전화해서 알려 줘. 아빠가 받으면 그냥 끊고.”

준은 트래비스를 재빨리 안아 주고 바로 길가로 달려 나갔다. 트래비스는 손을 흔들면서 계속 바라봤지만, 준은 절대 돌아보지 않았다.

어쩌면 이렇게 모든 게 엉망진창이 되었을까? 엄마가 있었더라면 아빠를 다독여서 진정시켰을 텐데. 하긴 엄마가 있었더라면 애초부터 이런 사건이 일어나지도 않았을 것이다.

그만하자, 이제 더 이상 스스로 불쌍하다고 생각하고 있을 여유가 없다. 새로운 목록을 작성할 때다. 트래비스는 집 안으로 들어가서 돈을 탁자 위에 모두 쏟아 놓고 동전만 빼냈다. 바트한테서 받은 돈, 점심 먹고 받은 거스름돈에 누나가 준 돈을 합치니 지폐 5달러, 25센트짜리 동전 일곱 개, 10센트짜리 동전 열 개, 5센트짜리 동전 아홉 개, 그리고 1센트짜리 동전이 일곱 개 나왔다. 다 합해서 8달러 27센트. 결코 많지는 않지만 이걸로 어떻게든 버텨야 한다.

트래비스는 주변을 둘러보며 더 필요한 것이 있는지 살폈다. 밖에서 자게 되면 성냥과 초는 쓸모가 있겠다. 벽에 달린 고리에 낡고 옆이 움푹 패인 깡통 컵이 걸려 있었다. 트래비스는 보이는 대로 전부 배낭에 쓸어 담았다. 가정용품 중에 유용하게 쓰일 만한 것을 떠올려 보았다. 손전등, 보이 스카우트용 식기 세트, 캔 따개 등등. 캔 따개가 없는데 콩 통조림은 뭘로 따지? 이빨로 따나? 비가 오면 우비도 필요할 텐데. 이럴 줄 알았으면 미리 비상시를 대비해서 통나무집에 물건을 좀 쟁여 놨을 텐데. 하지만 누군들 이런 게 갑자기 필요해질 거라고 생각이나 했겠나?

시간이 흐를수록 점점 자기 앞에 일어난 일의 무게가 천근만근 늘어나는 기분이 되어 트래비스는 눈물이 날 것만 같았다. 안 돼! 눈물을 흘려서는 안 된다. 아기처럼 징징대서는 안 된다. 집으로 살짝 되돌아가서 자전거만 채올까도 싶었지만, 마음속에 그려 보는 순간 이제 그 자전거는 앞바퀴만 휜 상태가 아니라는 사실이 떠올랐다. 바퀴만이 아니라 앞 포크(자전거를 좌우로 회전할 수 있게 해주고, 앞바퀴를 지지해 주는 부분)도 역시 비틀어졌다. 이젠 트래비스의 힘으로 원래 모양대로 돌려 놓을 방법은 없다. 자전거는 아무 짝에도 쓸모없어졌다. 그냥 잊어버리는 편이 낫겠다.

신발을 제외하면, 옷은 필요한 만큼 생겼다. 물론 속옷이 없는 게 문제이기는 하지만 내의 한 장만 입는다고 죽지는 않는다. 침낭으로 쓰기 위해 간이침대에서 낡은 담요를 벗겨 냈다. 트래비스가 더 어렸을 때는 스카우트 활동을 하면서 단체로 캠핑 가는 것이 참 좋았다. 그러나 놀러 가는 캠핑이랑 이런…… 그래, 살 곳도 없이 가는 캠핑이랑은 엄청난 차이가 있다. 다시 눈물이 고이려 했다. 안 돼. 울면 아빠가 만족스러워할 것 같아 싫었다. 트래비스는 담요를 최대한 작게 돌돌 말아 올린 다음 노끈을 찾아서 배낭에 묶었다.

간이침대에 앉아 아빠 신발을 신어 보았다. 너무 커서 아무리 끈을 조여 봐도 맞지 않았다. 그리고 마치 플라스틱 덩어리처럼 뻣뻣했다. 자세히 들여다보니 아무래도 가죽을 흉내 낸 가짜 플라스틱 제품 같았다.

트래비스는 집 안을 둘러보면서 중요한 물건을 빠뜨리진 않았는지 확인했다. 그때 기타가 떠올랐다. 간이침대 아래에서 기타를 끌어냈다. 기타를 보호할 만한 케이스가 있으면 좋겠는데. 아빠가 망가뜨린 어깨끈을 고쳐야 메고 갈 수 있다. 트래비스는 한 짝만 남아 고아가 된 신발에서 신발끈을 풀어 어깨끈 끝에 있는 구멍에 넣고 기타 헤드 부분의 줄 아래에서 단단히 매듭을 지었다. 완벽하다.

배낭을 먼저 멘 뒤 기타 끈을 어깨 너머로 늘어뜨려서 기타가 배낭 옆에 안전하게 자리잡도록 했다. 준비는 끝났다. 이제 애디론댁 산맥으로 캠핑용 차를 몰고 오는 관광객의 심정이 이해가 되었다. 트래비스는 강해진 느낌이 들었다.

그런 느낌은 30초도 안 되어 곧 사라졌다. 갈 곳도 없고, 안락하고 편안한 캠핑용 차는커녕 맞지도 않는 신발을 신고 걸어야 하는데다가 그 신발은 자기를 집에서 쫓아낸 남자가 신던 신발이라는 기억이 되살아났기 때문이다.

트래비스는 길을 나서서 좁고 험한 산골짜기로 내려갔다가 반대쪽으로 올라갔다. 신발 바닥이 미끄러워서 올라가기가 꽤나 힘들었다. 꼭대기에 올라서자 트래비스는 돌아서서 오늘 아침 햇살이 비추던 기억을 떠올리며 통나무집 쪽을 돌아보았다. 그리고 길가로 나올 때까지 나무 사이로 구불구불 돌아가면서 집으로부터 일정한 거리를 유지했다. 왼쪽으로 가면 집을 지나쳐 가야 하기 때문에 반대편 방향, 그러니까 스쿨버스로 날마다 다니던 익숙한 길에서 떨어져서 걸었다. 바트와 함께 갔던 그 길이다. 길가에 집들이 몇 채 있던 것이 기억났다. 그 길에 어쩌면 쓸 만한 물건이 버려져 있을지도 모른다. 트래비스는 여기서 바트와 점심을 먹었던 시내까지 얼마나 갔는지 기억이 나길 바랐다. 점심을 먹었던 장소에서 멈추기까지 꽤나 배가 고팠지만 바트는 큰길로 가지 않았었다. 울퉁불퉁하고 더러운 길을 돌아 막다른 골목까지 가곤 했다. 분명한 건, 빙 돌아가며 운전했다는 것뿐이었다.

길을 걷는 트래비스 머릿속에 하나의 선율이 끊이지 않고 흘렀다. 곡명은 생각나지 않았지만 맞춰 걷기에 좋은 박자였다. 이제 해가 중천에 떠올랐다. 몇 시나 되었을까 궁금했지만 이내 무슨 상관이냐 싶었다. 그 어디에도 자기를 기다리는 사람은 없을 테니까.

걷기 시작한 지 족히 한 시간이 넘은 게 분명하다. 신발에 발꿈치가 계속 쓸려서 부어오르고 이제 막 물집이 벗겨지려는 걸 보면. 빌어먹을, 이 신발을 신던 남자는 여기 있지도 않으면서 여전히 트래비스를 나무라고 있는 셈이다. 운동화가 반드시 필요했다. 아니, 자전거가 있으면 더 낫겠다. 그 순간 트래비스는 바트가 봤다면 고물 더미가 쌓였다고 말할 만한 무더기를 보았다. 길 끝 오두막 옆에 쌓여 있었다. 그런데 주인이 내다 버린 건지 아닌지 구분하기는 좀 어려웠다. 하지만 버린 게 아니라면 길에서 떨어진 오두막 옆에 놓을 리는 없지 않을까? 트래비스는 바트의 방식대로라면 이건 공정한 게임이라고 생각하고 고물 더미 꼭대기에서 반쯤 썩은 나무 조각을 끌어내렸다. 자전거 바퀴가 보였다. 홱 잡아당겨서, 닭장 만들 때 쓰는 철조망 무더기에서 낡은 자전거를 빼냈다. 자전거는 녹이 좀 슬었고 체인이 없었지만 집에 있는 자전거에는 없는, 제대로 된 앞 포크가 달려 있었다. 이걸 끌고 가서 집에 있는 자전거를 수리하면 딱 좋겠다. 브레이크 케이블도 잘 작동하는 것 같았다. 그럼 이제 앞 포크를 어떻게 떼어 낼지가 문제인데…….

"얘! 너 여기서 뭐 하는 거냐?"

오두막 현관에서 어떤 남자가 방금 목줄을 끊고 튀어나올 것 같은 기세의 셰퍼드를 데리고 서서 물었다.

"죄송합니다. 버리신 건 줄 알았어요."

무슨 연유인지 몰라도, 트래비스의 목소리가 개를 완전히 흥분시켰나 보다. 개는 목줄을 비틀더니 딱 하고 끊어 버렸다. 그러더니 트래비스를 향해 곧바로 달려왔다.

트래비스는 단거리 경주 선수처럼 그 자리에서 튀었고, 기타가 등에서 들썩거릴 때마다 소리가 울려 퍼졌다. 남자가 외쳤다.

"칼라! 이리 오지 못해!"

하지만 칼라의 마음속엔 오로지 하나, 트래비스밖에 없었다. 트래비스와 칼라와의 보폭은 금세 스무 걸음 차로 좁혀지더니 이내 칼라가 청바지 밑단을 물었고 트래비스는 그길로 나자빠졌다. 기타는 보도에 부딪치면서 소름 끼치는 '퉁' 소리를 냈다. 줄이란 줄은 모두 소리를 내지르더니 부르르 떨면서 곧 조용해졌다. 그 소리에 칼라도 놀랐던지 트래비스를 내버려 두고 목줄 끝을 붙잡고 있는 주인에게로 돌아갔다.

"괜찮니, 얘야?"

"네, 그런 것 같아요."

"남의 물건에 손대지 마라. 안 그러면 다쳐. 알아들어?"

트래비스는 겨우 일어나서 다시 걷기 시작했다.

"누가 당신 물건에 손대는 게 싫으면 길에다 내놓지 말라고요."

트래비스는 남자에게는 안 들릴 만한 작은 소리로 웅얼거렸다. 다시 칼라와 엉키고 싶지는 않았다. 다음번에 걸리면 칼라가 트래비스의 청바지 대신 다리를 우적우적 씹을는지도 모른다.

트래비스는 기타를 살펴보기가 두려웠다. 앉을 만한 통나무가 보일 때까지 그저 걷기만 했다. 통나무에 앉아 무릎에 기타를 살며시 올려보았다. 앞판은 평상시와 달라 보이지 않았지만 뒤판을 만져 보니 기타 목 부위 근처에서 틈이 갈라지기 시작해서 기타 밑면의 절반 지점까지 이어졌다. 옆면에는 약간 패인 곳이 발견되었다. 은은한 곡을 연주하면서 줄을 튕겨 보았다. 아직 소리는 괜찮았다. 조율을 하고 나서 처음에는 약하게 치다가 점점 소리를 키워 보았다. 고칠 방법을 찾기는 해야겠지만 그럭저럭 괜찮은 듯했다. 틈이 점점 넓어지면 결국 기타가 반쪽이 나 버릴 수도 있다. 엄마가 늘 말씀하시길, 기타의 재질인 나무는 살아 있는 목소리를 내는 재료이니 만큼 존중하는 마음으로 대해야 한다고 했다. 엄마라면 절대 기타가 이 꼴이 되도록 내버려두지 않았을 것이다.

다시 걷기 시작하자, 발에 잡힌 물집이 아까보다 훨씬 더 심한 고통으로 다가왔다. 뛰느라고 물집이 터졌는지 이제는 양말 밖으로 피가 새어 나오고 있었다. 트래비스는 그만 신을 벗어서 숲 속으로 던져 버리고 싶은 유혹을 느꼈다. 대신 두 짝을 신발끈으로 묶어서 어깨에 걸쳤다. 지금은 양말만 신고 걷지만, 얼마 안 가서 이 빌어먹을 신발을 다시 신어야 할 때가 올 것이다.

양말이 자꾸만 상처 난 발꿈치에 달라붙어서, 걷다가 자주 멈춰 서서 잡아당겨야 했다. 피부가 양말에 계속 쓸리게 놔두느니 그냥 벗고 상처에 바람이라도 쐬는 편이 나을 듯했다. 그렇지만 트래비스는 맨발로 오래 걷기에는 자기 발바닥이 너무 연약하다는 사실도 잘 알고 있었다. 어려서는 여름 내내 그리고 가을까지도 맨발로 다닌 트래비스였지만, 나중에 늘 운동화를 신고 다니게 되면서는 발이 사내답지 못하게 연약해졌다.

시간은 어김없이 흘러갔다. 트래비스는 배가 고파져서 길을 멈추고 땅콩버터를 바른 샌드위치를 점심으로 먹었다. 오후에는 간식으로 빵에 땅콩버터를 발라 한 조각만 먹고 저녁으로는 치즈를 넣은 샌드위치를 먹었다. 길가에 있는 시냇물로 식사에 사용한 것들을 모두 씻었다.

가끔 집들이 한두 채 눈에 띄기는 했지만 시내라는 표시는 보이지 않았고 어디로 가는지, 제대로 방향은 잡은 건지조차 알 수 없었다. 천둥 치는 소리가 멀리서 들리자, 트래비스는 자기가 가는 길로 폭풍이 몰아치지 않기만을 바랐다.

어두워지기 시작할 때쯤 트래비스는 밤을 보낼 만한 야영 장소를 발견했다. 버려진 작은 관광객용 오두막이었는데 낡은 간판에는 '숲 속의 일곱 난쟁이 별장'이라고 적혀 있었다. 또 다른 간판은 새것이었는데, '7400평 부지 매매. 상업 지역. 맥스웰 부동산'이라는 말과 전화번호가 함께 적혀 있었다. 진입로는 반원 형태로 나 있었고, 마치 브라우니(잉글랜드와 스코틀랜드 민담에 나오는 작은 요정)가 야영장 모닥불 주변을 둘러선 것처럼 일곱 빛깔 파스텔 톤 페인트로 칠한 오두막이 세워져 있었다. 잡초가 동그랗게 우거진 자리 중간에는 시멘트로 만든 백설 공주가 실제 사람보다 더 크게 우뚝 서 있었다. 분명 예전에는 백설 공주에게도 밝은 색깔이 칠해져 있었으리라. 하지만 지금은 페인트칠이 조각조각 떨어져 나가서 얼마 남지 않은 상태였다. 백설 공주는 그 옛날 자신을 둘러선 난쟁이들 사이에 있는 듯 아래를 내려다보며 웃고 있었다. 난쟁이들은 워낙 작아서 사람들이 가져가기가 쉬웠을 것이다. 하지만 백설 공주를 중장비 없이 그냥 들고 나르기엔 어림도 없어 보인다.

안에 들어가 쉬고 싶었지만, 모든 오두막의 문과 창문은 꽉 잠겨 있었다. 뒤쪽으로 가서 집집마다 창문을 억지로 열어 보았지만 허사였다. 누군지 몰라도 이 장소를 관리하는 사람은 아주 꼼꼼하고 성실한 사람임에 틀림없다. 그나마 현관 위에는 처마가 드리워져 있어서 비가 내린다면 비를 그을 수는 있을 것 같았다. 트래비스는 문앞에 도피Dopey(일곱 난쟁이 중 하나. 멍청하다는 뜻도 있다)라는 문패를 단 오두막으로 잘 곳을 정했는데, 이름이 재미있다고 생각해서였다. 이런 이름을 가진 방에 누가 들려고 할까?

트래비스는 현관에 푹신한 침대를 만들기 위해 솔잎을 한 아름 모으고 그 위에 담요를 깔았다. 시간이 더 지나 춥고 비가 오면 이 담요는 걷어서 덮어야 할 테지만. 바람이 만일 그 담요마저 걷어 가고 비가 옆으로 들이친다면 처마가 있다고 해도 피신처로는 마땅하지 않다.

그런 생각을 하다 보니 기타가 걱정스러웠다. 트래비스는 나무가 젖으면 휘어진다는 것을 잘 알았다. 그렇게 되도록 놔둘 수는 없다. 더구나 뒷면에 틈까지 크게 벌어지지 않았는가. 트래비스는 기타를 담요로 잘 감싸서 오두막의 벽에 기대어 놓고 비가 올 것을 대비해 그 앞을 제 몸으로 막았다.

8

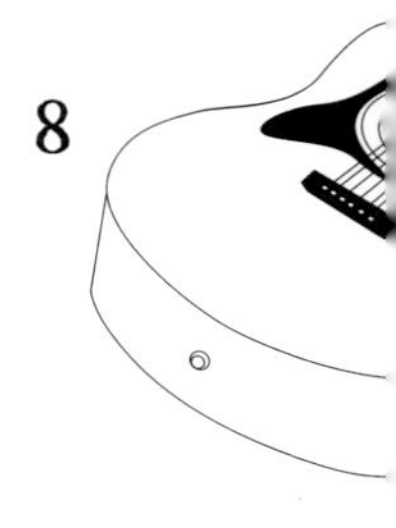

다음 날 아침이 되자 바지와 티셔츠 뒤쪽이 푹 젖어서 추위에 덜덜 떨어야 했다. 담요를 걷어 보니 기타는 젖지 않았다. 트래비스는 여벌 옷으로 갈아입은 다음, 젖은 청바지와 티셔츠는 현관 난간에 걸어 말리고 아침을 꺼내 먹었다. 식사량은 점점 줄여야 할 것 같았다. 어제 벌써 치즈 조각은 3분의 1가량 해치웠고 빵은 일곱 개밖에 안 남았으며 땅콩버터는 밑바닥이 보이려 하고 있었다. 그래도 돈이 있으니 음식을 조금 더 살 수 있겠다고 생각했다. 하지만 돈과 음식이 모두 다 떨어졌을 땐 어떻게 한다?

트래비스는 아직 축축한 옷가지를 싸서 배낭에 넣고 기타와 함께 어깨에 둘러멨다. 신발은 그냥 두고 가기로 했다. 아빠의 신발 때문에 어제 기타에 금이 가는 불운이 따랐다는 확신이 들었기 때문이다. 트래비스는 백설 공주 앞에서 걸음을 멈추고 콘크리트로 된 치마 아래에 신발을 얌전히 놓았다. 만일 어떤 여자애가 자기 신발을 신고 있다는 사실을 알면 아빠는 화를 낼 것이다. 그래 봤자 동상에 불과하지만. 트래비스는 생각만으로도 통쾌해서 크게 소리 내어 웃었다.

트래비스는 백설 공주에게 잘 있으라고 인사하고 다시 길을 나섰다. 양

말이 다 말랐는데도 어제 잡힌 물집이 아파 죽을 지경이었다. 머릿속에 떠오르는 노랫가락을 흥얼거리면서 아프다는 생각을 떨쳐 보려 했다. 그런데 이 노래가 어떻게 되더라? 어제도 내내 영 생각나지 않는 부분이 있어 괴로웠던 그 노래다. 그러다 문득 가사가 떠올랐다.

난 그저 가난한 떠돌이
슬픔에 빠져 세상을 떠도는 방랑자.

안 돼! 이렇게 슬픈 방향으로 몰아가선 안 된다. 옛날 노래 가사 중에는 왜 이렇게 울적한 게 많지? 나는 슬프지 않아. 나는 강해. 그러니 어떤 일이 있어도 아버지한테 기대지 않는 아들이란 사실을 만방에 보여 줄 거야.

얼마 못 가 트래비스는 양말을 벗어던지고 맨발로 걷기로 결심했다. 물집을 공기 중에 내놓으면 더 빨리 나을 테고, 맨살에 양말이 쓸리지 않으니 기분도 한결 나았다. 벼룩시장이라는 팻말이 보이는 지점에서 모퉁이를 돌았다. 구경이나 하려고 시장 안으로 들어섰을 때 마침 물건을 내려놓고 가는 듯한 차 한 대가 빠져나갔다. 좌판에는 한 무더기의 그릇들과 작고 값싼 기념품 따위가 진열되어 있었고, 옷걸이에 걸린 옷가지들이 산들바람에 흔들리고 있었다. 어린이용 장난감도 몇 개 보였다. 가장 좋아 보이는 장난감은 의자까지 있는 커다란 빨간색 자동차였는데 레스터에게 꼭 맞을 듯한 크기였다. 트래비스는 허리를 굽혀 바퀴가 잘 돌아가는지 확인해 보았다. 잘 굴러간다. 아아, 레스터에게 주면 얼마나 좋아할까. 어린 동생을 떠올리자 마음이 몹시 아파 왔다.

“그건 우리 손주가 갖고 놀던 거란다. 녀석 엉덩이가 커져서 더는 안 맞을 때까지 실컷 타고 돌아다녔지. 그래도 아직 멀쩡하단다."

물건 주인 할머니가 말했다. 늙고 아랫니가 별로 없었지만 웃는 얼굴이 호감 가는 인상이었다. 트래비스도 노인을 보고 웃음을 지었다.

"10달러라고 써 놨지만 좀 깎아 줄 수 있어. 8달러 50센트 정도로."

"전 사실 자전거가 필요해요."

트래비스가 건성으로 둘러보며 말했다.

"저쪽 헛간에 나랑 헤어질 준비를 마친 물건이 하나 있지. 같이 가서 한번 보자."

트래비스는 노인을 따라가면서 너무 흥분하지 않으려 애썼다. 아이들 장난감 자동차를 10달러에 내놓았으니 자전거는 더 달라고 할 테고, 특히나 "헤어질 준비를 마쳤다"는 표현을 자전거에 쓴 걸 보면 아주 많은 돈을 내주는 사람에게나 팔 법한, 애정이 각별한 물건이라는 뜻이다.

노인이 헛간 문을 열었다.

"거기 그거 끌어내려서 한번 움직여 보렴."

자전거는 훌륭했다. 구부러진 데도 없고 부품이 잘못되거나 빠진 데도 없어 보였다.

"얼마예요?"

브레이크 손잡이를 점검하면서 트래비스가 물었다.

"우선 한번 안 타 볼래?"

"그전에 제가 가진 돈으로 살 만한지부터 알고 싶어서요."

"그래, 좋아. 20달러 어때?"

"죄송합니다. 너무 비싸네요."

트래비스는 바퀴를 굴려 자전거를 안으로 밀어 넣었다.

"쯧쯧, 그렇게 초를 치면 쓰나. 흥정도 안 해보고? 가격을 그렇게 정 없이 끊어 버리면 재미없지. 자, 얼마면 좋겠니?"

노인이 어깨를 심하게 으쓱대면서 말했다.

트래비스는 자기가 낼 수 있는 돈이 얼마나 될지 가늠해보았다.

"5달러 어때요?"

"아이고, 얘야. 흥정이란 그렇게 하는 게 아니란다. 이런 데 한 번도 안 와 본 모양이네?"

"네, 안 와 봤어요."

"알았다, 그럼. 내 알려 주마. 내가 20을 부르면 너는 예상보다 조금 더, 몇 달러 내려서 부르는 거야. 그럼 나는 처음 금액보다 조금 낮출 거고, 너는 또 약간 더 깎아 달라고 하고, 나는 또 조금 더 낮추고, 너는 조금 더. 그러다 보면 딱 중간에서 합의가 되고, 둘 다 행복해지는 거지. 알아듣겠니?"

"네, 알겠어요."

생각보다 복잡했다. 그러니까 상대가 받을 거라고 생각하는 액수보다 낮게 불러야 하고, 거기서부터 액수를 조금씩 여러 번에 걸쳐 올린다는 거군.

"그럼, 2달러요."

"2달러? 얘, 내 설명을 통 못 알아들은 모양이구나."

"알아들었는데요. 제가 2달러 부르면 할머니가 15달러 부르고, 저는 다시 3달러 50, 할머니는 다시 10달러, 그러고 나서 제가 5달러 부르고 할머니가 오케이, 하시는 거잖아요."

노인이 웃었다.

"계산은 잘도 했네? 내가 20에서 시작했으니까 너는 2에서 시작하고, 결국 중간인 5에서 만난다 이거야?"
"네, 그렇죠."
"나는 네 또래 애들의 새로운 셈법이 절대 이해가 안 되는구나. 이렇게 완벽한 자전거를 어째서 단돈 5달러에 팔 거라고 생각하니?"
"글쎄요, 할머니는 자전거를 헛간에 두고 쓰지도 않으시지만, 저에게는 꼭 필요하거든요. 그런데 제가 낼 수 있는 돈은 딱 그 정도밖에 없고요."
"하! 그래, 거 참 말 된다. 적어도 이상한 수학 공식보다는 낫네. 근데 어깨에 꼭 붙이고 있는 그건 뭐냐? 기타니? 그걸 나한테 팔면 거래가 좀 될 것도 같은데."
노인이 트래비스 뒤로 가서 기타를 살펴보았다.
"아이고, 불쌍하게 망가졌구나. 그래도 우리 손주가 맘껏 때려 가며 치기엔 괜찮겠는데."
트래비스는 몸을 돌려서 노인이 기타를 볼 수 없게 가렸다.
"보기엔 이래도 아주 좋은 기타예요. 장난감이 아니라고요. 이건 우리 엄마 거라서 절대 못 팔아요."
노인의 얼굴이 부드러워졌다.
"엄마께서 돌아가셨니, 얘야?"
"아뇨. 지금도 이 기타는 엄마 거예요. 지금은 연주를 못하시는데 그건……. 엄마가 병원에 계셔서요."
"아이고, 저런. 그럼, 여기서 해볼 만한 게 있겠다. 연주할 줄 알지?"
"네."
"노래도 하고?"
트래비스는 고개를 끄덕였다. 엄마만큼 잘 부르지는 못해도 음정은 맞출 수 있었으니까.

노인이 곧 부서질 듯한 철제 접이식 의자에 자리를 잡고 앉았다.

"이제서야 거래가 좀 되는구나. 10달러로 내려 주마."

"하지만 전 그만한 돈이……."

노인이 손을 들어 올려 말을 끊었다.

"아직 거래가 뭔지 듣지도 않았잖니. 일단 5달러 줘 보렴."

트래비스는 5달러를 꺼내서 노인의 손에 건넸다.

"이제부터 네가 노래를 다섯 곡 부르면 한 곡당 1달러로 치는 거야. 10달러 중 나머지 5달러는 그걸로 때우는 거지. 대신 곡은 내 맘대로 고른다. 내가 부르라는 곡을 네가 연주하지 못하면, 거래는 끝이야. 그리고 완벽하게 다 불러야만 한 곡으로 친다."

트래비스는 배낭과 기타를 내려놓고 바닥에 책상다리를 하고 앉았다.

노인이 주문한 첫 곡은 〈깊은 숲 속 교회 The Church in the Wildwood〉였다. 익히 아는 곡이다. 트래비스는 기타의 뒤쪽 틈이 더 벌어지지는 않았는지 다시 한 번 확인했다. 그리고 음정을 잡고 헛기침을 했다. 교회에서 다른 사람들과 함께 노래했을 때를 빼면 한 번도 남 앞에서 노래를 해본 일이 없기 때문에 긴장이 되었다. 첫 소절을 부를 때는 목소리가 몇 번이나 갈라져 나왔다. 그러다 노인을 보니, 눈을 감고 박자에 맞춰 머리를 양옆으로 흔들고 있었다. 게다가 옅은 미소를 짓고 있어서, 트래비스는 좋은 신호로 받아들이고 용기를 내어 다음 두 소절에서는 더욱 열정적으로 노래했다. 노래가 끝나자 노인이 눈을 떴다.

"1달러 값은 충분히 되는구나. 자, 그럼 이제 〈잿더미 숲 Ash Grove〉 한번 가자."

트래비스는 이번 곡 역시 문제 없이 불렀다. 다음 곡은 〈내 진정한 사랑 그대 머리카락은 검은색 Black Is the Color of My True Love's Hair〉이라는 노래였다. 운 좋게도, 노인이 고르는 옛 노래들이 모두 트래비스가 어려서부터 죽 엄마랑 불렀던 곡들이었다.

"꽤 잘하는데. 옛날 방식으로 자란 아이를 보니 좋구나. 이제부턴 좀 어려운 주문을 시작해 보지."

노인이 한참 생각했다.

"〈복음을 나르는 배 Gospel Ship〉는 어때?"

분명 들어 본 곡이기는 했지만 어떻게 시작되는지가 기억나지 않았다. 코드를 여러 개 쳐 보면서 기억이 나도록 혼신을 다해 집중했다.

"어떤 사람은 제목을 〈하늘을 나는 항해 Sailing Through the Air〉라고 부르기도 하지. 어때, 이 제목으로는 생각이 나니?"

이 말로 트래비스는 힌트를 얻었다. 엄마가 가르쳐 준 수십 가지 노래 중 하나다.

"예, 이제 생각났어요."

트래비스는 잘 나가다가 가사를 몇 번 더듬대며 틀렸다. 노인은 잘 모르는 것 같았다.

이때, 차 한 대가 멈춰 서서 노인이 손님을 상대하는 동안 조금 기다려야 했다. 앞으로 딱 한 곡만 부르면 자전거를 가질 수 있다. 이렇게 운이 좋다는 사실이 믿겨지지 않았다.

손님이 자전거를 점찍었다.

"저 자전거는 얼마죠?"

남자가 물었다.

"50달러요."

"35달러만 받으시죠?"

저런 간사한 인간! 이제 노인은 45를 부를 테고 남자는 40, 그리고 나면 트래비스의 자전거는 영영 사라지고 만다. 이제 거의 손에 쥐었는데, 딱 한 곡만 부르면 되는 상황에 잃어야 하다니. 이건 공정하지 못하다. 한번 거래를 했으면 계속해야지.

"제가 저 자전거 사고 있는 중인데요, 아저씨."

노인이 눈썹을 추어올렸다.

"맞아요, 이 아이가 자전거를 사려고 '일하는' 중이었어요. 1분만 기다리시면 살 수 있을지 결정이 난답니다."

노인이 트래비스 쪽으로 돌아섰다.

"〈인어 공주 The Mermaid〉."

트래비스의 가슴이 철렁 내려앉았다.

"그건 가사가 백 절은 되는데요."

노인이 손가락을 흔들며 말했다.

"열네 절만."

남자가 말했다.

"아주머니, 자전거 안 파세요?"

"얘가 〈인어 공주〉를 열네 소절 완주하면 자전거 값을 다 치를 수 있게 돼요. 못 부르면 댁에게 40달러만 받고 팔죠."

남자는 좀 짜증이 난 듯했다.

"여보세요, 난 시간이 별로 없어서……."

노인이 의자 하나를 더 가져와 그에게 주면서 말했다.

"에이, 괜히 그러지 말고, 무거운 짐은 잠시 내려놓고 긴장 좀 풀어요. 이 아이 노래, 제법 괜찮았다우. 댁의 차 라디오에서 나오는 쓰레기 같은 노래보다는 훨씬 낫고말고요. 그 티파니(80년대 말의 아이돌 가수)인지 뭔지 속옷도 안 입고 날뛰는 애들이랑 차원이 달라요. 얘, 이제 시작해라."

트래비스는 마치 텔레비전 퀴즈 쇼에 나와서 백만 달러짜리 질문을 앞둔 기분이 들었다. 〈인어 공주〉 노래는 알고 있었다. 어렸을 때 엄마는 거의 매일 밤마다 자기 전에 이 노래를 들려주었는데, 항해하던 사람들이 조난 사고로 거의 다 죽는다는 우울한 내용이라서 자장가로는 좀 안 어울리는 듯했다. 그러나 힘있고 생생한 곡조가 차차 반복되면서 저음부로 내려가면 매번 안정이 되어 잠이 솔솔 들었다.

하지만 정작 트래비스 자신은 직접 노래를 불러 본 적이 없었다. 코드를 몇 개 쳐 보니 G, C, D7 세 개 코드면 가능하겠다. 그런데 가사를 머릿속으로 그리면서 완전히 당황하기 시작했다. 잠들어 있지만 단어들이 분명 뇌 어딘가에 새겨져 있을 터인데 기억이 잘 나지 않아서, 깊게 숨을 들이쉬고 속으로 엄마의 목소리를 들어 가며 무의식적으로 따라하고자 했다. 내용을 기억해 내야 했다. 항해사들이 인어 공주를 보았을 때 조난의 불길한 징조가 시작되었지.

지난 부활절, 유난히도 맑았던 아침
우리는 땅에서 그리 멀지 않았지,
바위 위 인어 공주 몰래 훔쳐봤더니,
머리빗과 유리를 손에 들고 있었네.

인어 공주가 왜 유리를 들고 있는지 잘 이해가 가지 않아서 엄마에게 물었을 때, 엄마는 그 유리는 거울이라면서, 들여다보면 자기의 진짜 모습이 보이는 물건이라고 설명해 주었다. 다음 몇 소절은 선원들이 부르고, 이후 갑판장이 나쁜 소식을 전한다.

우리의 늠름한 배 난파당했네
돛을 손본 것이 바로 얼마 전인데
분노에 찬 바닷물이 배에 구멍을 내고
소금물 내리 쏟아지고 있네.

여섯 번째 소절에서는 모두가 금은보화를 배 밖으로 던져 버리고 만다. 트래비스는 동전들이 바닷물 속으로 천천히 나선형으로 떨어지며 반짝거리는 그림을 그려 보곤 했던 기억이 났다. 이 다음에는 3절에 걸쳐 선장과 항해사와 갑판장 모두 아내가 과부가 되고 말리라는 예감에 소스라치는 내용의 가사가 나온다. 다음 소절은 트래비스가 가장 좋아했던 부분인데, 그 이유는 어린 선원이 나오기 때문이다.

다음은 어린 소년 뱃사람 차례
소년은 말했네
"여러분의 아내들도 안됐지만
우리 어머니도 참말 불쌍하지요."

그 대목이었다. 트래비스가 더 이상 아무 그림도 그리지 못한 지점은. 거기서부터는 이야기가 어떻게 전개되었는지 기억이 나질 않았다. 자신이 배 위의 어린 소년이 되어 몽상을 시작하다가 잠이 들었던가? 코드를 치면서 계속 지어내려 했지만 어떤 것도 더 이상 떠오르지 않았다.

노인이 말했다.

"간주는 그만하면 됐고, 나머지를 들어 봅시다."

트래비스가 노래를 시작했다.

"다음 차례는 항해사일세."

"그건 아까 했고."

트래비스는 가사를 더듬거리며 아무 단어나 만들어 내서 불렀다.

"배는 그만 바닷속 밑바닥에 가라앉고 말았네."

"만들어 부르지 말고. 그런 가사는 원래 없잖아."

"아, 배가 가라앉았어요. 제가 아마 할머니랑 다른 가사를 알고 있나 봐요."

노인은 이 말에 넘어가지 않았다.

"벌써 세 소절은 빼먹었는데. 아무튼, 거래는 끝났다."

그렇게 노래했건만 아무것도 얻지 못하다니.

"자, 신사 양반. 자전거는 댁의 차지가 되었네요."

트래비스는 배낭과 기타를 다시 메고는 길 쪽으로 방향을 틀었다. 자전거를 타고 나갈 줄로 기대했던 길이지만, 다시 쿡쿡 쑤시는 발로 걸어 나가야 할 길.

"잠깐만. 얘야, 자전거 사는 데 얼마가 모자라는 거냐?"

남자가 불러 세웠다.

"5달러요."

남자가 5달러짜리 지폐를 꺼내더니 노인에게 주었다.

"이래서는 거래가 맞지 않아요. 다섯 곡 부르랬지, 5달러 달라는 게 아니었거든요."

"아주머니, 저 애는 아주머니에게 즐길 거리를 제공했어요. 공연장에 가본 지 얼마나 되셨죠? 우드스탁(1969년 8월 미국 뉴욕 시 교외의 우드스탁이라는 곳에서 열린 전설적인 록 페스티벌) 가 보셨어요? 제가 공연 본 값으로 5달러 드리죠. 저 애한테 자전거 주세요. 쟤가 스스로 번 겁니다."

트래비스는 남자의 손을 꽉 쥐었다.

"감사합니다, 아저씨! 정말 감사합니다!"

곧이어 노인이 더 뭐라 하기 전에 잽싸게 자전거에 뛰어올랐다. 남자가 옳다. 자기가 벌어서 이 자전거를 산 것이다. 이제 트래비스는 엄마의 기타가 자기를 응원해 주고 있다는 걸 분명히 알 수 있었다. 길 아래로 내려가자 새로운 노래가 머릿속에 떠올랐다. 이번에는 슬프지 않은 노래 〈다시 여행길에 오르며 On the Road Again〉.

트래비스는 전속력을 다해 페달을 구르면서 목이 터져라 윌리 넬슨의 이 노래를 불렀다. 윌리 넬슨이 지금 트래비스 바로 뒤에서 땋은 머리를 휘날리는 것처럼 느껴졌다. 악마 같은 아빠의 신발을 제거하고 나니 행운이 다시 트래비스에게 돌아왔다! 오, 예!

9

길은 구불구불해지고 땅은 점점 낮아졌다. 트래비스는 사회 시간에 계곡에는 보통 호수가 생겨나고 그 호수 근처로 마을이 형성된다고 배운 것을 기억했다. 언덕 아래로 계속 내려가면 문명화된 장소를 만나게 되어 있는 것이다. 트래비스가 마지막 모퉁이를 돌자 길은 맨 아래 단계로 이어졌지만 호수도 없었고 마을은커녕 집 한 채도 나타나지 않았다. 그렇다면 이제 또 다른 산을 올랐다가 내려가기를 반복해야 한다. 누나는 아빠 차에서 지도를 가져다줄 생각은 왜 못한 걸까? 하기야 지도가 있어도 자기가 어디 있는지 모르면 아무 짝에도 소용이 없다. 트래비스는 한동안 길에서 도로 번호나 표지판을 본 기억이 없었다.

배가 또 아우성을 치기 시작해서, 시냇물이 흐르는 길 가장자리에 앉아 음식을 꺼냈다. 많이 먹지 않으려고 애는 썼지만 너무 배가 고파서 저녁까지 남겨 놓을 수가 없었다. 시냇물을 깡통 컵에 따라 마시고 마지막 빵과 치즈를 먹어 치웠다. 이제는 땅콩버터만 바닥에 겨우 남았고, 따지도 못하는 콩 통조림이 하나 더 있을 뿐이다. 어서 마을을 찾아서 음식도 좀 사고 가능하면 기타를 연주해서 돈도 벌어야 한다. 트래비스는 언젠가 어머니가 젊었을 때 빈털터리가 되자 시내 한가운데 광장에 앉아 기타를 치며 노래했다는 이야기를 해준 기억을 떠올렸다. 그냥 무시하고 가는 사람들도 있었지만 그래도 어떤 이들은 멈춰 서서 노래를 들었다고 했다. 가장 중요한 이야기는, 사람들이 유리 상자에 떨어뜨려 준 동전을 다 모으니 거의 10달러나 되었다는 것이다. 그때는 엄마가 아빠를 만나기도 전, 한참 오래전이니 지금 물가로는 거의 두 배에 달하는 금액이 모일 수도 있다.

이런 생각을 하자 용기가 솟아나서, 트래비스는 다시 짐을 둘러메고 자전거를 타고 내려가면서 이 길이 넓은 계곡임에 분명하고 호수도 있고 근처에는 마을이 있으리라고 믿었다. 몇 킬로를 더 가도 아무것도 나타나지 않아서 마지막 희망조차 사라지려 하는 순간, 집이 한 채 보이고 또 한 채가 이어서 보였다. 그리고 길이 갈라지는 지점에 도달했다. 오른쪽 길은 아무래도 다시 언덕으로 올라가는 길 같아서, 계곡 아래에 머물러야겠다 생각하고 왼쪽 길을 택했다.

30분 정도 계속 달렸지만 사냥을 위해 캠프를 치러 간 듯한 차들이 남긴 자국이 더러 보일 뿐 아무것도 보이지 않았다. 구불구불 꼬인 길이 자꾸 나타나서 어디로 가고 있는지 알기 힘들었고, 하늘은 우중충하고 양털 담요 같은 구름이 짙게 드리워 태양에게 한 치도 자리를 내줄 생각이 없어 보였다. 언덕 위로 오르는 도로에는 좁은 길들이 뻗어 있었는데 곧장 아래로 내려가게 되어 있는 것이 아무래도 계곡 안에 있지 않은 모양이었다. 트래비스는 왔던 길로 다시 돌아갈까 생각하다가, 여태껏 몇 킬로를 달렸어도 아무것도 보지 못했음을 떠올렸다.

길가에서 시냇물이 졸졸 흐르는 소리를 듣고 트래비스는 그 자리에 멈춰 깡통 컵에 세 번이나 물을 담아 마셨다. 손가락으로 땅콩버터 캔 바닥을 싹싹 긁어 먹고 물에 씻어 냈다. 이제는 따개 없이는 열지 못하는 콩 통조림 말고는 남은 음식이 하나도 없다. 트래비스는 마음속으로 시내에 도착하면 물병을 사야겠다고 메모해 두었다. 앞으로 목이 마를 때마다 시냇물을 찾을 수 있다는 보장이 없으니까.

그 뒤 몇 시간 동안 트래비스는 자기가 어디 있는지도 모른 채 그저 길을 오르고 자전거를 설렁설렁 타며 돌아다녔다. 옛날 여행 노래가 계속 머릿속을 맴돌아서 기운을 내려고 입 밖으로 소리 내어 크게 불렀다. "어디로 갈지 궁금해 참을 수 없어." "이제까지 너무 힘든 여행이었어."라는 노래 가사를 흥얼거리고, 가장 좋아하는 곡인 알로 거스리 Arlo Guthrie(전설적인 포크 가수인 우디 거스리의 장남. 가수일 뿐 아니라 말년에는 적극적인 사회운동가로 활동하고 있다)의 노래를 부를 때는 "난 피클 싫어, 모터사이클 타고 달리고 싶네."라는 가사에서 '모터사이클'을 '바이시클'(자전거)로 고쳐 불렀다. 트래비스는 슬슬 먹을 것이 걱정되기 시작했다. 애디론댁 산맥 내에 환경보전 지역이 있다는 사실은 알고 있었지만 가고 또 가도 아무것도 안 보일 줄은 정말 몰랐다. 사람들이 여름 휴가나 방학 때 와서 머무는 별장이 가끔 눈에 띄기는 했지만.

트래비스네 가족은 한 번도 휴가를 가 본 적이 없지만, 학교에서 여름이면 일주일 혹은 2주일씩 멀리 다녀오는 아이들이 있어서 그런 휴가가 어떤지는 잘 알았다. 데이튼 말로네 가족은 디즈니랜드까지 다녀온 적이 있다. 데이튼은 3년 연속으로 '내가 이번 여름방학에 한 일'이라는 작문을 할 때마다 그 휴가 이야기를 써먹었다. 데이튼은 그 주제 하나만 갖고도 얘기할 내용이 쓰고 남을 정도로 풍부해서 선생님들도 그다지 뭐라고 하지 않았다. 트래비스는 이곳 애디론댁 산맥에 놀러 왔다가 학교에 돌아간 아이들은 작문 시간에 뭘 봤다고 쓸까 궁금해졌다. 자기가 태어났을 때부터 살아 온 고장이 남들에게는 휴가를 보내는 곳이 된다니, 어쩐지 신기했다.

트래비스는 길 가장자리 덤불에서 딸기같이 보이는 열매를 발견하고는 자세히 보려고 멈춰 섰다. 산딸기 같기는 했지만 대부분 아직 설익은 초록색으로, 익어서 떨어지기 시작하는 열매는 많지 않았다. 덤불 속으로 다가가 그중 가장 붉은 열매를 잡아당겼다. 가시가 팔에 스쳤지만 배가 너무 고픈 나머지 전혀 신경 쓰이지 않았다. 열매를 따자마자 입안에 넣었다. 씁쓸하고 씨가 많아서 마치 모래를 씹는 것 같았다. 그래도 꾹 참고 삼켰다. 엄마는 늘 과일과 채소가 얼마나 영양가가 많은지를 강조했었다. 이걸 먹었으니 마을에 도착할 때까지 굶주림을 이겨 낼 수 있을 것이다.

덤불 깊숙한 곳으로 파고드니 더 통통하고 검게 익은 산딸기가 나왔다. 트래비스는 손을 딸기나무 사이로 넣고 흔들어서 열매를 땄다. 이번 것은 달콤했고, 씨보다는 과육이 많았다. 야생 산딸기란 바로 이런 걸 말하는가 보다. 트래비스는 익은 열매를 조금 더 찾아보았지만 더 이상은 단 하나도 나오지 않았다. 아직 때가 일러서 별로 없나, 아니면 곰이라도 와서 다 먹어 버린 걸까?

트래비스는 자전거로 돌아갔다. 마을을 찾아내서 자리를 잡고 연주를 한 뒤 20달러를 벌어야 한다. 그러고 나서 음식을 사고 남은 돈으로 머물 곳을 찾아봐야 한다. 모텔은 안 되고(트래비스에겐 너무 비싸니까) 누군가 방 한 칸이라도 빌려 준다면 가능하겠다. 그 정도면 충분하다. 머리만 잘 쓴다면, 아주 적은 돈으로도 어떻게든 꾸려 나갈 수 있다.

그래도 걱정이 들기 시작했다. 사람들은 종종 산속에서 길을 잃기도 하고 몇 날 며칠 동안 눈에 띄지 못하기도 한다. 특히 이렇게 깊은 애디론댁 산맥 환경보전 지역 안에서는. 이 고장 역사를 배우는 수업 시간에 좀 더 집중해서 지도를 볼걸 그랬다는 생각이 들었다. 하지만 길을 잃은 그 사람들은 등산을 하거나 숲에서 하이킹을 하던 사람들 아닌가? 트래비스처럼 도로로만 다니면서 길을 잃기야 하겠는가?

구름이 뒤로 물러서면서 어둠이 깔리기 시작했고, 트래비스는 오랜 시간 동안 차량이 지나가는 것을 전혀 보지 못했다. 차가 지나간 길이 겨우 하나 보이자 그 길을 따라 숲 속으로 돌아가야겠다는 결심이 들었다. 숲 속으로 들어서자 여름 별장 하나가 보였다. 누군가 집에 있다면 자존심일랑 버리고 먹을 것을 달라고 부탁해 봐야겠다. 큰길 가에 차가 한 대 서 있는 것이 보였다. 좋은 신호다. 트래비스는 문으로 올라가서 두드려 보았지만 아무런 응답이 없었다. 그래서 별장 주변을 돌면서 외쳐 보았다.

“계세요? 여기 누구 안 계세요?”

여전히 말이 없다. 창문 안쪽을 살짝 들여다보니 부엌 찬장이 보였다. 분명히 음식이 있거나, 아니면 최소한 콩 통조림을 딸 수 있는 따개라도 있을 것이다. 모든 문과 창문을 다 들여다보았는데, 하나같이 잠겨 있었다. 들어갈 수 있는 유일한 방법은 창문을 깨는 것인데 아직은 그 정도로 절박하지는 않다. 며칠 더 여기서 빠져나가지 못하고 길을 잃은 채, 죽을 만큼 허기가 져서 최후의 수단으로 쓴다면 모를까, 아직은 아니다.

트래비스는 다시 배낭을 꾸리고 자전거에 올라타 길을 나섰다. 15분에서 20분쯤 달렸을까, 머지않은 곳에 올라가라는 표지판이 보였다. 좋아! 이제 어딘가로 가까이 가고 있는 게 분명하다. 트래비스는 더 열심히 자전거를 굴렸다. 가까이 가면 갈수록 트래비스는 그 장소가 쇠락해 가는 곳이며, 한참 오래전에 문을 닫은, 그저 관광객을 낚기 위한 장소이고, 이제 근처에 다 왔다는 걸 알 수 있었다. 그리고 똑똑히 보았다. '숲 속의 일곱 난쟁이 별장. 수도와 전기 공급 중. 직진.'

"안 돼에에에에에!"

트래비스는 울부짖었지만 자기 자신과 나무들 말고는 듣는 이 하나 없었다. 어떻게 똑같은 길로 되돌아오면서 아무런 눈치도 못 챘단 말인가? 그럼 종일 커다랗게 원을 그리며 자전거를 탔단 말인가? 아니나 다를까, 커브 길을 돌아가니 백설 공주가 트래비스 아빠의 신발을 신은 채 거기 그대로 있었다.

트래비스는 '해피'라는 문패가 붙은 통나무집 문 앞 계단에 쓰러지듯 몸을 던졌다. 난쟁이의 이름이 하루를 마감할 때의 느낌을 예언하는 것이라면, 이번에는 최소한 고르기는 잘 고른 것 같다. 트래비스는 막대기를 하나 주워 들고 바닥에 지도를 그리면서 최초에 출발한 장소로 돌아가 여기까지 오는 동안 어떻게 돌았는지를 기억해 보려고 애썼지만 잘 생각이 나지 않았다. 그리고 다시 미칠듯이 배가 고파져서 산딸기를 찾으러 나섰지만 단 하나도 찾을 수 없었다. 나무 밑 그루터기에 자라나는 버섯이 몇 개 보였지만 버섯은 트래비스가 워낙 싫어하는 음식이었다.

그렇다면 이제 어떻게든 콩 통조림을 뜯어야 한다. 트래비스는 커다란 바위를 찾아 통조림을 갖다 대고, 위쪽을 내리치면서 뚜껑과 통 사이를 연결한 틈새가 쩍 갈라지길 기대했다. 그러나 갈라지는커녕 캔 옆쪽만 움푹 파일 뿐이어서, 계획을 바꿔 그저 온 힘을 다해 계속 치고 또 쳤다. 캔이 터질 생각도 않는 걸 보니 콩이 너무 물러서 짓눌러 봐야 별 영향도 없는 것 같았다. 음식을 손에 넣고도 먹을 수가 없다니, 트래비스는 딱 죽을 것만 같은 심정이었다.

그때 엄마가 샐러드를 만들 때 뽑아서 넣곤 하던 풀이 생각났다. 쇠비름 비슷하게 생긴 퍼슬린이라는 식물로, 태양이 비추는 곳이라면 어디든지 자란다. 트래비스네 집은 뜰이 온통 나무로 그림자가 져서 길가로 나가야만 볼 수 있었는데, 바닥을 따라 붉은 줄기와 불룩한 잎사귀가 무성하게 자라던 풀이다. 트래비스는 퍼슬린을 좀 따서 통나무집으로 가져와 먼지 묻은 뿌리 쪽만 빼고 전부 먹었다. 약간 씁쓸하지만 즙이 많았고, 100가지 가장 좋아하는 음식 목록을 만든다면 99번 째 정도에는 올려 줄 수 있을 정도로 먹을 만한 데다가, 지금 당장은 식용이라는 사실보다 중요한 건 아무것도 없었다.

오늘은 너무 어두워져서 더 이상 자전거를 타고 갈 수 없다는 생각에 트래비스는 백설 공주와 하룻밤을 더 지내기로 했다. 배를 채우려고 시냇가에 가서 물을 잔뜩 마시고 퍼슬린도 더 먹었다. 그리고 자리를 잡은 뒤 노래 연습을 했다. 연주를 하고 돈을 받을 셈이라면 좀 더 노래를 잘해야 한다. 기타 뒷면도 점검했다. 틈이 더 길게 패였는지는 모르겠으나 소리는 여전히 좋았다. 돈이 생기면 바로 기타부터 수선해야겠다.

트래비스는 지난번에 식당에서 만난 기타 모자를 쓴 남자를 찾아야겠다는 생각이 들었다. 명함을 찾아보려고 양쪽 호주머니를 뒤졌지만, 사라지고 없었다. 배낭에 든 것들을 다 꺼내고 여벌 옷도 흔들어 찾아보았다. 명함이 없어졌다. 어쩌면 이렇게 멍청한 짓을 했을까?

전화번호부에서 찾아보려 해도 이름조차 기억이 나지 않았다. 잠깐만. 어쩌면 기타 제작자 항목에 나올지도 모른다. 마을에 도착하면 전화번호부에 있는지 찾아봐야겠다. 이렇게 생각하니 조금은 힘이 났다.

트래비스는 '도피'네 집에서 솔잎을 주워 모아 '해피'네 집 앞 현관에 침대를 만들었다. 밤을 보낼 준비를 마치고 잠이 들 무렵이었다. 어떤 여자가 부르는 소리가 들렸다.

"얘, 너 이리 좀 와 봐라."

트래비스는 허둥지둥 일어나느라 집 옆쪽으로 미끄러졌다. 이런 폐허에서 누군가 자신을 부른다는 사실이 믿기지 않았다. 이곳은 사막이나 다름없는 버려진 곳인데. 통나무집 현관에서 자는 것도 돈을 내야 하나?

여자는 지나치게 달콤한 목소리로 노래했다.

"나는 네가 보인다아아아. 나와라, 나와라, 나는 네가 어디 있는지 알아."

트래비스는 대답하지 않았다. 너무나 이상하다. 생명의 기운이라고는 어디에도 없다. 그리고 어젯밤에는 왜 이 여자가 나타나지 않았지?

"어서 나와. 바보처럼 굴지 마. 나는 네가 누구인지도 알아, 트래비스 테이시. 이리로 나와서 얘기 좀 하자."

나를 안다고? 학교에서 결석한 아이를 찾으러 보낸 사람인가? 단 며칠 학교를 빼먹었을 뿐, 감기로 집에서 쉬었을 수도 있는데, 제발. 대체 왜 나를 찾으러…….

"좋아, 이제는 나도 인내심이 바닥났어. 그럼 지금 당장 꺼져 버려."

트래비스는 천천히 바깥으로 나섰다. 누구인지는 몰라도 야간 등을 들고 있지는 않았고, 달도 밝지 않아 뚜렷하게 보이지 않았다. 뭔가 움직이는 기미가 있나 자세히 봤지만 아무런 기척도 없었다. 본능적으로 숲을 향해 달아나야 한다고 생각은 했지만 발이 시멘트처럼 굳어서 꼼짝하지 않았다.

"거봐, 재미없지? 이제 내 느낌이 어떤지 알겠니. 시멘트 발 느낌."

트래비스가 마음속 말을 입 밖에 내었던가?

"아니야, 넌 생각만 했지 말은 안 했어. 나도 숲 쪽으로 달아나는 게 어떤 건지 아니까 그건 잊어버려."

학교에서 온 사람이 아니다. 이 사람은 일종의……. 뭐야? 유령? 괴물? 트래비스는 그런 것이 있다고 믿지는 않았지만 다른 말로는 설명이 되지 않았다.

"어머, 지금 넌 나한테 상처를 줬어. 괴물이라니. 자, 이제 여기서 헤어나 보지 그래. 그거야. 오른발, 왼발."

이 말을 듣자마자 트래비스는 발을 제 마음대로 움직이지 못하고 아무리 기를 써도 백설 공주 동상 쪽으로만 움직이게 되었다.

갑자기 어떤 움직임이 눈에 들어왔다. 그건, 손짓하는 손가락이었다. 아니야, 잠깐. 트래비스는 '내 머리가 확 돌았나' 생각했다. 바로 백설 공주의 손가락이었기 때문이다. 사람이 혼자서 오랫동안 야생으로 살면 미쳐 간다는 이야기를 전에 들은 적이 있기는 해도, 그건 몇 년씩 살았을 때 얘기지 이렇게 며칠만 지내도 미치는 건 아닐 것이다. 이제 동상은 자기 앞의 바닥을 가리키고 있었다.

"넌 미친 게 아냐. 이건 그냥 설명되지 않는 현상 가운데 하나야. 거기 앉아."

트래비스는 자리에 앉았지만 바닥에 붕 뜬 것만 같았다. 그때였다. 자신이 꿈을 꾸고 있다는 사실을 깨달은 것은. 이제 트래비스는 이 상황이 현실이 아님을 깨닫고는 긴장을 풀고 다음에 무슨 일이 일어나든 즐기기로 마음먹었다.

"뭘 하려는 거야?"

여자가 물었다.

"앉아 있잖아. 시키는 대로 하고 있어."

"내가 물어본 뜻은 그게 아닌데. 앞으로 뭘 하려는 거냐고? 이 상황에서 어떻게 하려는 거냔 말이야."

"내가 뭘 할 수 있겠어? 그저 머물 장소를 찾고 끼니를 때울 만큼 돈을 버는 정도지."

"그게 다야? 너 자신만 생각하는 거야? 가족은 어쩌고? 네 누나는 동생들을 다 돌보고, 불쌍한 어머니는 요양원에 있는데. 넌 걱정도 안 되니?"

백설 공주가 살갗에 칠해진 페인트 가루를 떨어뜨리면서 손을 흔들었다.

쳇! 설교나 듣는 식의 꿈이 되어 가고 있다. 실망이다. 뭔가 재미있는 일이 일어나는 꿈이 좋은데.

트래비스가 말했다.

"난 이게 꿈인지 알아. 꿈에서라도 날 수 있으면 좋겠는데. 가족에 관해서는 난 아무것도 못해, 됐냐?"

"아니, 전혀. 너는 가족의 유일한 희망이야. 네 아버지는 가망이 없고. 직장도 못 구하잖아."

"이봐, 난 그냥 어린애야. 애들은 세상사의 짐을 지지 않아도 된다고."

백설 공주는 팔꿈치 안쪽을 벌리면서 팔짱을 꼈다.

"그냥 애라고? 그것 참 그럴싸한 변명이네. 그럼 네 누나 준은? 사람들이 아직 애라고 하는 나이 아니니? 그런데도 등에 진 짐이 엄청난 것 같은데."

"이것 봐. 나도 도와주려고 했어. 누나가 아빠랑 같이 나를 쫓아내지만 않았어도 거기 그대로 있으면서 도왔을 거야."

"아, 그러니까 누나가 널 화나게 했으니까 벌 받아도 된다?"

"내가 언제 누나한테 화났대?"

"네 머릿속을 보니 화가 가득 찼는데 뭘. 온통 주황색이야. 누가 네 두개골에다가 귤색 페인트를 들통으로 쏟아 부은 것 같다고. 그래서, 어머니를 돕지 않는 데 대해서도 변명해 보시지? 그쪽에도 화가 났어?"

"그렇지 않아! 화가 나건 말건 무슨 소용이야? 엄마를 위해서 할 수 있는 게 아무것도 없는데."

"내 생각엔 네가 엄마를 찾아가면 분명 기운이 나실 것 같은데. 그 정도는 할 수 있었잖아, 그렇지 않니?"

엄마가 병원에 있는 그림이 마음속에 깜박거리며 나타났다. 그런 모습의 엄마를 또 볼 자신이 없었다. 이 꿈은 나쁜 꿈이니 깨어나야 한다.

"하늘을 난다든지 하는 재미난 일이 없는 것 같으니, 난 깨어날래."

백설 공주가 팔짱을 꼈던 팔을 풀고 옆으로 늘어뜨리자 팔꿈치가 부서져 조각이 떨어져 나갔다.

"내가 끝내지 않으면 너는 못 일어나. 트래비스, 네가 만약 그런 끔찍한 사고를 겪었고, 그래서 원래 네 얼굴로 보이지도 않고 말도 못한다면, 네 어머니께선 어떻게 하실 것 같니?"

트래비스는 부끄러움에 고개를 숙였다.

"잘 모르겠어."

말은 그렇게 했지만 트래비스는 당연히 어머니가 어떻게 했을지 잘 알았다. 엄마라면 자기 침대 머리맡에 매일같이 붙어 계셨을 것이다. 안아 주고, 말을 걸어 주고, 노래를 불러 주면서 트래비스가 정상으로 돌아올 때까지 계속 자리를 지켰을 것이다.

백설 공주가 말했다.

"바로 그거야. 이제 일어나서 어머니를 뵈러 가야 해. 일단 가서 뵈면 뭘

해야 할지 알게 될 거야."

백설 공주는 사라질 것처럼 어둑하고 흐릿한 형상이 되어 갔다.

"기다려! 엄마가 어디 계신지 알아?"

백설 공주는 옷깃에 잡힌 주름 덩어리를 툭 떨어뜨리며 고개를 저었다.

"나는 네 생각을 읽기만 할 뿐 다른 능력은 없어."

"하지만 난 아까 엄마 생각 하고 있지 않았어."

"엄마는 늘 네 맘 깊은 곳에 계셔, 트래비스……. 부끄러워야 마땅한 일들에도 늘 따라붙지. 그 일들은 또 별개의 문제고."

백설 공주는 서서히 사라지기 시작하다가 다시 모습을 드러냈다.

"한 가지 더, 트래비스."

"뭔데?"

"네 아버지 구두 때문에 미치겠어."

백설 공주가 한쪽 눈썹을 올리자 이마에서 석고가 한 조각 떨어졌다.

이번에는 정말로 백설 공주가 사라졌고 트래비스는 짐작했던 바로 그 장소, 해피의 통나무집 현관에 누워 있었다. 벌써 날이 밝은 아침이었다. 트래비스는 팔꿈치로 바닥을 짚고 몸을 일으켰다. 꿈은 이미 증발하고 있었다. 백설 공주가 중요한 말을 했던 것 같아서 트래비스는 눈을 감고 기억을 되살리려 애썼다. 그러나 꿈은 내용이 듬성듬성해졌고 조각을 붙들어 보려 하기 전에 떠내려가고 말았다. 결국에는 아무 기억도 나지 않았다. 꿈은 이래서 곤란하다. 기억하려고 하면 할수록, 더 희미해지는 것이다. 하지만 트래비스는 그다지 걱정하지 않았다. 어차피 꿈이란 늘 말이 안 되니까.

트래비스는 숲 속에 오줌을 누고 퍼슬린과 물로 아침 식사를 한 뒤 짐을 챙겼다. 떠나기 전에 백설 공주 앞에서 멈춰 섰다. 백설 공주는 전과 다름

없이 그대로였지만, 혹시나 미소 띤 그 얼굴이 일그러지거나 윙크를 하다가 주름이 지지는 않는지, 트래비스는 자세히 살펴보았다.

아무 일도 일어나지 않았다. 실룩거리는 정도의 움직임도 없었다. 백설공주는 커다란 시멘트 덩어리일 뿐이었다.

10

트래비스는 전날 갔던 방향으로 자전거를 타고 나아갔다. 이번에는 어제 잘못 선택했던 갈림길을 가까이서 잘 볼 참이다. 눈앞에 벼룩시장이 보이자, 트래비스는 자전거를 팔던 할머니에게 가서 먹을 것 좀 달라고 해볼까 하는 마음과, 그러면 어제 거래를 제대로 성사시키지 못했으면서 자전거를 가져갔으니 도로 달라고 할까 봐 두려운 마음 사이에서 고민에 빠졌다. 트래비스는 음식보다는 자전거가 더 소중하다는 결론을 내렸다. 트래비스가 근처를 지날 때 노인은 길 쪽으로 등을 보인 채 탁자 위 그릇들을 다시 정리하고 있었다. 노인이 등을 돌리기 전에 트래비스는 속력을 올려 벼룩시장이 열리는 마당 앞을 재빨리 지나쳤다.

그 뒤로 한참 동안 아무것도 없는 무의 상태가 지속되었다. 트래비스는 혹시 자기가 갈림길을 놓쳤나 싶어서 무한정 원을 그리며 어제 간 길을 되돌았다. 그러다가 언덕 위로 올라갔고, 다시 계곡으로 들어가는 길로 빠져들자 오른편으로 길이 나면서 언덕으로 오르게 되는 그 길을 만났다. 여기가 어제 실수했던 그 길이 분명했기에 트래비스는 언덕 쪽으로 오르는 길을 택했다. 오르막이라 자전거로 가기 힘들었다. 어떤 지점에 이르자 어쩌면 마을 방향이 아니라 더 깊은 원시림으로 들어가는 게 아닌가 하는 생각이 들었다. 나중에는 어쩔 수 없이 자전거에서 내려 밀고 올라가야 했다. 그때, 트래비스의 귀에 바람이 몰아치는 소리가 사라지고 뭔가 다른 소리가 들렸다. 차 소리다! 트래비스는 산마루를 타고 언덕 아래로 내려가기 시작했다. 교차로에 '32번 도로' 표시가 보였다. 그리고 길이 나 있는 쪽을 보니 '포츠빌 - 1.6킬로미터'라는 표지판이 있었다.

식량을 얻을 수 있다는 희망에 트래비스는 미친 듯이 페달을 밟았다. 곧이어 마을로 들어섰다. 건널목이 하나뿐인 도로에 가게 몇, 식당 하나, 우체국 하나, 교회 하나, 주유소 하나가 옹기종기 모여 있었다. 곧바로 먹으러 가도 될 만큼 배가 고프기는 했지만, 이제 원하면 음식은 어디서든 구할 수 있는 곳에 왔으니 우선 돈부터 벌어야겠다는 생각이 들었다. 공구점에 사람들이 드나드는 것을 보니, 저기가 좋은 지점인 듯하다. 트래비스는 자전거를 나무에 기대 놓고 가게 앞 계단에 앉아서 연주를 시작했다. 어제 벼룩시장에서 부른 노래가 아직 기억에 잘 남아 있어서 그 노래들로 시작했다. 지난 이틀에 비하면 여기는 사람이 훨씬 많은 곳이다. 얼마 안 가서 점심 값 정도는 벌 테고 그러면 머물 곳도 찾아 나설 수 있을 것이다.

나이 지긋한 부부가 공구점 앞에 주차하고 계단을 오르면서 트래비스를 지나쳤다. 부인은 웃으면서 남편에게 뭐라고 말을 했지만 남편은 고개를 흔들면서 언짢은 표정을 지었다.

트래비스는 컵을 꺼내서 앞에 놓아야 한다는 사실을 잊고 있었다. 부인은 분명히 잔돈 몇 푼이라도 떨궈 주려 했을 텐데. 트래비스는 배낭에서 컵을 꺼내고 주머니에서 10센트짜리 동전 몇 개를 꺼내 컵에 넣어서 사람들이 컵의 용도를 알아보게 해두었다. 트럭이 들어서자 혹시 물건을 사러 온 차일지도 모른다는 기대를 품고 연주를 시작했다. 하지만 차는 그냥 지나갔다. 그 다음에 들어선 두 대의 차도 마찬가지.

그때 가게에서 어떤 남자가 나왔다.

"얘, 너 여기서 대체 뭐 하는 거냐?"

"기타 쳐요."

"뻔한 속임수 쓰지 마라. 내 가게 앞에서 구걸하는 건 금지다."

트래비스는 남자가 컵을 보지 않기를 간절히 바랐다.

"구걸하는 거 아니에요. 그냥 앉아서 연주하는 거예요. 이 나라는 자유국가잖아요. 제가 사람들 앞에서 노래하고 싶어서 하는데 막을 권리는 없어요."

"원하면 해도 되지. 단, 내 가게 앞은 안 된다."

"제가 노래하면 장사에 도움이 될 거예요."

트래비스는 〈내게 만약 망치가 있다면 If I Had a Hammer〉이라는 노래를 부르기 시작했다.

남자는 팔짱을 끼고 선 채로 트래비스를 노려보았다.

"우리 가게 손님들은 입구에서 거지를 보고 싶어 하지 않아."

"누가 거지 노릇 한다 그래요? 전 공짜로 사람들을 즐겁게 해주려고 부르는 거예요."

"아, 그래? 공짜다 이거지?"

남자가 컵에 눈길을 주자, 트래비스는 얼른 집어서 한 모금 마시는 척을 하며 혓바닥 아래로 동전들을 밀어 넣었다.

"이 근처에서 본 적이 없는데. 너 어디 사냐?"

"여기서 한참 떨어진 동네 살아요."

트래비스는 혓바닥 아래 동전이 떨어지지 않도록 조심했다.

"누구네 집이지? 너 성이 뭐냐?"

"테이시요."

두 번째 음절에서 동전들이 구르더니 살아 있는 생명체처럼 움직였다. 미처 손을 쓰기도 전에 동전들은 혓바닥 뒤에서 식도로 밀려 들어갔다. 트래비스는 기침을 해서 동전 하나를 제자리로 올렸다. 혀로 그 동전을 뺨 쪽으로 밀어내고 어금니로 꽉 쥐었다. 또 재채기가 날 것 같아서 억누르느라 눈물이 나왔다.

"얘, 너 괜찮냐?"

"네, 괜찮아요."

트래비스는 이를 악물고 대답했다. 그러고는 짐을 챙겨 들고 길가로 나갔다. 몇 번이나 뒤를 돌아볼 때마다, 공구점 남자가 트래비스를 계속 보고 있었다. 이윽고 남자가 가게 안으로 들어가자 트래비스는 뺨에 있던 동전을 빼냈다. 한 푼이라도 아쉬운 마음에, 실패로 끝날 줄 알면서도 남은 동전을 열심히 속에서 끌어내려 해보았다. 절대로 변기라든가 그 비슷한 어딘가를 뒤져서 찾고 싶지는 않다. 트래비스는 식당 앞에 있는 야외용 식탁에 앉아서 기타를 다시 꺼냈다. 기타를 뒤집어 놓고 뒷면을 손으로 만져보았다. 트래비스의 짐작일지는 몰라도, 어쩐지 틈이 점점 커지는 것 같았다. 기타가 두 쪽으로 갈라지기 전에 빨리 수선을 해야 한다. 근처에는 공중전화 부스가 없어서 식당 안으로 들어가려는데 문 앞에 "맨발로 들어오지 마시오."라는 표시가 보였다.

아빠의 신발을 버리지 말걸 그랬다. 아무리 싸구려 운동화라 해도 트래비스가 가진 8달러 몇 센트보다는 더 달라고 할 것이 뻔하다. 그때 길 건

너 잡화점 창문에 커다란 글씨로 '세일'이라고 쓰인 문구가 보였다. 트래비스는 나무 덤불 뒤에 자전거와 배낭을 두고 잡화점 안으로 들어갔다. 문가에 있는 탁자 위로 50센트짜리 물건들이 가득 널려 있었다. 콩 통조림을 따기에 적합해 보이는 따개도 있었다. 당장 살까 했지만 통조림을 그 자리에서 딸 필요는 없으니 조금 미뤄 두기로 했다. 1달러짜리 물건들이 놓인 탁자에는 온갖 종류의 장난감과 잡동사니가 있었고 2달러짜리 탁자에는 옷들이 쌓여 있었다. 대부분 아동용 티셔츠나 반바지였지만 무더기 속 끝까지 뒤져 보니 고무로 된 끈 달린 샌들이 있었다. 이거면 신발 대용이 되겠다. 첫 번째 고른 것은 너무 작아서 발바닥이 땅에 닿았다. 그 다음 고른 것은 분홍색으로 여성용이었고 발가락 사이에 플라스틱 꽃까지 달려 있었다. 더 열심히 뒤진 끝에 마침내 파란색에 치수도 꼭 맞는 샌들을 찾아냈다. 트래비스는 계산원에게 샌들을 내밀고 1달러짜리 하나와 25센트짜리 동전 네 개를 끄집어냈다.

"세금 포함 2달러 16센트입니다."

트래비스는 16센트를 더 꺼내기 위해 주머니를 뒤졌다. 세금은 미처 생각 못했다.

트래비스는 봉투에 샌들을 담으려는 계산원에게 됐다고 말하려다가 나중에 그 봉투가 쓸모 있겠다는 생각이 들어 그냥 받았다. 문 밖으로 나가려던 찰나에 깡통에 든 체리 잼이 눈에 띄었는데, 그걸 보니 엄마가 만들어 주던 체리 파이가 너무나도 그리워져서 하나 집고는 깡통따개가 있는 곳으로 갔다. 그 두 가지 때문에 3달러 14센트를 더 썼다. 1달러짜리 세 개 중 하나밖에 안 남았지만 그래도 깡통따개는 투자할 만한 물건이었고, 이제 잔돈이 많아 묵직해진 주머니에는 다 합해서 2달러 가까운 돈이 남았을 것이다. 트래비스는 밖으로 나와 샌들을 묶어 놓은 플라스틱 줄을 끊고 신었다. 깡통따개와 잼이 담긴 봉투도 배낭에 집어넣고 심지어 샌들에 묶여 있던 플라스틱 줄도 잘 넣어 뒀다. 어딘가에 쓸모가 있을지도 모르니까. 그러고 나서 자전거를 타고 내려가 식당으로 들어갔다.

이곳은 치킨 디너 식당보다 작았다. 실내의 왼쪽에는 카운터가, 오른쪽에는 네 개의 정사각형 식탁이 다닥다닥 모여 있었다. 두 명의 남자가 카운터 끝자리에 앉아서 이야기를 나누고 있었고 또 다른 남자는 카우보이 모자를 쓰고 다른 쪽 끝에 홀로 앉아 있었다. 나이가 좀 든 부부도 식탁에 앉아 있었다. 관광객이 아니라 지역 주민이 분명하다. 트래비스는 칼스 디너 식당에 여러 번 가 본 적이 있어서, 관광객과 지역 주민의 차이를 꽤 잘 아는 편이었다.

뒤쪽 탁자에는 네 명의 여성이 앉아 있었는데, 트래비스가 보기에는 관광객이거나 지나던 길에 들른 외지인 같았다.

여종업원이 빈 탁자를 닦고 있었다. 치킨 디너 식당의 여자처럼 제복을 입고 있지는 않았다. 청바지와 티셔츠 차림에 앞치마를 둘렀고 "안녕하세요, 로이스입니다."라고 쓰인 이름표를 달고 있었다.

종업원이 물었다.

"카운터와 식탁 중 어디로 앉으시겠어요?"

"식사하러 온 건 아니고요. 아, 그러니까, 아직은요. 이따 저녁 때 올지도 모르는데요, 지금은 전화번호부 책이 있나 보려고 왔어요."

주방에서 풍기는 햄버거 냄새가 너무나도 좋아서 트래비스는 침이 흘러나오지 않게 몇 번이나 꿀꺽 삼켜야 했다.

"전화번호부 책 하나 나갑니다."

로이스는 카운터 뒤에서 책을 꺼내 탁자 앞에 툭 떨어뜨렸다.

"저녁에는 문 안 열어요. 식사는 아침과 점심만 됩니다."

그렇다면 식당 문을 닫기 전까지 밥값도 못 벌 가능성이 높다. 잡화점에서 먹을 것을 사 두어서 다행이긴 하지만 저 햄버거가 훨씬 더 먹고 싶기는 하다.

로이스는 여자들이 기다리는 탁자로 돌아갔다. 트래비스는 기타를 조심스럽게 벽면에 기대어 놓고, 자리에 앉아 전화번호부를 들춰 보았다. '기타 제작자'는커녕 그냥 '기타'라는 항목마저도 보이지 않았다. 그래서 '음악' 혹은 '악기' 쪽으로 찾아보니 '피아노 레슨' 항목만 나왔다.

그 남자 이름을 기억해 낼 수 있다면 분야가 아니라 알파벳 순으로 된 명부를 바로 찾아볼 수 있을 텐데. 이름이 스티브였던가. 아니다. 어쨌든 '스' 자로 시작되는 이름인 것만은 분명하다. 성은 거의 확실히 '맥'으로 시작되었던 것 같다. 트래비스는 전화번호부에서 '맥' 부분을 손으로 짚어 가며 일일이 확인했다. '스' 자로 시작하는 이름에 맞춰 긴 명부가 펼쳐졌지만 스티브라는 이름은 없었고 더 이상 기억나는 이름도 없었다.

트래비스는 머리를 손으로 감싸 쥐었다. 왜 이렇게 제대로 되는 일이 하나도 없을까?

로이스는 관광객 여자들과 씨름 중이었다. 그중 한 명이 뭘 먹을지 정하지 못하고 있었기 때문이다. 마침내 하나 정했나 싶으면, 또 다시 다른 사람이 주문한 것으로 바꾸기를 반복하고 있었다.

"뭘 드실지 도통 아무 생각이 없으시네요. 그렇죠, 고객님?"

로이스는 미소조차 짓지 않고 이렇게 말했지만 여자들은 모두 웃음을 터뜨렸다. 로이스의 말 자체는 못된 말이었지만 재미있게 돌려 말했기 때문에 아무도 이를 두고 공격적이라고 생각하지 않았다. 트래비스는 카운터의 남자들 중 한 명이 어깨 너머로 이 광경을 보고는 여종업원이 전에도 늘 그래 왔음을 잘 안다는 듯 고개를 저으며 웃는 모습을 보았다.

실내를 둘러보았다. 카운터 위쪽에 몇 개의 표지판이 있었다. 그중 하나에는 "이 식당에서 정상적인 것은 세탁기 돌아가는 주기뿐"이라고 쓰여 있었다. 이건 우리 집 벽에 걸어 두면 딱 맞겠다고 트래비스는 생각했다. 또 다른 곳에는 "가격은 고객의 태도에 따라 결정됨"이라고 쓰여 있었다. 이건 아빠가 할 법한 말이다.

로이스는 양쪽 팔에 균형을 잡고 음식이 가득 찬 접시 두 개를 실어 날랐다. 손님 중 하나가 물었다.

"혹시 괜찮으시다면, 물 한 잔만 갖다 주시겠어요?"

여자가 정중하게 물었음에도 불구하고 로이스는 이렇게 되받았다.

"안 괜찮은데요? 보시다시피 물 가져올 손이 없네요."

그러자 모두가 다시 웃어 댔고 트래비스는 그 지역 사람들 몇몇이 웃으면서 서로 눈빛을 주고받고 있다는 걸 알아챘다. 아빠가 이렇게 심술궂은 태도마저도 일부러 희극으로 연출했다고 여기는 식당에서 일하지 못해 정말 유감이다. 물론 관광객 머리 위로 칠리 소스가 담긴 그릇을 쏟아 버리는 행동은 이런 식당이라 해도 받아들일 수 없는 짓이겠지만.

로이스는 카운터로 가는 길에 트래비스의 탁자 옆에 멈췄다.

"정말 아무것도 필요 없어요?"

"네, 감사합니다."

"물이라도 한 잔?"

물도 돈을 내야 하는 건 아니지, 아니 내야 했던가? 트래비스는 공짜라고 단정 지었다. 게다가 이곳 물맛이 시냇물보다는 낫겠지.

"네, 부탁합니다."

로이스가 물 한 잔과 함께 메뉴판을 가져왔다. 햄버거는 3달러 75센트였다. 가지고 있는 잔돈을 굳이 세어 보지 않아도 그만한 액수는 안 될 게 뻔했다.

"이 시기에 이 근처에서 저녁에 문 여는 식당은 그리 많지 않아. 간이주점 몇 군데 정도나 열지. 그런 데는 부모 없이 혼자 들어가지도 못하고. 너, 여기 안 살지? 식구들이랑 휴가 보내러 왔니?"

"딱히 그런 건 아니에요."

로이스는 의자를 끌어내더니 트래비스 건너편에 앉아서 몸을 구부리고는 조용히 말했다.

"뭔가 도움이 필요해 보이는데. 무슨 문제 있니?"

로이스는 친절해 보였다. 문제가 있다고 하면 음식을 좀 줄지도 모른다. 하지만 너무 많은 질문을 해서 아빠가 쫓아낸 것을 알게 되고 엄마가 요양원에 갇혀 있다는 것을 알게 되고 누나가 혼자 살림을 한다는 사실까지 알게 된다면? 어른들은 그런 일들을 비밀에 부칠 리 없다. 청소년이 문제가 있다는 사실을 알았을 때는 해당 기관에 보고해야 하는 어떤 법이 있다고 들었다. 그렇게 되면 어른들이 누군가를 보내서 사정을 알아볼 테고, 동생들은 렌더 아줌마네 집 아이들처럼 고아원에 보내질 것이다. 안 된다. 처음 보는 낯선 사람에게 이런 정보를 다 발설해서는 안 된다. 그래도 기타 모자를 쓴 남자를 찾는 데 로이스가 도움이 될 수 있지 않을까.

트래비스는 웃어 보이려고 애쓰면서 말했다.

"아뇨. 문제는 전혀 없어요. 그런데 이걸 고쳐 줄 사람을 못 찾으면 엄마랑 문제가 생길지도 모르겠어요."

트래비스는 기타를 집어 들고 뒤의 갈라진 부위를 보여 주었다.

"굉장히 오래된 기타구나. 고칠 가치가 있는 게 확실해? 들기만 해도 부서지게 생겼다."

"고쳐야 해요. 기타 제작하는 사람이 이 근처에 있다던데 혹시 아세요? 성이 맥…… 뭐로 시작되는 분이에요."

로이스가 카운터에 있는 어떤 남자 어깨를 툭툭 쳤다.

"제이크, 카일러 시에서 기타 연주 경연대회 계속하는 그 남자 누구더라? 그 사람, 기타에 대해서 잘 알잖아, 그렇지? 이 애 기타도 고쳐 줄 수 있지 않아?"

카우보이 모자를 쓴 남자는 로이스와 트래비스의 대화를 엿들었는지 벌써 탁자 쪽으로 오고 있었다.

"얘, 내가 그 기타 좀 봐도 되겠니?"

트래비스는 기타를 건네주었고 남자는 꼼꼼하게 살펴보더니 발을 의자 위로 올려 기타를 받쳐 놓고는 부드럽게 몇 소절을 연주했다. 트래비스는 실로 오랜만에 스스로 치는 대신 남이 소리를 내는 연주를 들었다. 음색은 훌륭했다. 소리를 듣고 카우보이 모자를 쓴 남자의 눈이 반짝 빛나는 듯하더니, 1, 2분 연주하고 나자 고개를 저었다.

"로이스 말이 맞아. 여기 이 물건은 굉장히 오래된 쓰레기에 가깝다."

남자가 기타 앞판을 엄지로 두드리자 모든 줄의 소리가 울려 퍼졌다. 트래비스는 그것이 좋은 기타라는 증거임을 알았지만 이 남자는 모르는가 보았다. 남자는 기타를 트래비스에게 돌려주었다.

로이스가 제이크를 다시 불렀다.

"생각 좀 해봐, 제이크. 그 경연대회 여러 번 갔었잖아. 그거 주최하는 남자 이름 생각 안 나?"

제이크가 고개를 끄덕였다.

"알지 왜 몰라. 스콧 맥키삭이지."

트래비스가 외쳤다.

"맞아요! 전화번호부에는 없더라고요. 그분 작업실이 어디예요?"

"카일러 시 외곽인데. 그렇지?"

로이스가 말하자 제이크가 또 고개를 끄덕였다.

"맞아. 마을을 벗어나 반대편으로 가면 나오지."

트래비스가 물었다.

"여기서 먼가요?"

"차로 한 4, 50분 걸릴걸. 고속도로로 죽 달리면 그 정도 시간 안에 도착할 거다."

"감사합니다. 지금 당장 가 봐야겠어요."

뒤쪽 탁자의 여자 손님들은 식사를 마치고 돈을 꺼내고 있었다. 그중 키 큰 금발머리 여자가 계산대로 갔다. 여자가 카운터 위 글귀를 가리키며 말했다.

"아시다시피, 팁은 종업원의 태도에 따라 결정됩니다."

모두가 다 함께 웃었다.

그들이 떠나려 할 때 제이크가 말했다.

"로이스, 그럼 당신은 빚이 얼마야?"

그 말에 지역 주민이고 관광객이고 모두 다시 웃음을 터뜨렸다.

트래비스가 구석에서 짐을 챙기고 있는데, 로이스가 다가와 종이 봉투를 건네주었다.

"자, 내일 아침에 팔면 상할 것 같아서 빼놓은 도너츠야. 먹을래? 돈은 안 받을게."

"아, 정말 감사합니다."

로이스는 트래비스에게 더 가까이 다가와서 부드럽게 말했다.

"있잖아, 내가 봉투에 전화번호 적어 두었어. 맨 위는 식당 번호고 아래에 적은 게 우리 집 번호야. 도움이 필요하면 연락해, 알았지?"

트래비스는 로이스를 바라볼 수가 없었다. 로이스는 트래비스를 빤히 바라보고 있었다. 트래비스는 문을 열면서 중얼거렸다.

"알겠습니다. 그럴게요."

도너츠 봉투를 들고 기타를 메고 나서는데 카우보이 모자를 쓴 남자가 식당에서 나왔다.

"카일러까지 자전거 타고 가려고?"

"네."

"거기까지 자전거로는 너무 먼데. 괜찮으면 내가 태워 주마. 자전거는 트럭 짐칸에 올리면 돼."

트래비스는 낯선 사람이 차를 태워 준다고 하면 거절하라던 엄마 말이 기억났지만 그건 자기보다 어린 아이에게나 해당되는 말이라고 생각했다. 자기 정도면 이제 스스로 알아서 할 나이다. 그리고 차로 45분 걸리는 거리라면 자전거로는 몇 시간이나 걸릴 것이다. 남자는 그럭저럭 괜찮은 사람 같다. 게다가 기타를 좋아하는 사람이다. 나쁜 사람일 리가 없지 않은가?

"좋습니다. 감사합니다."

카우보이 모자를 쓴 남자가 트럭 뒤에 자전거를 올렸다. 트래비스는 좌석 뒤로 배낭과 기타를 올린 뒤 자기도 올라탔다.

트래비스는 공구점 가게 창에 걸린 시계가 2시 15분을 가리키는 것을 보았다. 지금 출발하면 맥키삭 씨의 작업실에 3시면 도착한다는 뜻이다. 도너츠도 있고 체리 잼도 있으니 저녁과 아침 식사까지 해결이 되었고 잠은 밖에서 캠핑할 곳을 찾아보면 된다. 돈이 그리 충분하지는 않지만 상황은 나아지고 있다.

"그래, 기타 좀 치니?"

"그럭저럭 조금요."

"저런 오래된 기타로 연주를 하기엔 어려울 텐데. 새 기타가 있으면 더 쉽지. 나는 낡은 악기를 수집해서 거실에 걸어 두는 게 취미야. 20달러 줄 테니 나한테 팔아라."

"20달러 가지고는 새 기타 못 사잖아요."

"흠, 개성이 무척 강한 기타니까, 그럼 30달러 주지. 그 정도면 꽤 괜찮은 기타 살 거다."

"새 기타는 갖고 싶지 않아요. 이 기타는 저희 가족에게 대대로 내려오는 기타예요. 전 이걸 고쳐서 치고 싶어요."

"글쎄, 스콧 맥키삭이 수리하는 데 얼마 받나 두고 봐라. 아마 고치지도 못하겠지만."

트래비스는 아무 말도 하지 않았다. 수리하는 데 얼마가 들건 상관없었다. 아무리 비싸더라도, 벌어서 고치고야 말 것이다.

이런 생각을 하자 이 기타가 자기에게 얼마나 소중한 존재가 되었는가를 깨닫고 트래비스는 흠칫 놀랐다. 예전에도 늘 좋아하긴 했지만, 엄마에게 사고가 난 뒤로 이제 기타는 트래비스가 엄마의 일부라고 여기면서 매달리는 유일한 존재가 되어 있었다. 또한 돈을 벌어 줄 수단이기도 하니, 생각한 대로 쉽게 돈을 벌는지는 모르겠지만, 기타는 전보다 훨씬 더 큰 가치로 다가왔다. 기타를 수리하는 대로 트래비스는 사람들이 자리를 잡고 앉아서 들을 만한 장소를 찾고 컵 안에 돈이 모이도록 연주해야 한다. 어쩌면 스콧 맥키삭이 그 부분에 대한 조언도 해줄지 모르겠다.

트럭은 마을 마지막 집을 지나쳐서 마을 외곽으로 나가고 있었다. 트래비스는 그때부터 좀 불편해지기 시작했다. 차라리 지금이라도 내려서 자전거로 굳세게 혼자 가는 편이 나을 것 같기도 하다.

긴 침묵이 흐르고 난 뒤 카우보이 모자를 쓴 남자가 말했다.

"이렇게 하자. 내 너그럽게 봐주지. 기타 값으로 40달러 쳐준다. 이게 마지막이야. 어쩔래?"

이 사람이 아직도 포기를 안 했단 말인가?

"싫어요! 저는 팔지 않아요. 제 말을 뭘로 들으신 거예요? 그런데 카일러까지는 얼마나 남았죠?"

카우보이가 브레이크를 세게 밟더니 갓길에 차를 댔다.

"너한테 잘해 주려는 사람에게 그 따위로밖에 말을 못하냐? 카일러까지는 너 혼자 알아서 가라. 내 차에서 내려."

트래비스는 트럭에서 내려왔다.

"됐어요! 저도 자전거 타고 가는 게 나아요."

트래비스는 배낭을 바닥에 내려놓고 의자를 젖혀 기타를 들려 했다. 바로 그때 카우보이가 출발 시동을 걸더니 트래비스를 도랑 쪽으로 내쳤다.

트래비스는 겨우 일어서서 소리쳤다.

"이봐, 돌아오지 못해!"

카우보이는 벌써 멀리 가 버렸고 소리를 질러 봐야 아무 소용이 없었다. 트래비스는 카우보이가 혹시라도 기타랑 자전거를 안 주고 가 버렸다는 걸 깨닫고는 멈추지 않을까 기대했지만 트럭은 계속 멀어져 갈 뿐이었다. 왜 타기 전에 번호판 볼 생각도 못했을까? 심지어 트럭 색깔조차 생각나지 않았고 이제 너무 멀어져서 알아볼 수도 없었다. 트래비스는 배낭을 메고 미친 듯이 뛰었다. 한 걸음 뛸 때마다 배낭이 등에 세게 부딪히면서 트래비스에게 '멍청이, 멍청이, 멍청이'라고 외치는 것 같았다.

트럭은 모퉁이를 돌아 더 이상 보이지 않게 되었다. 그래, 어쩌면 카우보이가 길가에 자전거와 기타를 버리고 갔을 수도 있다.

아니나 다를까, 트래비스가 모퉁이를 돌자 갓길에 뭔가가 햇살을 받아 반짝이는 게 보였다. 크롬으로 만든 자전거 핸들임에 틀림없다. 그런데 기타는 보이지 않았다. 길 가장자리에 얕은 물이 흐르는 작은 도랑이 있었다. 카우보이가 그냥 심술이 나서 기타를 물속에 처박았나? 그 기타는 백 년 동안이나 살아남은 기타였다. 그깟 물 조금 묻는다고 망가질 리는 없다. 그리고 트래비스는 마을에 도착하기만 하면 스콧 맥키삭의 작업실로 가는 길을 알아낼 것이다.

트래비스는 이윽고 남자가 물건을 버려 둔 지점에 닿았다. 거기 남아 있는 건 단지 자전거뿐이었다.

엘리 더닝 할아버지의 기타는 사라지고 없었다.

11

트래비스는 도랑가에 한참을 앉아 있었다. 제발 울지 않게 해달라고 기도했지만, 가슴이 터지도록 흐느껴 울 수밖에 없었다. 엄마의 소중한 기타를 잃어버렸으니 이제 끝장이다. 기타도 없이 혼자서 어떻게 살아남는단 말인가?

배가 너무 고픈 나머지 찢어질 듯 아파 오기 시작해서 트래비스는 도너츠를 찾아 배낭을 뒤졌다. 그런데 도너츠가 보이지 않는다. 아까 트럭에서 도너츠 봉투를 꺼내 카우보이에게 한 개 권하고 자신은 아껴 먹기로 마음먹고 앞자리에 봉투째 놔두었던 기억이 떠올랐다. 카우보이가 트래비스의 도너츠를 갖고 있는 것이다. 기타 때문에 속이 상한데 도너츠까지 잃어버렸다니 미칠 지경이었다. 트래비스는 바닥을 주먹으로 마구 치며 소리쳤다.

"잘하는 짓이다, 됐어! 더 이상은 못 참아!"

체리 잼은 저녁에 먹기 위해 지금은 참아야 하고 통조림을 따서 먹고 남긴다면 배낭에 온통 국물이 흐르게 된다. 트래비스는 주변에 퍼슬린이 혹시 있을까 둘러보았지만 조금도 찾을 수 없었다. 그래서 컵을 도랑에 담가 물을 떠서, 진흙이 섞여 있는데도 그냥 마셨다. 가게에서 물통은 왜 안 샀을까? 지금이라도 살 만한 돈이 있는지 모르겠다. 트래비스는 주머니에서 돈을 꺼내 세어 보았다. 2달러 87센트가 남았다. 집 떠난 지 이틀밖에 안 되었는데 이렇게 돈을 많이 썼단 말인가?

배낭을 메고 자전거에 올라 페달을 밟아 보니, 바퀴를 감싸는 흙받이가 타이어에 닿아서 멈추고 손을 봐야 했다. 카우보이는 꼭 이렇게 자전거를 도랑에 던졌어야 했나? 좀 살살 다루어 줄 순 없었나?

트래비스는 흙받이를 편 뒤 다시 출발했다. 마음 한편으로는 스스로 너무 불쌍하다고 생각하다가, 다른 한편으로는 왜 기타를 트럭에 실어 가지고 카우보이가 갖고 달아나게 했냐고 마구 화를 내면서 몇 킬로를 달리고 또 달렸다. 문 닫은 간이주점 밖에 있는 공중전화를 보았을 때는 자책감이 극에 달해 있었다. 트래비스는 잔돈을 꺼내서 공중전화 부스 안의 철제 선반에 죽 펼쳐 놓고는 그중 25센트짜리 동전을 넣고 집 전화번호를 눌렀다.

벨이 세 번 울리자 준이 전화를 받았다. 받는 순간 전화기에서 40센트를 더 넣으라는 음성이 들렸다. 선반에 있는 25센트짜리 하나, 10센트짜리 하나, 5센트짜리 하나를 구멍에 넣는데 손이 덜덜 떨렸다. 준의 목소리가 들렸다.

"여보세요? 여보세요?"

트래비스도 "여보세요." 하면서 대답했지만 마지막 동전이 들어갈 때까지 준은 듣지 못하는 것 같았다.

"나야, 누나. 트래비스."

준은 아무 말이 없었다.

"내 말 들려, 누나?"

"네."

"통화해도 돼?"

"음, 아니요, 감사합니다. 필요 없어요."

"아빠 계시구나, 그렇지?"

"네."

"나 이제 집에 가도 괜찮을까? 너무 힘들어, 누나."

마지막에 트래비스의 목소리가 갈라져 나왔다.

준이 얼른 숨을 들이마시는 소리가 들렸다.

"아, 모르겠……."

"누구냐?"

아빠가 뒤에서 묻는 소리가 났다.

"뭐 사라는 전화예요, 아빠."

준이 크게 말했다.

"우린 아무것도 필요 없다고 말해."

"죄송합니다."

트래비스가 내뱉듯이 말했다.

"누나, 다 엉망진창이야. 돈도 음식도 다 떨어지고, 엄마 기타는 누가 훔쳐 갔어."

준이 속삭였다.

"아, 트래비스, 어떻게 그런 일이………. 이제 좀 나아졌어, 하지만 아빠는 아직도 너한테 엄청 화가 나 있으셔."

아빠가 고함을 질렀다.

"트래비스라고? 준, 너, 동생이랑 통화하는 거냐?"

준이 손으로 전화기를 감쌌는데도 트래비스에게 누나의 음성이 들렸다.

"트래비스는 집으로 돌아와야 해요, 아빠. 제발, 네?"

전화기를 두고 승강이하는 소리가 들리는 듯하더니, 아빠의 씩씩대는 목소리가 들렸다.

"어디, 혼자 살아 보니 잘 안 풀리나 보지? 어? 이제 진짜 세상 맛이 어떤지 알겠냐?"

트래비스는 대답하지 않았다.

"좋아. 집으로 돌아오려면, 내가 정한 규칙에 맞춰 살아야 한다, 알겠냐? 바트한테 다시 일 시켜 달라고 부탁해 보겠다. 대신 이제부터는 네 역할을 제대로 하고 살아야 한다. 그렇지 않으면 이제 아무것도……."

아빠가 자신의 원칙을 계속 떠드는 와중에, 트래비스는 전화를 끊었다.

트래비스는 자전거에 다시 올라타서 계속 달렸다. 모든 게 변했다. 아빠의 화가 풀릴 때까지 길거리에서 지내는 게 아니다. 이제는 트래비스 '자신'의 화가 풀릴 때까지 달려야 한다. 그러니 아마도 이 여행은 끝이 나지 않을 거다.

트래비스는 시간 감각을 잃었다. 카일러 근교에 도착한 지 한 시간 남짓 되었을까. 길이 시내 중심으로 접어들자, 트래비스는 빨래방 앞에 멈춰 서서 어디로 가야 할지 물었다.

한 여자가 건조기에 옷가지를 넣고 있었다.

"실례합니다. 스콧 맥키삭 씨 작업실을 찾는데요, 혹시 어딘지 아세요?"

"잘 모르겠는데……. 미안해요."

트래비스는 세탁기 앞에서 기다리는 또 다른 중년 여자에게 물었다.

"실례합니다, 아주머니. 스콧 맥키삭이라는 기타 제작자를 찾고 있는데요. 매년 기타 연주 경연대회 여는 분이요."

"아, 알고 말고. 이 길로 죽 내려가렴. 스콧네 작업실은 마을 끝에서 뒤로 조금만 더 가면 나와. 하얀 농가가 그이 집이고 옆에 벽돌로 된 작업실이 붙어 있지. 표지판이 있는지는 모르겠는데, 절대 놓칠 리는 없을 게다."

트래비스는 아주머니에게 감사 인사를 하고 그 길로 다시 달렸다. 기타도 없는데 스콧 맥키삭을 찾아가다니, 어찌 보면 어리석은 짓 같았지만 달리 마땅히 할 일도 없었다. 한편으로는, 카우보이가 기타를 고치기 위해 스콧에게 가지고 가지 않을까 하는 희망도 없지 않았다. 여기 아니면 다른 데가 또 어디 있겠는가? 이 근처에는 기타를 수리하는 사람이 그다지 많지 않다. 그리고 그 기타는 반쪽이 나기 전에 어서 수리해야만 한다.

트래비스는 숲으로 이어지는 길을 한참 달리다가 혹시 스콧의 작업실을 지나친 게 아닌지 걱정이 되었다. 그때, 오르막 입구에서 기다란 시멘트 판에 네 개의 흔들의자를 가로놓은 벽돌 건물이 보였다. 우체통에는 '맥키삭'이라는 이름이 적혀 있었다. 트래비스는 건물 옆으로 자전거를 세워 두고 문을 두드렸다.

안쪽에서 누군가 소리를 질렀다.

"문 열려 있어요!"

트래비스는 안으로 들어갔다. 수납장이 삼면을 채우고 있었는데, 트래비스는 한 번도 이렇게 한 장소에 악기가 많이 모여 있는 모습을 본 적이 없었다, 비록 그 악기들이란 게 대체로 부품이 하나둘 빠져나간 상태이기는 했지만. 목 부분이 없는 기타들, 몸통 없이 남은 목 부분들, 앞판이 사라진 만돌린, 헤드가 찌그러진 오래된 밴조. 마치 오래된 악기가 죽음을 맞이하는 장소 같다. 트래비스의 눈은 재빨리 선반을 훑었다. 이 난리통에 엘리 할아버지의 기타가 있을까? 없다.

방 한가운데에는 주 작업대가 있었는데, 여기에 온갖 종류의 수작업 도구들과 자질구레한 물건들이 놓여 있었다. 또 방 안에는 커다란 전동 공구들인 테이블톱이나 띠톱, 그리고 드릴 프레스(단단한 재질에 구멍을 뚫는 기계) 따위도 갖춰져 있었다. 스콧 맥키삭은 작업대 끝에 앉아서 기타 모양의 얇은 나무 조각을 사포질하고 있었다. 트래비스의 기억에 남아 있는 식당에서의 모습 그대로, 심지어 모자와 셔츠까지 똑같은 차림이었다. 스콧이 트래비스를 올려다보았다.

"무슨 일로 왔니?"

"기타를 찾고 있어요."

스콧이 팔에 묻은 먼지를 털어 내고 악수를 청하며 다가왔다.

"야, 너 며칠 전에 치킨 디너에서 만난 걔 아니냐. 안 그래도 네가 들르길 기다렸다. 그 오래된 기타 가져왔니?"

"아니요. 키 크고 마른, 카우보이 모자 쓴 남자가 좀 전에 혹시 그 기타 고치러 오지 않았나 해서 왔어요."

스콧이 작업대 뒤에서 걸어 나왔다.

"아니, 오늘 오후에 여기 온 사람은 네가 처음인데. 기타에 무슨 일이라도 생긴 거냐?"

트래비스는 여기서 기타를 찾으리라는 기대가 말도 안 되는 것임을 잘 알면서도 실망을 감출 수 없었다.

"뒤에 크게 금이 갔어요."

스콧이 잘 이해가 가지 않는다는 표정을 지었다.

"그런데 누가 가져갔다는 거야? 네가 아는 사람이니?"

"아니요. 그 사람이 기타를 훔쳐 갔어요."

스콧이 낮게 휘파람 소리를 내면서 작업대에 등을 기댔다.

"이런, 안됐구나. 경찰에 신고는 했어?"

"아뇨."

"지금 바로 신고해. 몇 시간 안 되었으니 잡으러 갈 수 있을 거야."

스콧은 잡동사니 속에서 뭉툭한 연필과 낡은 봉투를 꺼냈다.

"여기, 이름이랑 전화번호 적어. 그 사람이 혹시 오면 내가 전화해 줄게."

"저는, 음, 전화가 없는데요."

"그럼, 주소를 적어. 집에 들러 전달해 줄 테니까."

트래비스는 스콧에게 주소를 알려 주고 싶지 않았다. 경찰이 집 근처를 쑤시고 다니게 할 수는 없는 노릇이었다. 애당초 여기 오지 말았어야 했다. 트래비스는 연필과 봉투를 돌려주었다.

"됐어요. 그만둘래요."

"그래, 좋을 대로 해라."

스콧은 어깨를 으쓱하면서도 뭔가 더 알고 싶어 하는 표정이었다. 트래비스는 스콧에게 자신의 가족사를 말하고 싶은 유혹이 일었지만 그래서는 안 된다는 사실을 잘 알았다. 트래비스는 밖으로 나왔다.

"어쨌든 감사합니다."

트래비스는 문으로 달려 나와서 자전거를 잡았다. 어디로 가야 할지 알 수 없었다. 멍청하게도 스콧 맥키삭만 만나면 모든 문제가 해결될 것이라고 생각했다. 스콧은 친절하기 이를 데 없지만 아무런 도움도 줄 수 없다. 그 누구도 그럴 수 없다.

트래비스는 앞을 바라보면서 어느 쪽이 집으로 가는 방향인지를 생각했다. 집으로 돌아가서 아빠가 하라는 대로 일을 할까? 음식도 돈도 없이 이렇게, 돈 벌 방법도 없어진 판에 노숙으로 버티기는 힘들다. 하지만 집으로 돌아가면 식구들에게 더 많은 골칫거리를 안기는 게 아닐까? 트래비스는 길 끝에서 자전거에 다리를 벌리고 올라서서 핸들을 부여잡고는, 어느 쪽으로 가야 할지 모르는 채 한참을 그대로 있었다.

이제 트래비스에게는 그 어떤 희망도, 생각도 남아 있지 않았다.

12

트래비스는 엄마가 기분을 좋게 하려고 부르곤 하던 노래를 떠올렸다. 대부분은 아이들 각자에 대해 지어낸 재미있는 노래였다. 그러나 가끔 엄마가 슬플 때면 스스로를 위해 노래를 만들기도 했다. 그중 하나는 문에 대해 노래한 것이었다.

쫓고 쫓기는 삶에 지쳐 갈 때도,
네 앞의 모든 문이 쾅 하고 닫혔을 때도,
포기하진 마. 어딘가에 희망이 있을 거야.
그땐 그냥 또 다른 문을 찾아 열어 보면 돼.

트래비스는 자기가 엄마의 낙천적인 기질을 물려받았더라면 좋았겠다고 생각했다. 엄마는 늘 만사가 더 좋아질 거라고 믿었다. 그러나 최근 가족에게 일어난 일들을 생각하면, 트래비스는 더 이상 엄마처럼 믿기 힘들었다.

하지만 그래도 엄마가 옳을 수도 있지 않을까? 이 노래에 나온 말 그대로 실행해 보면 어떨까. 그러니까, 스스로 다른 문을 열어 본다면?

트래비스는 자전거를 건물 벽에 기대 놓고 문손잡이를 돌려 작업실 안으로 도로 들어갔다.

스콧이 쳐다보았다.

"뭐 두고 간 거라도 있니?"

트래비스는 벌써 스스로가 바보 같다는 생각이 들었다. 왜 이런 짓을 한 거지?

"저는, 음, 혹시요………. 그 저번에 말씀하신 경연대회 있잖아요."

"응. 이제 2주 남았단다. 너도 참여하려고?"

"아니요. 전 그럴 실력까지는 안 되고요."

트래비스는 기타도 없다는 말을 덧붙일 뻔했지만 또 다시 그 화제를 입에 올리고 싶지 않았다.

"혹시 그 대회 일 도울 사람이 필요하시지 않나 해서요."

"물론이지. 페스티벌하는 날엔 자원봉사자가 더 있으면 좋으니까."

이건 원하던 방향이 아니다. 트래비스는 지금 당장 일이 필요하다, 약간이나마 돈을 벌 수 있는 일이. 그래, 입 밖으로 꺼내서 말해 보자.

"지금 바로 저에게 시킬 만한 일은 없으세요? 저는 손으로 하는 건 다 잘해요. 성실하게 열심히 할게요. 나무 깎는 것도 잘해요. 아니면 뭐 끌고 간다든지 무거운 거 드는 일도, 바트 비클리가 하는 일 같은 거요."

스콧이 사포질을 하던 나무를 내려놓았다.

"그러니까 돈을 받고 일하고 싶다는 말이구나?"

트래비스는 침을 꿀꺽 삼켰다.

"네, 맞아요."

"학교는 마친 거네, 그렇지? 지난번에 비클리와도 일을 했으니."

"네에, 학교는 졸업했어요. 제가 어려 보이지만, 그래도……. 만 열여섯 살이에요."

트래비스는 거짓말이 얼굴에 드러나지 않게 하려고 애를 썼다.

"나도 그랬지. 또래에 비해 작았어. 그래, 비클리랑 일할 때 취업허가증은 받았니?"

"네, 물론입니다."

트래비스는 또 거짓말을 했다. 바트는 취업허가증 같은 법률적인 절차 따위는 상관도 하지 않았다는 말도 하지 않았다.

스콧이 작업실을 둘러보았다.

"좋다. 조수를 쓸 생각은 없었지만, 앞으로 2주 동안 할 일이 꽤 많을 테니. 그래, 좋아. 지금부터 페스티벌까지, 아니면 그 다음 날이나 다음 다음 날까지 너를 쓰도록 하마. 다니던 학교 상담실에 가서 취업허가증을 받아 와라. 그리고 아직 만 열여덟 살이 안 되었으니 나랑 일해도 좋다는 부모 동의서도 받아 와야 한다. 페스티벌 전 마지막 주에는 주중에 매일, 토요일에도 일하게 될지도 몰라. 막판에는 늘 할 게 많거든."

"알겠습니다. 엄마한테 동의서 써 달라고 할게요."

"급여는 최저임금 수준밖에 못 주지만 일은 그다지 힘들지 않을 거야. 넌 기타를 좋아하니까 즐기면서 할 만할 거다."

트래비스는 비록 몇 주만이라 해도 자신이 진정한 일자리를 구했다는 사실이 믿어지지 않았다.

"즐겁게 일하겠습니다. 감사합니다, 맥키삭 선생님."

"그냥 스콧 아저씨라고 이름만 불러라. 비클리한테는 일 그만둔다고 말해야 하지 않니?"

"아뇨, 벌써 그만뒀어요."

스콧이 웃었다.

"그건 나무랄 일이 아닌 것 같구나."

스콧의 작업실에서 나올 때 트래비스는 하늘 높이 날 것 같은 기분이 되어 자전거를 타고 카일러 시로 돌아갔다. 엄마는 늘, 운이란 단 1분 만에도 나쁜 쪽에서 좋은 쪽으로 바뀔 수 있는 거라고 입버릇처럼 얘기했다. 불행히도 운이 그 반대 방향으로, 그것도 더 빠른 시간 내에 바뀔 수 있다는 사실을 배운 뒤였지만.

우선 종이 한 장과 펜이 필요했다. 시내에서 도서관을 지나쳤던 기억이 났다. 도서관에는 늘 깜박 잊고 도구를 안 가져온 아이들을 위해 준비된 것들이 있게 마련이다. 트래비스는 자전거 받침대에 자전거를 주차하고 안으로 들어갔다.

맨 처음으로 트래비스의 눈에 들어온 것은 게시판에 붙은 경연대회 포스터였다. 우승자는 스콧 맥키삭이 제작한 기타를 상품으로 받는다고 적혀 있었다. 트래비스는 자기가 스콧을 도와 그 기타를 만들지도 모른다는 기대를 품었다. 기타 안에 있는 작은 나무로 된 버팀대는 모양을 제대로 갖추려면 좀 깎아 내야 할 것 같았다. 스콧에게 나무 깎기를 잘 한다고 말해 두었으니 그 일을 시켜 줄지도 모른다.

트래비스 또래로 보이는 여자아이 하나가 책으로 가득 찬 손수레를 밀고 있었다. 그 아이는 게시판 아래에 있는 새 책 코너에 손수레 안의 책 하나를 끼워 넣었다. 트래비스는 잠시 발을 뒤로 빼고 비켜 주었지만 계속 경연대회 포스터를 읽고 있었다. 국내 전역에서 음악인들이 참가한다고 씌어 있었다. 정말 훌륭한 연주자들의 연주를 듣게 되는 것이다. 그리고 기타 만들기를 배우는 것만도 매우 재미있을 테니 급여가 있든 없든 크게 상관않으리라. 그때 배에서 엄청나게 큰 '꼬르륵' 소리가 나서 여자아이가 쳐다보았고, 트래비스는 급여가 재미보다 훨씬 중요한 이유를 새삼 깨달았다.

"너도 기타 경연대회 갈 거니?"

여자아이가 물어서 트래비스는 고개를 끄덕였다.

"하긴, 내가 멍청한 질문을 했네. 거기 안 가는 사람이 누가 있겠니. 그런데 너 이 근처엔 처음 왔나 보다. 한 번도 본 기억이 없네."

"난 도서관에 잘 안 오는 편이야."

여자아이가 웃었다.

"너도 랜돌프 선생님이 내준 최종 프로젝트 숙제하려고 왔구나? 다들 불만이 가득해."

트래비스는 대화를 계속하다가는 자신이 외지인이라는 게 드러날 것 같아 이렇게 말했다.

"종이랑 펜을 깜박 잊고 안 가져왔어."

"괜찮아. 내가 갖다 줄게."

그때, 트래비스의 배에서 멀리 퇴실하는 쪽 책상에 있던 사서까지 놀라 바라볼 만큼 큰 소리가 났다. 여자아이가 말했다.

"배고픈가 보네. 저쪽 방에 가면 방과 후 이야기 시간 모임에서 남기고 간 쿠키가 좀 있을 거야. 먹고 싶은 만큼 실컷 먹어. 청소하러 들어갈 때까지 남아 있으면 나도 먹고 싶어질 텐데, 난 그러면 안 되거든."

"고마워. 점심을 더 많이 먹어 둘걸 그랬나 봐."

트래비스는 이야기 방에 들어가서 초코칩 쿠키가 족히 12개는 남아 있는 접시를 찾았다. 즉시 두 개를 입에 넣자 퍼슬린이 아닌 음식을 먹는다는 기쁨에 신음에 가까운 소리가 났다. 더 먹고 싶었지만 참고 나머지는 청바지 주머니에 잔뜩 넣었다. 언제 돈을 받을지 모르기 때문에 이거라도 남겨 두어야 했다.

게시판이 있는 방으로 돌아오자 여자아이가 펜과 종이를 주었다.

"랜돌프 선생님 과목에 필요한 책들은 저쪽 끝 탁자에 있어. 쿠키 잘 찾았네."

여자아이는 트래비스 얼굴에 쿠키 부스러기가 묻었다는 걸 알려주려고 입가에 자기 손가락을 대며 말했다.

트래비스는 고개를 숙이고 입가를 닦아 냈다.

"으응, 맛있더라. 고마워."

트래비스는 종이와 펜을 들고 탁자로 갔다. 여자아이 둘이 옹기종기 책을 쌓아 놓고 모여 앉아서 숙제 이야기를 하고 있었다. 아이들이 트래비스에게 무심해서 다행이었다. 트래비스는 책 한 권을 꺼내 읽는 척을 했다. 그러고는 손을 청바지에 대고 닦은 뒤, 스콧이 보기에는 별 차이가 안 나겠지만 그래도 엄마가 손수 쓴 것처럼 보이게끔 신중하게 동의서를 썼다. 최소한 어린아이가 쓴 것처럼 보여서는 안 될 터이다.

스콧 맥키삭 귀하,
트래비스가 당신이 주최하는 기타 연주 경연대회 도우미로
일하는 것을 허락합니다.

동의서가 너무 짧아 보이기는 했지만 더 쓸 말이 떠오르지 않았다. 엄마는 선생님들께 양해를 구하는 편지를 쓸 때면 늘 뭔가 더 수다스럽게 말을

덧붙이고는 했기에, 엄마라면 이렇게 썼으리라고 생각되는 몇 가지를 덧붙였다.

트래비스는 항상 기타에 관심이 많고 나무 조각을 아주 잘한답니다. 부디 맥키삭 씨에게 도움이 되는 일꾼이기를 바랍니다.

이 정도면 괜찮은 걸까, 혹시 스콧이 트래비스 작품이라는 걸 눈치챌까? 트래비스는 편지를 다시 읽어 본 뒤 꽤 그럴 듯하다고 생각했다. 그러고는 국어 시간에 업무용 편지를 쓸 때는 마지막에 "진심을 담아, 제네바 테이시 올림"이라고 써야 한다고 배운 기억을 되살렸다.

트래비스는 종이를 세 번 접은 뒤 책을 덮고 일어섰다. 여자아이 둘 중 하나가 트래비스를 보더니 눈을 굴리며 말했다.

"공부 많이 했나 봐?"

트래비스는 펜을 안내 데스크에 갖다 놓고 좀 씻기 위해 화장실에 들렀다가 종이 수건으로 쿠키를 쌌다. 쿠키로 며칠을 연명해야 할 수도 있으니 조심스레 다루었지만 주머니에는 이미 부스러기가 가득했다. 트래비스는 종이 수건과 화장지를 좀 더 챙겼다. 배낭에 동의서를 잘 넣고 스콧의 작업실을 향해 시내를 벗어났다.

방을 빌릴 돈이 없으니 노숙할 만한 자리를 찾아 두리번거렸다. 스콧의 작업실 근처에 작은 개울이 흐르고 숲이 우거진 자리가 보였다. 완벽하다. 날씨가 따뜻하니 비바람을 피할 자리를 마련할 필요까지는 없겠고, 해가 진 뒤 밤이슬이 내릴 테니 나뭇가지를 잘라 얼키설키 기대서 잠자리를 만들었다. 나뭇가지 위에는 솔잎을 모아 올려서 푹신하게 만들었다.

안전하게 쉴 곳이 있고, 물과 쿠키로 배도 채웠고, 어머니의 동의서도 만들어 두었다. 트래비스는 동의서를 또 꺼내 읽었다. 진짜로 어머니가 쓴 편지를 보듯, 자신을 훌륭한 나무 조각가로 표현한 대목에서 자랑스러움마저 느꼈다. 배낭에 도로 편지를 넣으면서 트래비스는 어머니가 자신을 위해 다시 이런 편지를 쓸 날이 올 수 있을까 하고 생각했다.

13

다음 날 아침, 트래비스는 스콧이 집을 나와 작업실로 오기 30분 전에 미리 도착해 기다리고 있었다.

"벌써 나와 있었구나."

"몇 시까지 오라는 말씀을 안 하셔서, 그냥 일찍 왔어요."

트래비스는 동의서를 내밀었다. 스콧은 읽지도 않고 주머니에 넣더니 벽을 등지고 있는 탁자로 건너 가서 커피 메이커를 들었다.

"이거 어떻게 쓰는지 아니?"

"커피 만드는 기구 아니에요? 어떻게 하는지는 잘 몰라요. 집에선 그냥 구식 커피 주전자를 쓰거든요."

"그래, 나도 한동안 썼지. 주전자에 뜨거운 물을 끓여서. 그런데 친구들한테는 좀 세련된 기구가 필요해 보였나 봐. 커피 맛이야 이거나 저거나 다 같은데 말이지. 커피 우려내는 일이 네가 매일 아침 해야 할 일이란다. 그리고 머그잔 설거지도. 친구들이 아침에 종종 커피 마시러 오는데 지들이 마신 걸 씻지는 않거든."

스콧이 거름종이에 커피를 넣고 물을 붓는 과정을 한 차례 보고 나니 어떻게 하는지 알 것 같았다.

"어떤 날은 두 번, 심지어 세 번씩 우려야 돼. 친구들이 얼마나 많이 오냐에 따라 달라진단다."

"전부 기타 사러 오시는 거예요?"

스콧이 웃었다.

"설마 그러겠냐. 아니야, 그 친구들은 그냥 커피 마시고 얘기나 하려고 오는 거다."

그때 마침 문이 열리더니 노인 한 명이 큰 봉투를 들고 들어섰다.

"아침 식사 대령이오!"

스콧이 친구를 소개했다.

"이 친구는 클래런스 앨콘이라고 한다, 트래비스. 이곳에서 잔소리 대장 역할을 맡고 있지. 트래비스는 새로 온 조수라네."

트래비스는 '조수'라는 그 말이 듣기 좋았다.

클래런스는 봉투를 놓을 자리를 마련하려고 탁자 위 어지러운 잡동사니를 팔꿈치로 마구 밀었다. 봉투 안에 뭐가 들었나 몰라도 뜨거운 음식에서 풍기는, 굉장히 맛있는 냄새가 났다.

"스콧은 내 도움 없이는 기타를 절대 못 만든단다. 이몸이 바로 스콧이 계속 일할 수 있게 해주는 장본인이지. 내가 없었으면 기껏해야 새나 뭐 다른 쓰잘데기 없는 물건이나 깎고 앉았을 친구거든."

"새도 깎아요?"

그건 트래비스가 배우고 싶은 또 다른 일이었다.

스콧이 말했다.

"클래런스 말은 귀담아 듣지 마라. 저 양반 입에서 나오는 말을 곧이곧

대로 믿어선 안 돼."

클래런스가 웃더니 봉투에서 작게 포장된 음식을 꺼내서 트래비스에게 건넸다.

"여기 있다, 트래비스. 빼다귀에 고기 좀 붙여 둬야지. 스콧이 무거운 짐 드는 일도 마구 시킬 텐데."

"괜찮아요. 저 꽤 튼튼합니다."

트래비스는 바트가 지라고 했던 낡은 가구보다 무거워 뵈는 물건은 전혀 눈에 띄지 않는데, 하고 생각하며 말했다. 스콧은 신선한 커피를 머그잔에 따라서 클래런스에게 건넸다.

"내가 말했지 트래비스, 저 사람 말은 귀담아 듣지 말라고. 오늘 네가 할 일 중에 짐 드는 일은 하나도 없단다."

트래비스는 작은 포장지를 열었다. 바삭한 빵 위에 달걀과 베이컨을 올려 따끈하게 데운 샌드위치였다. 아침 식사로 쿠키 한 조각과 체리 잼 조금 먹은 게 전부였는지라, 여전히 배가 고픈 상태에서 음식 냄새를 맡으니 제정신이 아니었다. 트래비스는 샌드위치를 한입에 다 털어 넣지 않기 위해 최대한 애를 썼다. 매일 이렇게 먹을 수만 있다면 이곳 일은 정말 더 바랄 게 없겠다. 나중에 먹으려고 남겨 둔 쿠키와 체리 잼까지 있으니, 오늘 내내 배곯을 리는 없다.

"오늘 전 뭐 하면 돼요?"

트래비스는 샌드위치를 다 먹고 물었다. 기타 내부에 들어가는 버팀대가 대충 쌓여 있는 곳을 봐 둔 참이었다. 분명 스콧이 저걸 꺼내서 어떻게 마무리하는지 보여 줄 것이라고 생각하니 일할 시간이 참을 수 없을 만큼 기다려졌다. 기타 내부라서 자기가 한 작업이 잘 보이지 않는다는 점은 상관

없었다. 자신만은 그 버팀대가 그 안에 있다는 것을 아니까. 그게 가장 중요하다.

"오늘은 소를 가지고 작업을 하게 될 거다."

스콧이 말하자 클래런스가 낄낄거렸다.

"봤지? 내가 말했잖니? 저 친구가 너더러 소 끌고 다니라 할 셈인가 보다. 그게 무거운 거 들기랑 다를 게 뭐냐. 예, 대장님! 저는 한 번도 빼빼 마른 소를 본 적이 없습니다."

클래런스는 입으로 샌드위치를 들이밀어 그냥 삼키다시피 했다. 그리고 또 한 개를 집더니 똑같이 삼켰다. 트래비스는 클래런스의 불룩한 배 위로 스웨터 단추가 팽팽히 당겨지는 모습을 보며 어쩌다 저렇게 되었는지 알 만하다고 생각했다.

트래비스는 스콧에게로 몸을 돌리며 물었다.

"그럼 소를 데리고 일하는 거예요?"

"그렇지. 이리 와 봐라. 내가 보여 줄 테니."

스콧이 작업대 뒤 벽에 쌓여 있는 커다랗게 주름 잡힌 판지 하나를 꺼냈다. 두꺼운 냉장고 포장용 판지를 반으로 가른 것이었다.

"어른들이 경연대회를 관람하거나 연주할 때 아이들을 분주하게 만들어 줄 단체 활동이 많이 있어야 되거든. 가장 인기가 좋은 체험학습 활동은 소 그림 그리기야."

"누가 그 아이디어를 냈는지도 말해 주시지."

클래런스가 커피를 한 잔 더 따르면서 말했다.

"그래, 이것도 클래런스의 무모한 프로젝트 중 하나지. 아무튼 애들이 좋아한다는 건 인정해. 지난번에 만든 양식이 있으니까 그걸 보고 만들면 돼.

새 판지에 대고 그대로 본을 딴 뒤에 이 다용도 칼로 자르면 된다. 손 조심하고, 알았지?"

트래비스는 칼을 받아 들었다.

"알겠습니다. 어릴 때부터 뭐든 깎는 건 많이 해봤어요."

클래런스가 말했다.

"오, 나무 좀 벨 줄 아나 보네. 그러냐? 내 안에도 산에서 자라는 아이의 기질이 있지. 내가 말썽쟁이 어린애였을 때 우리 아버지는 걷기도 전에 칼을 손에 쥐어 주셨거든."

스콧이 흘겨보았다.

"그랬군, 어쩐지."

그리고 트래비스에게 돌아서서 말했다.

"바닥에 네가 작업할 공간을 좀 마련해 놨다."

트래비스는 소의 본을 따기 시작했다. 기타와 관련된 작업을 하지 않는데 대한 실망감은 애써 감췄다. 어쩌면 이 일은 손가락을 베지 않고 칼을 잘 쓰는지 보기 위한 시험일지도 몰라. 소 자르기를 다 마치고 나면 뭔가 중요한 일, 버팀대 깎기 같은 일을 시킬지도 몰라.

"다 자르면 색칠하게 밖에 내놔라."

"색칠은 애들이 할 줄 알았는데요."

트래비스가 말하자 스콧과 클래런스가 마주 보며 웃었다. 어쩌면 둘이서 트래비스를 놀리고 있는지도 모르겠다. 트래비스에게는 소 그림 그리기가 어쩐지 멍청한 소리로 들렸다.

아니나 다를까, 스콧은 작은 나무 조각들을 모아서 트래비스에게로 왔다. 결국은 버팀대를 다듬게 해주는가 보다.

"판지 양쪽 면에 하얀색 페인트를 칠해야 해. 애들이 갈색 판지에 그냥 그리게 할 순 없으니 흰색 바탕을 만들어 줘야지. 페인트 한 통이랑 붓은 거기 놔뒀다."

트래비스는 스콧이 작업대로 돌아가 버팀대를 깎는 그 순간까지도 여전히 지금까지는 장난이었다고 말해 주길 바랐다. 기타 일을 하기에는 갈 길이 너무도 멀구나.

트래비스가 네 번째 소를 자르고 있을 때 노인 한 명이 또 들어왔다. 스콧은 그 사람을 버디라고 불렀는데, 트래비스는 뒤쪽에서 커다란 띠톱을 가지고 일하는 중이라 따로 소개를 받지는 않았다. 버디와 클래런스는 자기네끼리 헐뜯다가 스콧에게도 험담을 하곤 했지만, 친구 간의 정겨운 농담에 지나지 않는다는 걸 금세 알 수 있었다.

트래비스는 띠톱질을 하면서 힐끗 버디를 보았다. 버디는 클래런스와는 정반대로 마르고 키가 컸다. 트래비스는 시멘트 바닥에 꿇어앉아서 피곤해진 무릎을 뻗고 톱을 올려 둔 탁자에 등을 기댔다. 작업실을 둘러보았다. 탁자와 기계 주위 어디에나 나무와 연장이 쌓여 있었다. 한쪽 구석에는 나무 조각이 한 무더기 보였다. 트래비스는 스콧에게 깎을 만한 나무 조각을 하나 달라고 말해 봐야겠다고 생각했다. 밖에서 잘 때 그게 있으면 시간 때우기에 좋을 것이다. 트래비스는 텔레비전도 보고 싶었고 기타 연주도 하고 싶었고, 그리 넉넉지 않은 시간이나마 숙제를 하거나 누나와 함께 동생들을 돌보던 중에 짬을 내어 집에서 즐기던 것들이 그리웠다.

트래비스가 다시 소한테로 돌아가서 다섯 번째 소의 뿔을 마저 자르는데, 작은 검정색 사냥개 한 마리가 돌연 나타나더니만 소 중간에 쪼그리고 앉아서 오줌을 쌌다. 트래비스가 소리쳤다.

"야! 저리 못 가!"

"저 지저분한 버디네 잡종이 소한테 볼일을 보게 하다니, 그럼 안 되지."

클래런스가 말했다.

"경고하시기엔 너무 늦었어요."

트래비스는 싱크대로 뛰어가서 종이 수건을 집어 와 더러워진 부분을 훔쳐 냈다.

버디가 개를 들어 올리면서 말했다.

"에이, 셜리도 어쩔 수 없었다구. 이 녀석은 방광이 하나뿐인데다가 그게 좀 오래되어 놔서."

클래런스가 말했다.

"떼어 낸 건 콩팥이었잖아. 방광이 두 개인 동물이 어딨나, 멍청한 노인네야."

버디는 작업대 옆 흔들의자에 자리를 잡고 셜리를 무릎에 앉혔다.

"글쎄, 콩팥이든 방광이든 뭐든 간에, 암튼 이 녀석한테 고장 난 데가 있어서 그런 거라고."

버디는 클래런스가 가져온 봉투로 다가가 샌드위치 하나를 꺼냈다. 포장을 열고 한입 문 다음, 조각을 내서 셜리에게 주었다. 그러자 클래런스가 물었다.

"거기 포장지 어디에 개 사료라고 써 있든가? 써 있지도 않은데 주면, 자넨 지금 사람이 먹는 음식을 개한테 낭비하는 거야."

버디는 그런 클래런스를 무시한 채 나머지 조각도 전부 셜리에게 주었다.

스콧은 고개를 저으며 웃었다.

"트래비스, 이 친구는 버디 허버트다. 나한테 골칫거리를 안기는 또 다른 사람이지. 그리고 셜리 가지고 불평하는 클래런스 말은 귀담아 듣지 마라. 저 늙은이가 실은 마음이 아주 약하단다. 지난 몇 년간 개고 인간이고 샛길로 빠진 길 잃은 동물을 얼마나 많이 집에 들였는데. 그래, 소는 몇 마리나 만들었니?"

"다섯 개요, 오줌 묻은 것까지 합치면요."

"더 자르기 전에 페인트칠부터 하는 게 좋겠다."

트래비스는 작업실 뒤로 소를 끌고 나가서 잔디에 일렬로 세운 뒤 각각 한 면씩 칠했다. 마지막 소에 칠을 끝낼 때쯤 첫 번째 소의 페인트칠이 말랐다. 양쪽 면을 다 칠하고 나서 트래비스는 벽에 기대고 서서 자신의 작품을 감상했다. 칠도 꽤 잘했고 크기는 거의 진짜 송아지만큼 컸다. 트래비스는 소들을 챙겨서 안으로 들고 갔다. 그때, 음악 소리가 들렸다. 클래런스가 내는 그 소리는 트래비스가 이전에 기타로 들어 본 적이 없는 소리였다. 아마도 엄마 말고는 직접 연주하는 사람을 본 적이 없기 때문일는지도 모른다. 엄마도 연주를 잘하는 편이었지만 클래런스의 연주와는 차원이 달랐다. 클래런스의 통통하고 울퉁불퉁한 손가락은 어느 부분을 치고 있는지 알아보기 힘들 정도로 빠르게 움직였다. 그리고 기타 자체의 음질도 엘리보다 훨씬 좋았다. 높은 음계에서는 종소리처럼 맑게 울렸고 낮은 음계에서는 깊고 풍부한 소리가 나면서 작업실 벽에 맞닿아 진동을 만들었다. 트래비스는 그 자리에 선 채 노래가 끝날 때까지 꼼짝 않고 들었다.

"아저씨는 지금까지 제가 들었던 기타 연주자 중 최고예요."

클래런스가 고개를 저었다.

"아니, 기타가 최고지. 맥키삭 님이 만드신 '명품'이니까. 정말 아름답지."

클래런스가 기타를 돌려서 트래비스가 모든 각도에서 볼 수 있게 해주었다. 앞판은 꿀색, 뒷면과 측면은 깊고 짙은 갈색인데 짙은 주황색의 얇은 줄이 곡선을 이루며 감싼 모양이었다. 좀 더 가늘고 밝은 색 나무가 기타 몸체의 윤곽을 만들고, 전체적으로는 광택이 나게끔 마무리되어 있었다. 울림 구멍은 십여 개의 얇은 동그라미로 장식되어 있었는데, 작은 원들은 검은색과 흰색이고, 바깥쪽 가장 큰 원은 파랑과 초록이 어우러진 은은한 색조로, 창문을 통해 들어오는 한줄기 햇살을 받아 반짝반짝 빛이 났다.

"스콧 아저씨, 아저씨가 이걸 만드신 거예요?"

트래비스는 이렇게 아름다운 것을 만드는 기분이 어떨지 상상조차 되지 않았다.

"응. 오늘 아침에 막 줄을 달아서 끝냈지."

"정말 아름다워요. 울림 구멍 주변의 무늬가 특히 멋져요."

"로제트라는 디자인 방식이야."

트래비스는 좀 더 가까이 들여다보려고 몸을 기울였다.

"저 가는 선을 칠하려면 진짜 좋은 붓이 있어야겠네요."

스콧이 클래런스에게서 기타를 받아 들고 깨끗한 헝겊으로 앞판에 광을 냈다.

"칠한 게 아니란다. 전부 다 나무 자체에서 생긴 무늬야. 경연대회용 기타 만들 때 어떻게 하는 건지 보여 주마."

클래런스가 말했다.

"이 기타가 경연대회용인 줄 알았는데."

"아니, 이건 오하이오 주에서 오는 손님 거라네. 경연용은 저쪽에 있어."

스콧이 작업대 위 얇은 널빤지가 쌓인 곳을 가리켰다.

"아직 시작도 안 했네요?"

경연대회가 고작 2주밖에 안 남았는데. 그나저나 기타를 만들려면 시간이 얼마나 걸리는 걸까?

"아직이지. 그래도 여기 대충 그림은 그려 놨어."

스콧이 공책을 몇 권 꺼내서 펼치자, 연필로 그린 실물 크기의 기타 평면도가 청사진처럼 나타났다.

"이게 측면의 모양이 될 패턴이야. 그리고 나무를 골라 놨지. 자, 이 나무 소리 한번 들어 보렴."

스콧이 나무판을 하나 꺼냈다가 다시 내려놓았다.

"잠깐, 우선 평범한 나무 소리부터 들어 보는 게 좋겠다."

스콧은 구석에 쌓인 나무 중 얇은 것을 꺼내 귀퉁이를 잡고 손가락 관절을 이용해 두드렸다.

"들리니?"

트래비스가 대답했다.

"그냥, 나무 두드리는 소리 같아요. 뭘 들어야 하는지 잘 모르겠어요."

"지금 들은 소릴 기억해 두고. 이제 이걸 들어 봐라."

스콧이 이번에는 새로운 기타에 쓰일 나무판을 들고 같은 방식으로 소리를 냈다. 이번에는 소리가 울린 뒤 사라지기까지 30초 정도 울림이 지속되었다.

"우와! 이 나무는 어떤 나무예요?"

"애디론댁 지역 가문비나무. 어쿠스틱 기타 공명판에 쓰이는 세계 최고의 나무지. 아주 단단해서 엄청 얇게 깎아 낼 수 있고, 가벼운 버팀대를 만들 때 사용하기에도 좋고, 진동에 막힘이 없어. 그래서 음이 그렇게 꽉 찬 느낌이 드는 거란다."

스콧이 나무를 손가락으로 쓰다듬었다.

"이 나무는 바로 이곳에서 자랐어. 전에는 애디론댁 가문비나무가 이 근처에 엄청나게 많았는데 벌목하면서 늙은 나무들을 싹 다 베어 버렸다지. 그런데 50년 전쯤에 이 땅을 소유했던 사람이 이쪽에 있는 나무를 잘라서 기타를 만들었던 거야. 나는 그분 견습생이었다. 행운이었지."

트래비스는 스콧이 원래 그리 수다스러운 사람이 아닌데도 기타 만드는 이야기를 할 때만큼은 몹시 흥분한다는 것을 알 수 있었다.

버디가 말했다.

"스콧은 뒤쪽 건조 창고에 앞으로 기타를 무지하게 만들고도 남을 만큼 애디론댁 나무를 쟁여 놨단다. 일하는 속도로 보자면 한 백열 살은 먹어야 마지막 나무를 쓸까 말까야."

스콧은 아직도 애디론댁 나무 조각을 두드리면서 거기서 나오는 소리에 흐뭇한 미소를 짓고 있었다.

"이것저것 잡다한 일들만 없었으면 벌써 더 많이 썼지."

클래런스가 종이 뭉치를 집어 들었다.

"좋아, 잡다한 일 하나는 지금 당장 빼 줌세. 근처 가게에 전부 이 안내문 좀 붙이라고 해야겠어. 트래비스를 데려가겠네. 애가 너무 시끄러워서 말야. 스콧 자네는 저 멍텅구리 늙은이하고 방광 새는 사냥개랑 여기 계셔. 조용하고 평화롭게 말야."

트래비스는 클래런스를 따라나서려다가 머뭇거렸다.

"전 아직 소를 마무리 못했는데요."

스콧이 손짓을 했다.

"그냥 가라. 소는 다른 날 또 하면 돼."

트래비스가 밖으로 나가 보니, 클래런스가 낡은 포드 트럭 운전석에 육중한 몸을 싣고 있었다. 트래비스가 옆에 올라타자 트럭이 거칠게 출발했다. 클래런스가 커브 길을 빠르게 운전하며 몇 킬로를 달리는 동안 둘은 아무 말도 하지 않았다. 이대로 속력을 늦추지 않는다면 도랑으로 빠지겠다 싶었다. 트래비스는 스콧이 클래런스를 방해꾼 취급해서 화가 난 모양이라고 생각했다. 그래서 세 번째로 몸이 문 쪽으로 미끄러지는 순간, 이렇게 말했다.

"스콧 아저씨가 진짜 그렇게 생각하시는 건 아닐 거예요. 그냥 농담이겠죠."

클래런스가 트래비스를 바라보았다.

"아, 우리가 서로 욕하는 거? 우린 그냥 대화 방식이 그런 것뿐이야. 우리 셋 다 그래. 아무 뜻도 없지. 실은 오줌싸개 여왕 셜리도 난 좋아해. 내가 화난 줄 알았냐?"

클래런스가 오른쪽으로 돌자, 트래비스는 앞으로 고꾸라질 뻔했다.

"이렇게 운전하시니까 그렇죠!"

클래런스가 웃음을 터뜨렸다.

"나쁜 습관이지. 난 이 길 구석구석을 잘 알거든. 그래서 이렇게 리듬을 타는 듯이 가는 거야, 알겠냐? 저 다음 길목에서는 〈산을 타고 오르리 Comin' Round the Mountain〉라는 노래가 생각나지. 잘 들어 봐라."

클래런스는 놀랄 만큼 훌륭한 목소리로 노래하면서, 한 소절이 끝날 때마다 어김없이 커브 길을 돌았다.

클래런스가 트래비스를 곁눈질했다.

"더 이상 못 참겠는 모양이구나, 녀석. 그럼 이제 슬슬 속도를 낮추지. 동석이 있으니 내가 굳이 잠을 깨려고 노래할 필요가 없네."

이런, 클래런스가 졸지 않게 하려면 노래를 불러야 했단 말인가? 트래비스는 대신 대화를 이어 가기로 했다.

"노래 참 잘 부르시네요. 기타 연주도 엄청 잘하시던데. 이번 경연대회에 나가실 거예요?"

"내가? 아아니."

"스콧 아저씨랑 친구라서, 공정하지 않을까 봐서 안 나가시는 거예요?"

"그건 상관없는 일이고. 어차피 블라인드 경연대회야. 그러니까 심사위원들은 경연자가 누군지 모르고 듣는 거지." (블라인드blind에는 앞을 못 보게 가린다는 뜻이 있다)

"그래도 스콧 아저씨는 아저씨 목소리를 알아듣지 않겠어요?"

"아, 경연대회에서 노래는 안 해. 시간이 딱 3분 주어지는데, 순수하게 기타만 치는 거란다. 내가 참여를 안 하는 이유가 있다면, 그건 수준이 안 되어서야. 나 정도로는 예선에도 못 들어."

트래비스는 실제 경연 참가자들의 실력이 얼마나 좋은지 상상조차 되지 않았다. 옆에서 클래런스가 자신을 바라보는 시선이 느껴졌다. 이윽고 클래런스가 속도를 줄였다. 클래런스는 오로지 두 가지 속력만으로 운전하는 것 같다. 하나는 풍경이 안 보일 정도로 빠른 속도, 다른 하나는 길 옆의 잔디 잎사귀 하나하나까지 보일 만큼의 속도.

"그래, 넌 이 근처 사니?"

"그리 멀진 않아요."

트래비스는 정보를 드러내지 않으려고 조심했다.

"몇 번 가에 사는데?"

"도로 지명이 없는 곳이에요. 이면도로 아시죠?"

이 정도면 충분히 에둘러 말한 걸까? 클래런스가 이쯤에서 만족했으면 좋겠는데.

"오, 난 이 근처 온갖 샛길이나 이면도로를 훤히 다 안다. 여기서 근 81년이나 살았거든. 어느 지번 뒤쪽이야? 그런데, 넌 그렇게나 기타를 좋아하면서 경연대회엔 한 번도 온 적이 없냐?"

트래비스가 사이드미러로 보니 차 한 대가 빠르게 달리면서 클래런스의 차에 바짝 붙고 있었다. 운전자가 브레이크를 꾹 누르면서 따라붙다가 평지가 나오자 경적을 울리고 빠르게 추월을 했다. 그 때문에 클래런스는 뭐라고 혼자 욕하듯 중얼거렸고, 트래비스에게 더 이상 주의를 기울이지 않았다.

트래비스는 이때를 노려 대화 주제를 바꾸고 싶었다. 클래런스는 분명 자기를 의심하고 있다.

"그럼 이 근처에는 기타 만드시는 분들이 많아요?"

"응, 그렇지. 실력 좀 된다는 사람들은 몇 있어. 그래도 현악기 제작자 하면 스콧이 전국 최고지."

트래비스는 잘 이해가 되지 않았다.

"현악기가 기타랑 무슨 상관이에요?"

클래런스가 트래비스를 바라보았다.

"무슨 상관이냐니?"

트래비스는 제발 클래런스가 자기한테 한눈을 팔지 말고 앞을 보기를 바랐다.

"아아, 알겠다. 거 참 재미있군. 잊어버리지 말고 스콧에게 말해 줘야겠구

나. 너 지금 농담한 거 맞지? '현악기'가 줄 있는 악기 전체를 가리키는 말인 줄 알면서 말야."

클래런스가 웃었다.

"그, 그럼요. 원래는 알죠. 농담 좀 해봤어요."

트래비스는 거짓말로 둘러대면서 클래런스가 자기를 멍청하다고 생각지 않기를 바랐다. 현악기, 이 단어를 꼭 기억해 둬야지.

클래런스는 한참을 낄낄거리면서 웃더니 트래비스에게 다시 고개를 돌리며 물었다.

"그래, 넌 가출한 거냐?"

"아니에요! 왜 그런 말씀을 하시죠?"

대체 왜들 이러지? 저번에는 식당 종업원이 그랬고, 이번에는 클래런스다. 내 이마에 '곤경에 빠진 이 아이를 도와주세요.'라고 쓰여 있기라도 하나?

"우선 첫째로, 너 사는 데를 절대 안 가르쳐 주려고 하니 그렇지. 가출한 게 아님 왜 그러겠냐."

"전 여기 산 지 얼마 안 되었어요. 그래서 길 이름을 잘 모르는 것뿐이에요."

클래런스가 더 이상 질문을 하지 않는 걸 보니 이제 충분한 대답이 된 것 같다. 시내로 들어서서 주차를 하고 클래런스는 안내문과 테이프를 꺼내 들었다.

"너는 길 건너로 가라, 내가 이쪽을 맡을 테니. 안내문을 보여 주고 스콧이 애디론댁 밴드를 통해서 기부를 한다는 걸 꼭 언급해야 해. 경연대회에서 얻는 수입은 불우 아동을 돕는 데 쓰인다는 말을 하라고."

클래런스는 안경 너머로 트래비스를 눈여겨보았다.

"너는 불우 아동 아니지?"

트래비스는 안내문 뭉치를 홱 잡아당겼다.

"말도 안 되는 말씀 마세요."

"어, 어. 스콧이랑 똑같이 말하는구나. 아무튼, 안내문은 네가 직접 창문에 붙여야 한다. 붙이라고 주기만 하면 곧장 쓰레기통으로 들어가."

"알았어요."

트래비스는 참견쟁이 노인한테서 벗어나 다행이라 생각하면서 자리를 떴다. 진실을 말하면 단 한 가지만 기억하면 되니 쉽다. 하지만 한번 거짓말을 하기 시작하면 너무나도 많은 거짓 '사실들'을 만들어 내서 기억하고 잘 끼워 맞춰야 한다. 트래비스는 이제부터 스스로를 잘 감시해야 한다.

14

클래런스는 트래비스가 가는 방향에 있는 가게 숫자에 맞춰 안내문을 넉넉히 주었다. 트래비스가 남은 안내문을 들고 돌아가자, 트럭에서 기다리고 있던 클래런스가 물었다.

"안내문 못 붙인다는 데가 어디 어디냐?"

"구두 가게는 문을 닫았고요, 선물 가게 여자는 주인에게 물어봐야 한다 그랬고, 공구점 남자는 그냥 안 된대요."

클래런스는 고장난 트럭 문을 열기 위해 창문 바깥으로 몸을 내밀었다.

"그거 나한테 다오. 이 동네 인간들은 대체 왜들 이러는지 모르겠구먼. 스콧이 경연대회 여는 제일 중요한 이유가 애들 도우려는 건데 말야. 자기한테 돌아가는 돈은 단 한 푼도 없다구."

클래런스는 바지를 배 위로 올려 입고는 길 건너로 향했다. 트래비스가 트럭 안에서 기다리려는데 클래런스가 어깨 너머로 불렀다.

"따라와서 어떻게 하는지 봐 둬라."

둘은 먼저 선물 가게로 갔다. 좀 전까지만 해도 트래비스를 싹 무시했던 바로 그 여자가 클래런스가 나서니 태도를 달리했다.

"메리 베스, 에일린 돌아오면 이것 좀 부탁하이. 내일 다시 왔을 때는 창문에 붙어 있게끔 해달라고 전해 줘. 그리고 옆 가게 샘이 점심 먹고 오면 이것도 전해 주고. 창문 얘기는 안 해도 알지?"

"네, 앨콘 씨. 염려 마세요."

클래런스는 길로 나와 말했다.

"참 쉽지?"

"애디론댁에 있는 사람들 이름을 전부 꿰고 있는 할아버지한테야 어렵지 않죠, 뭐."

클래런스는 앞을 보면서 웃고 있었다.

"그러니까, 내 말이. 근데 왜 너는 몰랐냐는 거지."

트래비스는 톰슨네 공구점으로 클래런스를 따라갔다.

"스러미, 이 멍청한 노친네야. 어디 있나?"

클래런스가 우렁차게 부르자 여자 손님 하나가 고개를 돌리더니 손을 흔들었다.

"스러미라고요? 스러미 톰슨?"

스러미가 뒤쪽 방에서 나오면서 말했다.

"얘, 나 불렀니? 클래런스, 왜 그리 고함을 지르고 난리야? 손님 다 쫓게 생겼네그려."

"아저씨가 곰을 쏜 그분이세요?"

트래비스가 물었다. 스러미의 모습 자체가 꼭 곰 같았다. 몸집이 크고 걷어 부친 소매 아래로 보이는 팔뚝에 털이 가득했다.

클래런스가 퀴즈를 푸는 듯한 눈길을 보냈다.

"너 그 얘기 어디서 들었냐?"

트래비스가 대답도 하기 전에 클래런스는 본론으로 들어갔다.

"스러미, 이 기타 경연대회 안내문 좀 창문에 붙이려는데, 토 달 생각은 아예 말게나."

"그럼, 그럼. 얘가 아까 말하려던 게 이거였나? 그땐 바빠서 신경을 못 써 줬네."

"그랬군. 나도 여기서 껌이나 씹으면서 흥분하고 있을 새가 없네. 안내문을 좀 더 돌려야 하거든."

클래런스가 안내문을 붙이는 동안, 트래비스가 스러미 톰슨에게 물었다.

"곰이 껌 씹고 있었단 게 정말이에요?"

"물론, 아니지. 곰이 껌 씹는다는 게 말이 되냐?"

"하하! 저도 아닐 거라고 생각했어요."

스러미는 카운터에 기대어 주머니에 손을 넣고 말했다.

"아닙니다요. 그 늙은 곰은 절대 껌 따위는 씹지 않았지요. 껌이 아니라 사탕이었죠. 사탕 한 통. 다 먹고 초록색만 남겼지요. 그러고는 선반 위에 깔끔하게 초록색 사탕만 깔아 놨다나 뭐라나요."

"말도 안 돼요."

트래비스가 입을 씩 벌리면서 웃었다.

스러미는 털이 덥수룩한 눈썹을 올리면서 트래비스를 가리켰다.

"니가 봤어?"

트럭으로 돌아와서 클래런스는 뒷좌석으로 몸을 기울여 또 다른 종이 뭉치를 꺼냈다.

"옆 동네에도 가서 돌리자. 애디론댁 밴드 얘기 꼭 하고."

"근데, 애디론댁 밴드가 뭐예요?"

클래런스가 트래비스를 힐끗 보았다.

"스콧이 말 안 했어? 페스티벌하는 게 다 그것 때문인데. 학교들이 음악 수업 예산을 줄였거든. 그래서 스콧이 악기 살 돈이 없는 애들한테 혜택을 주려고 페스티벌을 여는 거란다. 새것도 사 주고 수리해서 주기도 하고."

"어떤 악기요?"

"줄 달린 악기라면 다. 기타, 만돌린, 바이올린, 밴조, 심지어 콘트라베이스까지."

"그럼 스콧 아저씨가 애들 연주도 가르쳐요?"

"거의 대부분은. 학교를 돌아다니면서 애들한테 이 지역에서 연주되어 오던 산악 전통 음악을 들려주지. 여러 악기를 동시에 연주하는 경우엔 어떤 소리가 나는지 들어 봐 달라고 부탁해서, 나랑 버디도 가끔 가서 돕고."

트래비스는 자기도 그런 연주에 동참해 보았으면 하는 마음이 들었지만 애디론댁 밴드에 대해서는 들어 본 바가 없었다.

"우리 학교에는 아무도 안 왔었는데요."

문득 이렇게 말하고는 곧 후회했다. 학교를 마친 걸로 되어 있는데 깜박했다. 다행히 클래런스는 눈치채지 못했다.

"음, 아직 모든 학교를 다 가 보지는 못했지만 앞으로는 갈 거야. 각 학교에서 모인 아이들이 애디론댁 밴드라는 그룹을 만들어서 연주할 거거든. 경연대회에서 그 밴드 연주를 듣게 될 거다."

"그럼 그 밴드에는 어려운 상황인 애들만 들어갈 수 있어요?"

"그렇지는 않아. 아무나 들어갈 수 있단다. 밴드에서 연주하면 흥분해서 몰두할 수 있는 뭔가가 주어지고, 힘든 일을 많이 잊게 되는 것뿐이야."

옆 마을로 들어서서 클래런스는 주차할 장소를 찾아 차를 세운 뒤, 엔진을 끄고 트래비스와 코를 맞댈 정도로 가까이서 바라보았다.

"힘든 일 얘기가 나와서 말인데, 아까 우리가 하던 얘기가 생각나는구나. 넌 왜 집에 못 가는 거냐?"

"누가 그래요, 못 간다고?"

트래비스가 맞받아치면서 차 문을 열었다.

"알았다. 그런 식으로 해봐라, 어디."

클래런스는 더 이상 뭐라 하지 않았지만 트래비스는 그가 의심을 풀지 않았음을 알았다.

이제 애디론댁 밴드가 뭔지 알고 돌리니 트래비스에게도 운이 따랐다. 사람들은 트래비스가 밴드에 소속된 아이라고 지레짐작했다.

골동품 가게 여자가 말했다.

"잠깐 기다려 줄래? 너희 밴드 애들에게 주려고 챙겨 둔 게 있어."

트래비스는 여자의 오해를 굳이 풀고 싶지 않았다. 자기도 기타를 치고, 도움이 필요한 불우 아동이기도 하니까. 그럼 됐지 않은가?

여자가 뒷방으로 들어가더니 낡아 빠진 기타 한 대를 들고 나왔다. 트래비스는 순간 그 기타가 혹시나 엘리 기타일지도 모른다는 기대로 숨이 멎는 듯했다.

"완전히 엉망이 됐지만, 스콧이 작업하면 낡은 악기도 기적같이 되살아나니까."

"물론이죠. 정말 감사합니다."

마지막으로 들른 곳은 이발관이었다. 능숙하게 애디론댁 밴드 이야기를 시작했지만, 주인은 벌써 내용을 알고 있었다.

"내 조카가 거기 들어갔단다. 걔는 이제 온통 음악 생각뿐이야. 그런데도 성적까지 올랐더라니까."

남자가 계산대로 가더니 50달러짜리 지폐를 꺼내 왔다.

"스콧한테 가서 홀 오티스라는 사람이 고맙다고 하더라고 전해 다오."

밖으로 나온 트래비스는 지폐에 있는 율리시즈 그랜트(미국의 군인·정치가. 남북전쟁에서 수많은 공적을 세웠다) 얼굴을 한참 들여다보았다. 10달러짜리 지폐보다 큰 돈은 생전 처음 본다.

클래런스는 기타와 돈을 보더니 마음에 들어 했다.

"그래, 그거야. 이제 우리가 점심 값은 한 거 같은데."

간이음식점에 들러 클래런스가 햄버거를 샀다, 심지어 오줌 여왕 셜리 몫까지도.

작업실로 돌아와 클래런스가 말했다.

"점심 대령이오."

스콧이 말했다.

"먼저들 먹어. 나는 지금 먹을 손이 없네. 파이프가 아직 뜨거울 때 이 기타 옆면 구부리는 작업을 해야 해서."

트래비스가 물었다.

"구경해도 돼요? 저 판판한 나무에서 어떻게 곡선이 만들어지는지 늘 궁금했거든요."

"그럼. 대신 파이프는 건드리면 안 된다. 잘못하면 화상 입어."

스콧이 분무기로 뭔가를 나무에 뿌리더니 작업대 위에 고정시켜 둔 파이프에 대고 얇은 판을 눌렀다. 나무 그을리는 냄새가 나더니 지글지글 타는 소리가 났다.

스콧이 가스 토치(용접용 기기)에서 나오는 화염을 파이프 안으로 올려 넣었다.

"그 분무기에는 뭐가 들었어요?"

"그냥 물."

스콧이 구부러뜨린 조각을 탁자 위의 기타 본에 올리고 테두리를 맞춰 보았다. 아직은 한쪽 면만 작업된 상태다.

"충분히 구부러지지가 않았네."

스콧이 다시 나무에 분무기를 뿌리고 파이프에 대고 살살 흔들면서 곡선을 더 깊게 팠다. 클래런스와 버디는 햄버거를 먹고 있었다. 저 두 사람은 전에도 수없이 여러 번 이 작업을 봤겠지. 트래비스도 배가 고팠지만 작업에 홀딱 반한 나머지 구경을 그만둘 수가 없었다. 기타 모양을 잡는 작업을 보는 게 이토록 흥미진진할 거라고는 상상도 못했다. 스콧이 나무를 파이프에서 떼어 낼 때마다 만들어 둔 본대로 점점 윤곽이 잡혀 갔다.

"나무를 부드럽게 하려고 물을 뿌리는 거예요?"

스콧은 그림 위에 다시 나무를 대 보는 중이었다.

"그건 아냐. 열을 가하면 나무 안에 있는 송진이 녹아서 구부릴 수가 있게 되는데, 물은 뜨거운 파이프 때문에 나무가 타 버리는 걸 막아 주는 역할을 하지. 어떤 사람들은 증기가 나오는 기계에 나무를 넣어서 부드럽게 한 다음에 거푸집에 넣고 형태를 고정시키는데, 나는 뜨거운 파이프에 대고 구부리는 게 더 좋아."

"스콧은 뭐든 어렵게 하는 걸 좋아한단 말야."

클래런스가 말했다.

"맞아."

버디가 웃었다.

스콧이 이번에는 반대편으로 파이프에 나무를 대고 좁아지게 구부리면서 기타 허리 부분을 만들었다. 나무가 S 자 모양으로 잡혀 가는 과정이 마치 마술 같았다.

"옛날에는 기타를 이런 식으로 만들었어. 나도 이렇게 배웠고. 난 이 방법이 아직도 좋다고 생각해. 나무가 열을 받으면서 손 안에서 내는 느낌이 좋거든."

"그럼 우리 엘리 할아버지도 이렇게 만드셨을까요?"

트래비스가 물었다.

"누구?"

클래런스가 입안에 음식을 잔뜩 문 채 물었다.

"제 4대조 할아버지예요. 그분도 바이올린이랑 기타를 만드셨대요."

클래런스가 배에 떨어진 음식 부스러기를 털면서 물었다.

"도둑맞은 기타를 만든 분이냐?"

트래비스는 스콧이 절도 사건에 대해 말했다는 사실에 놀랐다. 그렇게 입이 싼 사람인 줄은 몰랐는데.

"내가 붙잡으면 혼쭐을 내줄 텐데. 본때를 보여 주고말고."

버디도 다 알고 있다. 이 사람들 앞에서 가족 이야기를 흘리기라도 한다면, 당장 동네방네 소문이 다 나겠구나.

스콧은 기타 본에 대고 나무 모양 점검하기를 반복하더니 만족한 듯 토치를 치웠다. 그러고는 봉투에서 햄버거를 꺼내 트래비스에게 건넸다.

"그 기타, 얼마나 오래된 것 같니?"

"엄마 말씀으로는 1800년대 말에 만든 거래요."

스콧이 고개를 절레절레 흔들었다.

"그 기타를 한번 볼 수 있음 참 좋겠는데. 어떻게 만들었는지 꼭 보고 싶구나. 그 당시에는 프로판 가스 토치가 없었을 거야. 금속으로 만든 상자에 연통처럼 생긴 타원형 파이프를 올려 썼지. 금속 상자에 뜨거운 석탄을 채우고 연통이 충분히 뜨거워지면 젖은 나무를 대고 눌렀어. 지금 우리가 한 것처럼."

클래런스가 봉투에서 햄버거 하나를 더 꺼내어 트래비스에게 주고 아마도 셜리 몫이었을 나머지 하나를 집었다. 트래비스는 슬쩍 밖으로 나가서 배낭에 햄버거를 쑤셔 넣었다. 이걸로 오늘 저녁은 해결이다.

트래비스가 돌아오자, 버디는 밴조를 치고 있었다. 클래런스가 기타 치는 것만큼이나 잘 쳤다. 어쩌면 더 잘 치는 것 같기도 하다. 오른손가락이 줄을 너무나 빨리 튕겨서 거의 보이지 않을 정도였다.

"지난번에 수리하던 만돌린은 다 됐나?"

클래런스가 물었다.

스콧이 두 번째 기타 옆면을 사포질하다가 올려다보았다.

"응. 끝내서 꼭대기 선반에 두었다네. 아직 조율은 못했지만."

클래런스는 만돌린을 찾아내서 줄감개를 조이고 버디 옆의 흔들의자로 걸어가서 자리를 잡을 때까지 줄을 튕겨 보았다. 버디가 뭔가 멋진 곡을 연주하는 동안 몇 분 가량 즉석 반주를 하고 나서, 버디의 고갯짓을 신호로 클래런스도 만돌린의 목을 올렸다 내렸다 하며 연주를 시작했다. 트래비스는 이 괴짜 할아버지들이 관절염을 앓아 울퉁불퉁하게 혹이 생긴 손가락으로 어떻게 이렇게 빠르게 연주하는지 보면서도 믿기지가 않았다. 그저 앞에 앉아서 넋을 잃고 바라보기만 했다.

스콧이 사포질을 하면서 발을 굴렀다.

"망할 녀석들. 이렇게 손가락이 근질근질해지게 하면 어떻게 일을 하란 말이야?"

스콧은 결국 작업대 위 기타 가운데 하나를 집어 연주에 동참했다. 방 안이 음악으로 폭발할 것만 같았다. 셋 다 정말로 훌륭했고, 트래비스는 순수한 기쁨에 못 이겨 큰 웃음을 터뜨렸다.

첫 곡은 몰랐지만 두 번째 곡인 〈여우〉로 넘어가자 트래비스도 화음을 넣고 무릎을 치면서 동참했다. 스콧이 씩 웃으면서 기타를 내주었다.

"트래비스 너도 한번 쳐 봐라."

"저는 이렇게 못 쳐요. 코드밖에 못 잡는걸요."

"그럼 반주만 해라. 그래도 괜찮아."

트래비스는 기타를 잡았다.

"어느 음정으로 들어가야 할지 모르겠는데."

날아다니는 것 같은 손가락들을 보며 트래비스가 말했다.

"G."

클래런스가 음악 소리 너머로 소리쳤다.

미처 생각하지도 않았는데 트래비스의 손가락이 알아서 코드를 찾고 리듬에 맞춰 소리를 내주었다. 이런 것이 바로 진짜 밴드에서 연주하는 느낌이겠지. 할아버지들은 몇 곡을 이어서 더 연주했는데, 반복 악절에서는 버디와 클래런스가 교대로 연주했다. 이윽고 버디가 말했다.

"한 곡 해봐라, 트래비스."

트래비스는 고개를 저었다.

"전 잘 못 쳐서요."

버디가 말했다.

"걱정할 게 뭐 있어? 실수해도 상관없다. 어차피 이 공연은 우리끼리만 보는 거야."

클래런스가 말했다.

"젠장, 우리는 남들이 볼 때도 실수했어."

트래비스는 숨을 깊이 들이마시고 뛰어들었다. 가장 좋아하는 곡이었다. 기타를 치면서 어머니가 만든 노랫말을 크게 불렀고 클래런스와 버디가 받쳐 주었다.

늙은 어머니 분칠하고 침대에서 뛰어내리네.
눈은 파란색 코는 빨간색,
어머니 소리치네, "로이! 로이! 얼른얼른 자라서
우리 동네 여우 좀 쫓아내라."

그 다음 소절은 클래런스가 받았고 그 다음은 버디, 그 다음은 모두가 3도 화음을 넣고, 마지막에는 클래런스가 "야호!" 소리치면서 끝냈다.

스콧은 기타 옆면 구부리기를 계속하려고 작업대로 돌아가 박수를 쳤다.

"와, 연주 좋은데, 트래비스. 네가 부른 그 소절 좋다. 처음 들어 봐."

"엄마가 애들한테 지어서 불러 주시곤 한 거예요."

트래비스는 코드를 치고 나서 한 음 한 음 떼어 내서 쳐 보았다.

"저도 아저씨들이 하신 핑거 피킹 finger picking(손가락으로 줄을 하나씩 짚는 기타 주법) 배우고 싶어요."

클래런스가 목소리를 높였다.

"어떻게 하는 건지 내가 지금 보여 줄 수 있는데. 스콧이 더 시킬 일이 없다면 말야."

스콧이 말했다.

"해봐. 기타 수업 하는데 내가 감히 일을 시킬 수 있나."

트래비스가 말했다.

"저 아직 소 작업도 다 못했는데요."

클래런스가 선반을 뒤지더니 기타 하나를 찾았다.

"소 떼가 어디 도망가기라도 하겠냐. 이건 아무한테도 안 줄 거지, 스콧? 트래비스가 이거 갖고 연습해도 되겠나?"

스콧이 쳐다보았다.

"그럼. 애디론댁 밴드 예비용으로 남겨 둔 거니 괜찮아."

노릇노릇한 나무 냄새를 맡으며 스콧의 옆면 구부리기 작업을 볼 것이냐, 아니면 클래런스에게 기타를 배울 것이냐. 트래비스는 고민에 빠졌다. 결국 무료 수업을 택했는데, 클래런스가 언제 또 가르쳐 줄 마음이 들지 알 수 없다는 생각이 들었기 때문이었다.

클래런스는 그 뒤로 한 시간 동안 코드 잡는 법과 연주하는 법, 음을 잘게 쪼개서 따로따로 치는 법을 가르쳐 주었다. 처음에는 천천히 시작하면서, 손가락을 어떤 순서로 집을지 클래런스가 불러 주는 대로 연습했다.

"엄지, 집게, 중지, 새끼."

클래런스는 트래비스가 점점 속도를 내서 자연스럽게 될 때까지 가르쳐 주었다. 첫 번째 손가락 짚기가 순서대로 되고 트래비스가 조절을 할 수 있게 되자, 클래런스는 순서를 바꾸었다.

"됐어, 이제 다음 거. 엄지, 중지, 집게, 새끼."

이번에는 잘되지 않았다. 처음으로 돌아가서 배운 것을 반복하면 속도가 났지만, 속도를 올리면 모든 것이 뒤죽박죽이 되었다.

"걱정 마라. 저절로 잡힐 때까지 계속하면 돼. 기타도 필요 없다. 탁자 위에 써 놓고 보면서 무릎을 뜯으면서 연습해도 되거든. 나는 운전하면서 그렇게 연습했지."

트래비스는 클래런스의 말을 듣자 몸서리가 쳐졌다. 운전할 때 그 어떤 짓을 해도 괜찮단 말인가.

클래런스가 계속 말했다.

"밤에 텔레비전 보면서 앉아서 하든가. 아무튼 그냥 계속 쳐. 곧 아무 생각 없이 치게 될 거다. 물론 기타가 있으면 더 좋기는 하지."

클래런스는 스콧을 바라보며 물었다.

"얘가 이 기타 집으로 가져가서 연습해도 되겠지, 스콧?"

"좋으실 대로."

스콧이 말했다.

"고맙습니다만, 자전거로 실어서 집까지 가져갈 수가 없어요."

클래런스가 트럭에서 '정오 뉴스'를 틀었을 때 들은 일기예보에서는 오늘밤 강한 폭풍이 예상된다고 했다. 스콧의 기타를 빗속에 방치할 수는 없다.

"그건 괜찮아. 내가 집까지 태워 주마."

이건 마치 체스 게임을 두는 것 같다. 트래비스가 선수를 치면, 클래런스가 덫을 놓는다.

"집에는 기타 못 가져가요. 애들이 어려서, 돌아다니다가 기타를 건드려서 망칠지도 모르거든요."

트래비스가 방어했다. 이번 차례는 꽤 괜찮게 한 것 같다.

"어디, 원룸 같은 데서 사냐? 기타 둘 만한 자리도 없단 말야?"

"아뇨, 그냥 일반 집이에요, 거실이랑 식당, 침실 다 따로 있죠."

트래비스는 처음에 트레일러로 출발해서 여러 해에 걸쳐 조잡하게 방을 덧대 나간 자신의 집을 떠올렸다. 하지만 정상적인 집에서 산다고 해야만 클래런스로 하여금 자신의 가족이 '혜택 받지 못한' 가정이라고 단정 짓지 않고 더는 기웃거리지 않게 할 수 있다.

"그러냐, 그럼 전에 그 오래된 기타는 어떻게 보관했지? 그 기타는 애들이 마구 치고 그러지 않디?"

트래비스가 더는 논쟁을 계속할 여력이 안 된다는 생각을 하고 있을 때, 마침 스콧이 구출해 주었다.

"애 좀 가만 둬, 클래런스. 누구나 자네처럼 눈뜨자마자 만날 기타만 치고 싶어 하는 건 아니라고. 이제 그만 집에 갈래, 트래비스? 내일 아침까지는 할 일이 없을 것 같다."

트래비스가 문 쪽으로 가면서 말했다.

"네. 수업 감사합니다, 클래런스 할아버지."

"진짜 안 바래다줘도 되겠어?"

"괜찮습니다."

트래비스는 배낭을 메고 클래런스가 밖으로 나오기 전에 얼른 자전거를 타고 출발했다.

노숙하는 자리로 오는 데는 그리 오랜 시간이 걸리지 않았다. 트래비스는 햄버거를 먹고, 시냇물을 몇 컵 마신 다음 디저트로 체리 잼과 쿠키 하나를 먹었다. 체리 잼은 무척 실망스러웠다. 엄마가 신선한 체리를 써서 만든 것과는 너무나도 달랐기 때문이다. 그래도 쿠키에 얹어 같이 먹으면 그런대로 괜찮은 맛이 났다.

트래비스는 지난밤에 만든 보금자리를 재빠르게 손보았다. 바늘잎이 붙은 가문비나무 가지를 모아다가 이전에 올려 둔 가지와 엮었다. 상록수 가지는 방수에 좋으니까 오늘밤 폭풍에 대비하면 되겠다. 매트리스를 좀 더 푹신하게 하기 위해 바늘잎을 한아름 더 가져와 담고 담요로 덮은 다음, 비닐 봉투에 바늘잎을 채워서 베개를 만들었다. 베개 커버로는 남은 티셔츠를 사용했고, 배낭 맨 위에 베개를 괴어 놓은 다음 편안하게 배치가 되었는지 점검해 보았다.

이렇게 만드니 거의 집에서처럼 편안하다. 아니, 어쩌면 로이와 레스터랑 같이 쓰는 침대보다 나을지도 모르겠다. 모든 걸 다 떠나서, 아빠를 견뎌 내지 않아도 된다. 트래비스는 긴장을 풀고 깊은 숨을 내쉬면서 엄청난 일들을 겪은 하루를 곰곰이 되짚었다. 새롭게 배운 핑거 피킹 연주 방식을 떠올리면서 청바지 위로 손가락을 까딱거리고 있었는데, 그러느라 아마도 누군가 숲을 가로질러 천천히 다가오는 것을 눈치채지 못했나 보다.

15

"집이 참 근사하구나. 그래, 여기는 거실이냐 아니면 식당이냐?"

트래비스가 올려다보니 클래런스 앨콘이 허리에 손을 짚은 채 노려보고 있었다.

가슴이 미칠 듯이 뛰었다. 이런 상황에서 통할 만한 거짓말이 전혀 떠오르지 않았다.

클래런스는 꼼짝 않고 서 있었다.

"여기서 네가 뭐 하는 중인지, 나한테 말해 주면 안 되겠냐?"

"자전거 타고 집으로 가다가 피곤해져서요."

"그래서 내가 바래다준다고 했잖냐. 왜 싫다 그랬어?"

이제 또 다른 체스 게임이 시작되었다. 그나저나, 클래런스는 왜 이렇게 내 일에 상관을 할까? 둘은 겨우 오늘 아침에 처음 만난 사이인데 마치 트래비스의 모든 일이 다 자기랑 상관이 있다는 듯이 군다. 가족도 아니면서.

"제가 밖에서 캠핑하면서 자도 부모님은 뭐라고 안 하세요. 늘 그래요. 엄마께 일하는 장소를 말씀 드렸더니, 자전거 타고 밤길을 오느니 차라리 근처에서 캠핑하는 편이 낫다고 하셨어요."

클래런스는 트래비스 앞으로 걸어와 통나무 위에 앉았다. 그리고 한참을 뚫어지게 바라보았다.

"너 말이다, 어린애가 감당하기에는 너무 많은 양의 거짓말을 하고 있어. 그럼 어머니께서 동의서에 캠핑하는 내용은 왜 안 적어 주셨을까?"

"엄마가 쓴 내용을 어떻게 아시죠? 그건 사생활 침해예요."

"스콧이 책상 위에 아무렇게나 둔 걸 우연히 봤을 뿐이야. 난 네 어머니께서 불과 일주일 전까지도 요양원에 계셨고 말씀도 못하신다고 들었는데, 어떻게 저런 동의서를 써 주셨을까 좀 이상하더라고."

"엄마 계신 데를 아세요?"

트래비스는 저도 모르게 내뱉었다.

"아니. 하지만 찾으려고 들면 어려울 건 없지."

"그런데 어디서 그 얘길 들으셨…… 아니 어떻게 아셨어요?"

"지난주에 스콧이 치킨 디너 식당에서 돌아와서 하는 말이, 식당에서 집안 대대로 내려오는 오래된 기타를 갖고 있는 애를 만났는데 어머니가 늘 그 기타를 치셨지만 최근에 사고가 났다, 그래서 요양원에 계시고 말씀도 못한다고 했지."

트래비스는 벌떡 일어섰다.

"쳇! 아저씨들은 뒤에서 남 얘기나 하는 거 말고는 할 일도 없어요? 할아버지랑 버디 할아버지랑 스콧 아저씨랑 전부, 뜨개질 모임에서 남들 이야기나 퍼뜨리는 할머니들이랑 똑같네요. 제 어머니께서 어디 계시고, 뭘 할 수 있고 없고는 아저씨들이랑은 상관없는 일이잖아요. 그냥 좀 내버려 두세요!"

트래비스는 그 자리를 확 박차고 싶었지만 클래런스가 길가 쪽을 막아서고 있어서 시냇물을 철벅거리며 뚫고 지나지 않는 한 나갈 도리가 없었다.

클래런스는 통나무 위에 앉아서 무릎에 팔을 늘어뜨리고 있었다. 자리를 뜰 생각은 없어 보였다. 태양이 나무 뒤로 져서 클래런스의 솜털 같은 흰 머리가 분홍색으로 변해 마치 서커스단의 광대 같아 보였다. 그러나 클래런스는 광대 짓을 하고 있지 않다. 말도 못하게 심각하다.

"이제 성질은 다 부린 거냐? 그럼 한 가지 똑바로 말해 줄 게 있다. 스콧 맥키삭이라는 인물은 남 뒷얘기나 하면서 참견하는 사람이 아니다. 네 기타 얘기에 관심이 있었던 것뿐이야. 그리고 그런 기타를 네 어머니께서 날마다 치며 노래하시다가 이제는 연주도 못하고 말씀도 못하신다니, 가슴이 아팠던 거지. 버디랑 나도 정말 안타까운 일이라고 생각했고. 그게 우리가 나눈 이야기의 전부야."

"어쨌든 스콧 아저씨는 제가 드린 동의서가 가짜라는 걸 아신다는 거네요."

클래런스는 어깨를 으쓱했다.

"내 생각엔 그렇게까지 연결하진 않았을 거 같은데. 스콧 머릿속에는 페스티벌이 꽉 차 있어서 네 생각은 맨 꼴찌로 할걸."

"할아버지가 가짜라고 말씀하실 거잖아요, 그렇죠?"

"네가 내 질문에 답해 준다면, 굳이 말할 이유는 없는데……. 예를 들어 가출한 게 맞냐든가."

"말씀 드렸잖아요, 아니라고."

클래런스는 통나무에서 무릎을 비비면서 일어났다.

"좋을 대로 해, 그럼."

트래비스는 클래런스가 나무 사이로 사라지는 모습을 바라보았다.

클래런스를 쫓아가서 스콧 아저씨에게 사실을 말하지 못하게 다 쏟아내야 할지, 아니면 그냥 여기 앉아서 제발 말하지 않기만을 바라야 할지 모르겠다. 마침내 클래런스에게 털어놔야겠다고 마음먹은 그 순간, 트럭에 시동이 걸리고 출발하는 소리가 들렸다. 결정하는 데 시간을 너무 끌었던 모양이다.

***

트래비스는 다음 날 아침 스콧이 집에서 나올 때 현관 앞 계단에 앉아 있었다.

"너 아침형 인간이구나. 집에서 여기까지 오려면 몇 시에 일어나야 하는 거야?"

"이 정도는 괜찮아요. 저희 가족은 전부 일찍 일어나거든요. 오늘 오전 중으로 소는 다 끝내려고요."

스콧이 문을 열자, 트래비스는 바로 싱크대로 가서 커피 메이커를 작동시켰다. 커피가 다 되기도 전에 문 열리는 소리가 들렸다.

"아침 식사 왔소."

평소의 기분 좋은 미소는 싹 지운 클래런스였다.

트래비스는 "안녕하세요."라고 중얼거리듯 말하고 눈길을 피했다. 클래런스가 비밀을 폭로할까?

클래런스는 봉투를 붙잡고 흔들어서 샌드위치를 한쪽으로 밀어내 트래비스에게 주었다.

"감사합니다."

트래비스가 우물거렸다.

"감사는 무슨."

트래비스는 스콧을 힐끗 보았다. 스콧은 기타 몸체의 두 면을 붙이고 여러 개의 죔쇠를 이용해서 자리를 잡아 주고 있었다. 그 일 외에는 주변에서 무슨 일이 벌어지는지 전혀 의식하지 못하는 듯했다.

클래런스가 말했다.

"어젯밤에 랠핀이랑 재미있는 대화를 나누었다네."

스콧이 보지도 않고 말했다.

"그래?"

"응. 우리 문제를 해결해 줄 사람을 랠핀이 소개해 줄 수도 있을 거 같아."

스콧이 고개를 끄덕이고 작업을 계속했다. 그 뒤로는 침묵이 이어졌는데, 스콧만 보자면야 이상할 것도 없지만 평소에 절대 입을 다무는 법이 없던 클래런스가 그러니 좀 묘한 기운이 돌았다. 트래비스는 클래런스가 말했던 그 문제라는 것이 자신과 관련이 있지 않나 하는 의심이 들었다. 트래비스는 소 자르는 일에 집중하려 했지만 언제 도끼로 내려치듯 쿵 하고 폭로가 시작될지 걱정하느라 잘되지 않았다. 차라리 트래비스가 나가 주면 클래런스가 스콧에게 모든 걸 떠벌릴 수 있을 것이다. 트래비스는 남은 판지와 소 그림을 집어 들었다.

"나가서 마무리할게요. 여긴 너무 복잡하네요."

트래비스는 이후 몇 시간 동안 나머지 소를 자르고 페인트칠을 했다. 어느 순간 버디의 트럭 타이어가 자갈에 긁히는 소리가 들렸다. 그리고 셜리가 트래비스에게로 와서 페인트 위로 코를 킁킁댔다.

"여기 또 오줌 싸면 넌 죽었어."

트래비스가 말했다. 셜리가 고개를 들고 까만 코로 흰 페인트를 살짝 건드려 보더니 이내 건물 앞으로 사라졌다. 트래비스는 뒤로 물러나서 주위를 둘러보았다. 이곳은 집처럼 편안하다. 그런데 벌써 이 모든 게 끝나는 건가?

클래런스가 밖으로 나왔을 때 트래비스는 마지막으로 칠한 소가 다 말랐는지 확인하는 중이었다.

"트럭에 타라. 심부름이 있어."

"알겠습니다. 소 좀 치워 놓고요."

트래비스는 소들을 작업실 안으로 들여놓고 클래런스가 기다리고 있는 트럭으로 올라탔다. 클래런스가 음식 봉투를 건네주며 말했다.

"하나 남았다. 너 주려고 가져왔어."

트럭이 출발하고 트래비스는 한마디도 하지 않은 채 차가운 샌드위치만 씹었다. 앞으로는 클래런스에게 그 어떤 정보도 더는 주지 않을 작정이었다. 그런데 참으로 이상하게도 클래런스 역시 아무런 질문도 하지 않았다. 이번에는 〈산을 타고 오르리〉 노래를 했던 커브 길을 지날 때 노래도 하지 않았다. 클래런스가 닦달하는 것이 싫었던 만큼이나 이런 침묵도 불길하기는 마찬가지였다. 클래런스가 어딘가로 가출 신고를 하면 어쩌지?

트래비스는 무언가 말을 할까 하다가 그냥 두기로 했다. 어쩌면 그냥 상상하게 두는 편이 자신을 위해 나을지도 모른다. 어쩌면 아무 일도 없었고 그냥 심부름 가는 것뿐일지도 모른다.

트래비스가 경계를 풀기로 마음먹은 그때, 클래런스가 말했다.

"그래서 이제, 왜 집을 나왔는지 말하려고 하는구나."

“아닌데요.”

“뭘, 이제 시작하려는구먼.”

다시 전과 같은 상황으로 돌아갔다. 클래런스가 트럭에서 덫을 놓을 때마다 트래비스는 끈질긴 심문에 말려들고 만다. 트래비스는 차라리 뭐라도 말해 버리면 노인네가 포기할지도 모르겠다는 생각이 들었다.

“아빠랑 싸웠는데, 절 쫓아내셨어요. 별거 아니에요. 아빠의 아버지도 제 나이 때 아빨 쫓아내셨다니까요. 그러니까 이건 가족의 전통 같은 그런 거예요.”

“네가 어디 있는지는 알고 계시니?”

“상관 안 하세요. 제가 없어야 식구들이 더 화목하거든요. 저는 뭘 하든 아빠를 화나게 하는 존재예요.”

“어머니께선? 어머니도 네가 집 떠난 걸 알고 계셔?”

“그 얘기는 하고 싶지 않아요.”

트래비스는 마지막으로 본 엄마 모습을 떠올렸다. 눈에 눈물이 가득 차올랐다. 그래서 클래런스가 보지 못하게 고개를 돌리고, 울지 않으려고 이마를 창문에 대고 눌렀다.

클래런스가 차를 세웠다.

“좋아. 어머니에 ‘대해서’ 얘기하기 싫다면, 어머니‘와’ 얘기하는 건 좀 낫겠지.”

건물 앞에 커다란 간판이 보였다. ‘고요한 산장 요양원’이라고 적혀 있었다.

“여기가 네 어머니 계신 곳이다, 트래비스.”

"어떻게 아셨어요?"

트래비스는 움직일 수가 없었다. 한참을 그대로 있었다. 저 안으로 들어간다니, 말도 안 된다.

클래런스가 트럭에서 내렸다.

"랠핀에게 부탁해서 알아봤지. 식당에 오는 사람들한테서 많은 정보를 얻을 수 있거든."

모든 일이 너무나도 빠르게 일어나고 있다. 트래비스는 생각을 정리할 수가 없었다. 엄마를 보고 싶은 마음과 보기가 두려운 마음이 동시에 들어 너무나도 괴로웠다. 트래비스는 트럭에서 내려 보닛에 기대며 말했다.

"잠시만요. 저는 못 들어가겠어요."

클래런스가 트럭을 돌아 트래비스 곁으로 오더니 어깨를 잡았다.

"어디 계신지만 보고 오자. 싫으면 말은 안 해도 돼. 그래도 계속 어머니가 걱정되었을 거 아냐, 안 그래?"

"물론 걱정했죠."

말이 목구멍에 걸려 잘 나오지 않았다.

"무슨 일이든 머릿속에서 떠올리는 모습만큼 실제로 그렇게 나쁜 일은 드물어. 어머니를 뵈면 차라리 기분이 나아질 거다. 올라가서 안녕하세요 인사하고, 페스티벌 얘기도 하고 그럼 돼. 어머니께서도 페스티벌 얘기 듣고 싶어 하실 것 같은데, 그렇지 않냐? 음악을 좋아하신다면서?"

클래런스는 나지막이 말했지만 한 손으로 트래비스 어깨를 꽉 잡고 입구 쪽으로 힘을 주어 몰아갔다. 트래비스가 무슨 일이 일어나는지 미처 알아채기도 전에 자동문이 열리고, 안으로 들어서고, 클래런스가 미는 대로 대기실을 거쳐 안내 데스크로 가고 있었다.

안내원은 손톱을 다듬고 있다가 쳐다보며 말했다.

"뭘 도와드릴까요?"

"아뇨, 됐어요."

돌아서는 트래비스를 클래런스가 붙들어 세웠다.

"제네바 테이시 씨를 만나러 왔는데요."

"여기 계신 분들 거의 다 지금 일광욕실에 가셨어요. 왼쪽 두 번째 문으로 가시면 됩니다."

"감사합니다."

클래런스가 복도 쪽으로 나섰다. 트래비스는 멍한 채로 일광욕실 문 앞으로 떠밀렸다. 클래런스는 이제 트래비스의 양쪽 어깨를 잡고 있었다. 두 사람은 방 앞에서 잠시 멈추었다가, 이윽고 클래런스가 트래비스를 안으로 밀어 넣었다.

트래비스는 순간 정신이 돌아왔다. 소독약과 희미한 오줌 냄새와 근처 어딘가에서 나는 음식 냄새가 섞여 코에 들어왔다. 그 냄새를 맡으니 속이 울렁거렸다. 뭉개져 보이던 모습들이 사람의 형태를 갖추고 눈에 들어왔다. 나이가 많고 대부분 여성이었으며 모두들 휠체어에 앉아 있었다. 이어서 화면이 꺼진 텔레비전에서 신경이 거슬리는 소음이 들려왔다. 눈이 오는 것 같은 화면을 물끄러미 보는 사람이 몇, 휠체어에 폭삭 주저앉아 자는 사람이 몇 있었는데, 허리에 널찍한 옷감으로 띠를 둘러서 휠체어에 묶어 떨어지지 않게 해놓았다.

간호보조원 명찰을 달고 분홍색 유니폼을 입은 여자가 물었다.

"누구 찾으시나요?"

트래비스는 고개를 저었지만 클래런스가 대답했다.

"제네바 테이시요."

간호보조원이 잠시 멍한 표정을 지었다.

"아, 제니퍼 테이시 말씀이군요. 어머, 이렇게 좋은 일이, 제니퍼에게도 처음으로 방문자가 나타났군요."

트래비스가 말했다.

"제네바예요. 이름이 제네바라고요."

환자 이름도 똑바로 모르다니 뭐 이런 데가 다 있지?

"그럼 두 분은 친척이나 가족 되시나요?"

트래비스가 이름을 고쳐 말해서 약간 짜증이 난 듯한 간호보조원이 대답했다.

"이쪽은 '제네바'의 아들, 트래비스라고 합니다."

클래런스가 자신도 이 장소가 그다지 마음에 들지 않는다는 듯한 말투로 대답했다.

트래비스는 계속 방 안을 둘러보았다. 자신의 어머니도 이 으스스한 노인들 속에서 나타날지 모른다는 생각에 두려움이 엄습했다. 간호보조원이 방구석 끝으로 둘을 데리고 갔다. 그러고는 마치 아기에게 노래해 주는 것처럼 높은 목소리로 말하기 시작했다.

"제니…… 아니 제네바, 깜짝 놀랄 만한 손님을 데려왔어요. 당신 아들 트래비스와 할아버지가 오셨어요. 인사할래요? 안녀엉? 한번 해봐요, 제네바? 자, 안녀엉?"

간호보조원이 돌아섰다.

"우리 말을 알아듣는지 확실하지 않아요. 말을 걸어 보시는 건 괜찮지만, 너무 기대는 마세요."

간호보조원은 트래비스와 클래런스만 남겨 두고 떠났다.

이건 꿈꿔 온 것보다 더 나쁘다. 여기에 자기를 데려오다니, 클래런스는 정신 나간 노인이다.

"이제 가요. 원하면 그냥 가도 된다 그러셨잖아요."

"어머니 얼굴이라도 한번 봐라, 트래비스."

"못해요."

손이 다시 어깨 위로 올라왔다.

"아니야, 넌 할 수 있어."

클래런스가 난리를 칠까 봐서 트래비스는 용기를 내어 눈을 들었다. 이번에는 부어오르고 머리가 벗겨졌던 병원에서의 낯선 사람이 아니라, 트래비스의 어머니가 보였다. 엄마 얼굴은 정상으로 돌아와 있었고 밤색 머리카락도 조금 자라서 이마 위로 곱슬거렸다. 오른손과 팔은 병원에서보다 더 안 좋아져서 말려 올라가 있었는데, 눈빛도 정상으로 보이지 않았다. 흐릿하고 아무것도 보지 않는 눈빛이었다. 그래도 틀림없는 엄마의 모습을 확인하니 가슴에서 희망이 차올라 목에 덜컥 걸렸다.

트래비스는 침을 꿀꺽 삼켰다.

"엄마? 저예요, 트래비스. 이쪽은 내 친구 클래런스 할아버지고요."

엄마는 들었다는 기색을 보이기는커녕 누군가 말을 한다는 자체도 모르는 듯했다. 트래비스는 도움을 청하려고 클래런스를 바라보았다.

"엄마가 나를 못 알아봐요."

클래런스가 말했다.

"미리 단정 짓지 말아라. 저쪽 의자를 가져와서 잠시 앉아 보자. 잠 오는 약을 줘서 저럴 수도 있어. 깨어날 시간을 좀 줘 보자."

트래비스는 의자를 가져왔지만 아무리 오래 기다려도 엄마가 깨어날 것 같지 않았다.

클래런스가 엄마 앞으로 의자를 놓고 앉아서 트래비스에게도 앉으라는 몸짓을 했다. 그러고 나서 엄마의 정상적인 왼손을 잡고 쓰다듬었다.

"제네바? 제네바? 당신 아들 트래비스가 왔어요."

엄마는 얼굴을 찌푸리고 손을 뺐다.

트래비스가 일어서려 했다. 더 이상 견딜 수가 없다.

"페스티벌 얘기 해드려 봐. 듣는 것 같지 않아도 시도는 해봐야지."

클래런스가 트래비스 팔을 잡아 다시 의자에 앉혔다.

트래비스는 숨을 깊이 몰아쉬고 이야기를 시작했다.

"엄마, 전 음악 페스티벌 일을 돕고 있어요. 클래런스 할아버지랑 같이요. 주최자는 스콧 맥키삭이라는 분이고요."

엄마는 마치 머리를 투시라도 하는 듯 트래비스 뒤쪽 어딘가를 뚫어져라 바라보았다.

"스콧은 기타를 만들어요."

트래비스가 '기타'라는 발음을 할 때 엄마의 눈이 깜박였다.

"봤어요, 지금?"

트래비스가 클래런스에게 말했다.

"물론이다. 계속해."

트래비스는 엄마에게 몸을 더 기울였다.

"엄마, 전에 늘 치던 기타 생각나요? 함께 노래하던 것도?"

이번에는 아무런 반응이 없다. 엘리 기타를 생각하자 갑자기 격렬한 고통이 밀려왔다. 엄마가 기타를 손에 잡는다면, 예전처럼 회복하는 데 도움이 될까? 엄마 기억 속에 손가락으로 줄을 치면 연결되는 뭔가가 있을까? 그러나 이제는 엄마가 기타를 손에 쥘 희망이 없다. 기타는 부서지고 사라졌다, 엄마가 사라진 것처럼. 기타가 없어도 일단 시도는 해보자.

"내가 제일 좋아하던 노래 기억나요? 처음으로 엄마가 가르쳐 준 그 노래. 여우가 서리 내린 밤에 몰래 빠져나갔네."

트래비스는 나지막이 노래했다.

"달빛이 길을 비춰 주겠지. 기억나요, 엄마? 이 노래 가사 알잖아요. 엄마가 직접 만든 가사."

여전히 아무 일도 일어나지 않는다. 옆에서 손가락으로 동그라미를 그리며 계속하라고 부추기는 클래런스를 바라보았다.

"여우는 달리고 달리고 또 달려서 타운 오까지, 타운 오까지……."

엄마가 노래에 맞춰 고개를 끄덕이기 시작했다. 세 번째 '타운 오' 부분에서는 엄마의 눈이 갑자기 생기를 되찾으면서 트래비스를 똑바로 바라보았다. 트래비스는 너무 놀란 나머지 노래를 멈추고 몇 박자를 놓쳤다. 그 다음 '타운 오' 부분에 이를 때는 트래비스 혼자가 아니었다. 엄마가 함께 노래하려고 애쓰고 있었다. 처음에는 흥얼거리면서 제대로 된 소리가 나오기까지 몇 소절을 입만 벙긋거렸지만, 나중에는 가늘고 쉰 소리로라도 목소리가 나왔다. 처음에는 "아-오"라고 한 다음 "아아-오"라고 하다가 마지막 소절에는 '타운 오'라고 불렀다. 비록 정확한 음정은 아니었고 전에 내던 풍부한 성량으로 부르지는 못했지만 트래비스가 가사를 반복할 때마다 마지막 소절은 엄마가 함께 불렀다.

게다가 얼굴 한쪽으로는 미소까지 지었는데, 그 모습은 트래비스가 본 엄마의 그 어떤 모습보다도 아름다웠다.

16

간호보조원이 너무 피곤하게 해서는 안 된다고 해서 트래비스는 30분 정도만 어머니 곁에 머물렀다. 트래비스와 클래런스가 떠나려고 일어서자 엄마가 손을 잡았는데, 이번에는 전에 병원에서 그랬던 것처럼 엄마 손가락을 하나하나 풀지 않았다. 이번에는 엄마 손을 꼭 쥐고 껴안은 다음 사랑한다고, 곧 다시 오겠다고 말했다. 엄마의 눈가에 눈물이 맺히는 걸 보니 트래비스의 말을 다 알아들은 것 같았다.

트럭으로 돌아오자 트래비스는 감정을 억누를 수가 없었다.

"할아버지도 보셨죠? 우리 엄마가 노래하는 거요! 그 보조원은 아무것도 몰라요. 엄마를 저기서 빼내야 해요. 엄마한테 저기는 아무런 도움도 안 돼요. 아무도 돌봐 주지 않는 공간에서 허공만 바라보고 앉아 있을 게 뻔하다고요."

"네 말이 맞는 것 같기는 하다만, 다른 곳으로 옮기는 게 쉽지만은 않을 게다. 내 생각엔 너희 아버지께서 일단 요청을 하셔야 할 거다. 그러고 나서도 꼭 된다고만은 볼 수 없어. 형식적인 절차가 많거든."

"하지만 아빠는 엄마를 보러 가지도 않았어요. 그냥 포기하고 있는 거죠. 할아버지랑 저는 엄마 보러 또 갈 수 있는 거예요? 스콧 아저씨가 언짢아하실까요?"

클래런스는 자동차 열쇠를 더듬거리며 찾다가 결국에는 주머니에 있는 것들을 다 꺼내서 자리에 올려놓고서야 찾아냈다.

"페스티벌 준비만 제대로 하면 개의치 않을 거다. 우린 분명 둘 다 잘해낼 수 있을 거야. 버디도 일을 좀 더 맡을 수 있고."

트래비스 머리에는 온갖 생각이 들끓었다. 불시에 엄마가 다시 진짜 엄마로 돌아왔으니, 더 나아지게끔 어떻게든 도와야 한다.

"다음번에 요양원 갈 때는 기타를 가져가고 싶어요. 그럼 엄마가 진짜로 기운을 차릴 것 같지 않아요?"

"그렇지, 그거 좋은 생각이다. 오늘 네가 한 것만으로도 훨씬 좋아지셨을 거야."

클래런스는 차를 뒤로 천천히 빼서 도로로 들어섰다. 눈은 정면을 보고 있었지만 얼굴은 웃고 있었다.

"오늘 밤에도 연습할 수 있어. 왜냐하면 너희 집 상황이 괜찮아질 때까지 넌 우리 집에서 지낼 거거든. 숲에서 캠핑하는 건 이제 그만둬라, 알았지?"

진짜 침대에서 잔다는 생각을 하니 트래비스는 마음이 확 끌렸다.

"알겠어요. 감사합니다."

이후 몇 킬로를 갈 동안 둘은 아무 말도 없었다. 트래비스는 지난밤에 그런 식으로 가 버리라고 했는데도 클래런스가 왜 이리 잘해 주는지 알 수가 없었다. 스콧이 전에 클래런스는 길 잃은 것은 뭐든, 인간까지도 받아들인다는 말을 한 적이 있다. 클래런스는 내가 머물 곳이 필요한 길 잃은

양이라고 생각하나 보다. 그건 사실과 그리 다르지 않다.

"제가 어제는 머저리같이 굴었어요. 죄송해요."

"너는 생각이 너무 많아. 어린애가 혼자 감당하기에는 너무 많지."

작업실로 돌아와서 트래비스는 스콧에게 어머니가 노래에 반응한 이야기를 들려주었다.

"그거 잘됐구나, 트래비스. 나도 가끔 요양원에서 연주를 한다. 음악은 사람들이 껍질을 깨고 밖으로 나올 수 있게 해준단다. 매일 조금씩이라도 엄마를 뵈러 가는 게 좋겠다."

"하지만 일부터 할게요. 소는 다 했는데, 다음에는 뭘 할까요?"

스콧이 책상 위에 있는 종이를 한 장 들었다.

"애디론댁 밴드 프로젝트를 하는 학교 명단이랑 전화번호다. 거기 있는 사람 전부에게 전화를 해서 그루브랜드 센트럴에서 내일 리허설을 한다고 다시 한 번 알려 줘라. 학교마다 프로젝트에 참여하는 아이들 명단도 알려 주고, 내가 내일 2시 반에서 3시경에 리허설 마치면 버스로 아이들 데려다 준다고 해. 할 수 있겠니?"

"네, 그럼요."

트래비스는 목록을 받고 스콧의 어수선한 책상 위 종이 뭉치 아래 묻혀 있는 전화기를 찾아냈다. 이렇게 엉망진창인 상태에서 스콧은 그 많은 일을 어떻게 해내는 걸까?

뭐라고 말할지 공책에 적고 나서 전화를 걸었는데도, 첫 번째로 건 전화에 어떤 여자가 "아덴 중학교입니다."라고 응답하자 트래비스는 곧바로 겁부터 났다. 목소리를 듣고서 열네 살인 걸 알아차리고, 아직 학교에 있어야 할 나이라면서 뭐라고 하면 어쩌지? 이윽고 정신을 차린 뒤 트래비스는 목록에 있는 이름을 대고 나서 리허설과 버스 이야기를 전달했다.

트래비스는 학교 이름 옆에 표시를 한 뒤, 이어서 네 군데 학교에 전화를 걸었다.

"다 했어요."

트래비스가 외쳤다.

클래런스가 조용히 하라는 몸짓을 하면서 스콧 쪽을 가리켰다.

스콧이 말했다.

"괜찮아, 트래비스, 이리로 와서 어떤지 한번 보렴. 울림 구멍을 장식할 로제트를 만드는 중이다."

스콧은 마치 요리하기 전의 스파게티 면처럼 보이는 얇고 긴 나무를 한 묶음 들고 있었다. 엄마가 전에 '링귀니'라고 했던 납작한 면 같았다. 스파게티와 다른 점이 있다면 검정색과 흰색이 섞여 있다는 것. 그리고 파란색 플라스틱으로 감은 두꺼운 것도 있었다.

"이 나무들은 퍼플링Purfling(현악기의 앞판과 뒤판을 묶어 주는 역할을 하는 부분)이라고 한다. 기타 울림 구멍을 동그랗게 파 놓고, 구멍 바깥으로 검은색과 흰색 고리를 교차 배열할 거야. 그 다음에는 전복 껍데기로 만든 자개를 배치하고, 다시 검은색, 흰색, 검은색 순으로 안쪽을 채우지. 이렇게 풀칠해서 붙인 나무들을 전부 장식해 넣을 수 있을 만한 크기의 동그란 홈을 만들어 놓았다."

트래비스는 좀 더 자세히 보려고 몸을 기울였다.

"동그랗게 감아 놓은 파란 가닥이 자개예요?"

"아니, 그건 테플론(프라이팬, 전기밥통 같은 조리 기구에 코팅하거나 전깃줄에 칠해 절연하는 물질. 매끌매끌한 성질이 있다)이야. 뭔가 빠진 데가 있다는 걸 표시해 주는 역할을 하지. 풀이 거기에는 안 붙기 때문에, 이 가닥들을 다 붙이고 난 뒤 나중에 테플론만 빼내면 정확히 자개 장식에 맞는 홈만 남게 되는 거다."

"다른 기타에서 제가 봤던 그 반짝거리는 초록색 부분이 자개 장식이에요?"

그때 테플론이 스콧의 손에서 갑자기 꼬이더니 검은색, 흰색 줄을 맞춘 순서가 뒤틀어졌다. 트래비스는 아빠가 화를 내기 직전에 그러듯 스콧이 이를 악무는 모습을 보았다. 트래비스는 재빨리 빠져나와 클래런스에게 속삭였다.

"제가 너무 많이 물어봐서 망쳤나 봐요?"

"그런 걱정은 마. 자기가 먼저 와서 보라고 했잖니."

트래비스는 멀찌감치 떨어져서 스콧이 가닥들을 풀어서 끈기 있게 제자리로 돌려놓는 모습을 관찰했다. 풀 때문에 나무가 자꾸 스콧의 손가락에 붙었다. 다시 울림 구멍 옆의 홈에 가닥들을 집어넣으려고 하던 중에 테플론이 헐거워져서 풀어지고 퍼플링에 필요한 나무 가닥들이 기타 앞판에 주르륵 흩어졌다. 클래런스는 트래비스의 팔을 잡고 문 쪽으로 향했다.

둘은 현관 앞 흔들의자에 앉았다.

"앞판을 전부 다시 만들어야 하는 거예요?"

트래비스는 아직도 자기가 질문을 많이 해서 스콧이 정신을 집중하지 못한 것 같아 죄스러웠다.

"아니, 어떻게든 해결할 거다. 설사 방 안에서 누가 욕지거리를 퍼붓고 있다 해도 침착하게 제 할 일 하는 사람인데 뭐. 로제트를 만들 때만큼은 보통 혼자 하지. 그건 마치 호리호리한 뱀들과 레슬링을 하는 것 같은 작업

이거든. 나한테도 기타 만들 때 다른 도움은 받지만 로제트만큼은 내 이 크고 어설픈 장갑 같은 손으로는 절대 건드리지도 못하게 해."

15분가량 지난 뒤에 스콧이 나왔다.

"오늘은 그만하려네. 나갈 때 문 좀 잠가 주겠나, 클래런스?"

"알겠네."

트래비스는 스콧이 집으로 걸어가는 모습을 바라보았다.

"다 망친 것 같아요?"

"그렇지는 않을 게다. 한번 가서 보자."

트래비스는 너무 두려운 나머지 보고 싶은 생각도 거의 들지 않았지만, 막상 가서 보니 자개 장식이 끼워지기를 기다리는 빈 홈과 흑백 고리들이 완벽한 상태로 되돌려져 있었다.

"대단한 솜씨야. 훌륭해."

클래런스가 말했다.

잠시 뒤, 클래런스는 트래비스를 자기 집으로 데리고 갔다. 아니, 집을 지나가면서 저기가 자신의 집이라고 가리켰다.

"치킨 디너 식당부터 들르자. 나는 늘 거기서 저녁을 먹는다. 아내가 살아 있을 때는 가끔 집에서 요리도 했지만 이젠 아내가 없으니 가만히 앉아서 랠핀이 해다 주는 걸 먹지."

안으로 들어서자, 클래런스는 곧바로 앞쪽 창가 자리로 향했다.

"여기가 내 자리야."

랠핀이 알아보고 다가왔다.

"안녕, 트래비스 테이시. 이제야 바트 비클리보다 나은 사람이 동반자로 왔구나. 페스티벌에서 일한다는 얘기 들었어."

클래런스는 턱 아래에 종이 냅킨을 찔러 넣었다.

"페스티벌 끝날 때까지 얘는 우리 집에서 나랑 지낼 거야, 랠핀. 스페셜 두 개로 부탁해."

그리고 트래비스 쪽을 보면서는 "미트로프 괜찮겠지?" 하고 물었다.

"네, 그럼요. 그런데 전 아직 급여를 못 받아서 돈이 없는데요."

"그건 걱정 마. 클래런스는 이웃이라서 단골 특별 요금이 적용되거든."

랠핀은 이렇게 말하고 주방으로 돌아갔다.

"날마다 여기서 저녁을 드신다고요? 언제나 같은 것만 드시면 질리지 않으세요?"

클래런스는 등을 기대며 웃었다.

"절대 안 그래. 오히려 내 생활에 적절한 리듬을 주지. 월요일은 시골식 튀긴 스테이크, 화요일은 미트로프, 수요일은 닭고기 파이, 목요일은 스파게티와 미트볼, 금요일은 튀긴 생선, 토요일은 등심 스테이크, 그리고 일요일은 갈비찜. 오늘이 무슨 요일이었더라 생각이 안 날 때도, 집에 가서 트림 한번 하고 나면 다 해결된다는 거 아니냐."

클래런스는 자기 농담에 혼자 우스워 죽겠다는 듯 껄껄 웃었다.

"맨스필드에 있는 칼스 디너 식당 혹시 가 보셨어요?"

트래비스는 클래런스가 더 이상 썰렁한 농담을 하지 않도록 다른 질문을 했다.

"가 봤지, 몇 번. 내 기억으로는 음식이 꽤 괜찮았는데, 그쪽 길로는 자주 다니질 않아서."

"아빠께서 거기서 얼마 전까지 일하셨어요. 아빠가 만든 미트로프는 그 식당에서 가장 인기가 좋았던 요리예요."

클래런스가 눈썹을 추어 올렸다.

"그렇구나. 그렇담 분명 요리를 아주 잘하시는 건데. 어째서 다른 일을 못 구하신다냐."

"그렇게 열심히 구하질 않으시나 봐요."

트래비스는 창밖을 바라보면서 아빠에 대한 대화를 접었다. 아빠 이야기는 애당초 꺼내는 게 아니었다.

클래런스가 물었다.

"집에는 또 누가 있냐? 형제 자매는?"

"누나랑 여동생 하나, 남동생이 둘 있어요."

"그럼 누나가 애들을 돌보는 거야? 학교는 안 다니고?"

트래비스가 고개를 끄덕이는 것으로 대답을 대신했다. 더 이상 거기에 대해서 말하고 싶지 않았다. 누나가 아직 만 열여섯 살밖에 안 되었다는 사실을 누설하면 자기 나이에 대한 힌트도 주게 되고 그러면 이제까지 간직해 온 단 하나의 비밀까지 노출하는 것이다.

운 좋게 그때 랠핀이 들어섰다.

"스페셜 두 개요. 조심해요, 뜨겁습니다."

랠핀이 접시를 내려놓았다.

척 봐도 이건 아빠가 만든 것만큼 맛있지는 않을 것 같았다. 아빠가 만드는 미트로프는 밖은 진하고 바삭바삭하지만 안은 부드럽고 국물이 많았다. 그런데 이 미트로프는 온통 부드럽게만 보이고 바삭한 껍질이 없다. 한입 먹어 보았다. 맛은 그럭저럭 괜찮았지만 아빠가 만든 강렬한 맛의 느낌이 아쉬웠다.

클래런스가 물었다.

"판정 끝났어? 네 아버지만큼 해?"

"맛있어요."

트래비스는 눈을 마주치지 않으며 말했다.

"하지만 아빠 게 더 낫다 이거지."

이번에는 솔직하게 대답했다.

"그러네요, 아빠가 좀 나아요."

클래런스는 롤빵을 반으로 잘라 그레이비 소스에 적셨다.

"그래, 분명히 뛰어난 요리사였을 것 같구나. 너를 집에서 쫓아냈는데도 칭찬을 듣는 걸 보면."

"그냥 사실을 말하는 것뿐이에요. 화는 나지만 아빠가 만든 미트로프는 좋아하니까요."

집으로 돌아가 클래런스는 트래비스에게 잠자리를 안내해 주었다.

"내 아들 제프가 쓰던 방이다. 너를 보면 너만 할 때 아들 놈이 생각나."

"이 근처에 사세요?"

"아니, 제프는……. 음, 전쟁터에서 잃었어. 다 지난 일이다."

트래비스는 죄송하다고 말하고 어느 전쟁이었냐고 물어보려 했으나 무슨 말이 나오기 전에 클래런스가 먼저 화제를 돌렸다.

"침대에 깨끗한 시트는 올려 뒀고, 욕실 수건은 파란색이 네 거다."

"알겠어요, 감사합니다."

클래런스는 문 앞에서 멈추더니 돌아보았다.

"저녁 먹고 나는 보통 텔레비전을 보는데 기타 연습하고 싶으면 부엌 뒤에 소리가 차단되는 괜찮은 자리가 있으니 거기서 해라."

트래비스는 클래런스가 나간 뒤 방을 둘러보았다. 선반에는 십여 개의 운동 경기 우승 트로피가 있었고(대부분은 야구 경기였다) 가족 사진이 하나 있었다. 클래런스가 젊었을 때 아름다운 여인과 남자아이랑 찍은 사진이었다. 클래런스에게 가족이 있었다는 생각을 하니 기분이 묘했다. 그리고 이제는 모두 떠나 버렸다는 생각을 하니 슬펐다.

트래비스는 케이스에서 기타를 꺼냈다. 코드 몇 개를 쳐 보았다. 엘리보다 더 컸지만 소리는 그만큼 크고 좋지 않았다. 아직도 자신이 그걸 훔쳐가게 둘 정도로 멍청했다는 게 믿어지지 않는다. 하지만 지금 그걸 곱씹어 봐야 무슨 소용인가. 지금은 엄마를 만나면 불러 줄 노래를 연습하려는 것이고, 이 기타는 그 정도로 쓰기에는 전혀 손색이 없다.

바깥으로 나가려고 주방을 가로질러 가는데, 클래런스가 '위기 일발'이라는 퀴즈 프로그램을 거실이 쾅쾅 울리게 틀어 놓고 있었다. 뒤뜰은 나무 하나 없는 언덕이라서 멀리 산등성이가 차례로 이어지는 풍경이 보였고 산들이 뒤로 가면서 차례로 흐리게 보여서 마치 메아리 같았다. 층층이 드리워진 보랏빛 구름이 맨 꼭대기는 분홍으로, 그 뒤는 주황색으로 변해가면서 그 뒤로 해가 지고 있었다. 클래런스 말이 맞았다. 이곳은 기타 연습하기 참 좋은 장소다.

트래비스는 앉아서 엄마가 좋아하는 노래 가운데 하나인 〈내 사랑 애프턴 강, 잔잔히 흐르네 Flow Gently Sweet Afton〉를 코드만 쳤다. 그러고 나서 핑거 피킹 주법으로 코드를 쪼개서 쳤다. 쉬운 코드를 먼저 치면서 익숙해질 때까지 반복했다. 그러고는 복잡한 코드를 천천히 치면서 모든 음이 각기 소리를 내도록 연습했다. 이렇게 점점 반복하자 서서히 속도가 났다.

"이제 제법 할 줄 알게 되었구나. 계속 이런 식으로 연습하면 유명한 연주자 하나 나오겠는데. 네가 유명해질 생각을 하니 뭔가 떠올라서 하는 말인데, 너희 식구들은 너 어디 있는지 모른다 이거지?"

클래런스가 문가에 서 있었다.

"말씀 드렸잖아요. 아빠는 신경도 안 쓰세요."

"그럼 누나는? 분명히 걱정하고 있을 텐데."

"누나도 제가 집을 떠나길 바랐어요. 제가 아빠 옆에 있으면 아빠가 더 나빠지기만 한다고요."

트래비스는 기타를 케이스에 도로 넣었다. 가족 문제로 자꾸 괴롭히면 그만 방으로 돌아가는 편이 낫겠다.

클래런스는 계속 말을 이었다.

"사람들은 화가 나 있거나 혼란스러우면 아무 말이나 하게 마련이야. 그렇다고 너를 신경 쓰지 않는다는 뜻은 아니다. 나는 네가 집에 전화해서 잘 있다고 말해 줬음 싶은데. 전화기 아래 우리 집 전화번호랑 주소를 적어 놨으니까 여기로 연락하라고 알려 줘도 돼."

"지난주에 누나한테 전화했었어요. 그런데 아빠가 전화기를 뺏어서 고함을 질렀죠."

클래런스는 트래비스가 앉은 의자 옆에 전화기를 끌어다 놓았다.

"아버지가 또 그러시면 나를 바꿔 다오. 내가 진정시켜 볼 테니. 누나한테 요양원 얘기도 해주고. 어머니가 어디 계신지도 모를 거 아니냐."

그 말은 맞았다. 누나에게 엄마에 대해서 알려야 한다.

"좋아요, 전화 걸게요."

트래비스는 집 전화번호를 눌렀다. 클래런스가 방을 뜨려고 하자, 트래비스는 겁에 질려 불러 세웠다.

"안 돼요, 잠깐 기다려 주세요. 아빠가 받을지도 몰라요."

"난 사생활 침해할 생각 없어. 나 필요하면 그때 불러라. 옆방에 있을 테니."

트래비스는 숨도 못 쉰 채 아빠가 집에 없기만을 바랐다. 벨이 울릴 때마다 가슴이 뛰었다.

"여보세요?"

준이었다. 트래비스는 겨우 숨을 내쉬었다.

"안녕, 누나."

"트래비스니? 너무너무 걱정했어."

"난 괜찮아."

"블랜드 아주머니가 너 어디에 있냐면서 궁금해하시더라. 지난주에는 스쿨버스를 주차해 놓고 집 문 앞으로 곧장 들어오셨어. 이 근처가 아니라 다른 주에 있는 친척 집에서 지낸다고 말하니까 겨우 발걸음을 돌리셨지 뭐야. 어쨌든 곧 방학이다. 너 근데 어디서 지내? 혼자 있어?"

"아니, 음악 페스티벌 일을 돕고 있어. 스콧 맥키삭이라고 기타 만드는 분이랑, 친구 분이신 클래런스 앨콘 할아버지가 있는데 그 할아버지 댁에서 지내."

"우리 가족 얘기는 안 했지? 아빠 엄마에 대해서 알게 되면 우릴 신고할지도 몰라."

"클래런스 할아버지는 내가 아빠한테 쫓겨난 것도 아시고 엄마께서 요양원에 계신 것도 아셔. 신고는 안 하실 거야. 좋은 소식이 있어, 누나. 할아버지께서 엄마 계신 데를 알아봐 주셨거든. 오늘 엄마 만났어. '고요한 산장 요양원'이라는 데 계셔."

준이 짧은 숨을 내쉬었고, 얼린이 뒤에서 소리를 냈다. 그 소리를 들으니 트래비스는 집이 너무나 그리웠다.

"엄마를 봤다고? 어떻게 그걸 참아 냈어? 아빠 말씀으로는 엄마가……. 음, 식물인간이 다 되셨다던데. 나는 그런 엄마 도저히 못 볼 것 같아."

트래비스는 순간 너무나도 화가 났다.

"그건 사실이 아니야, 누나. 요양원 사람들이 잠 오는 약을 먹여 놔서 그런 거야. 내가 노래를 불러 주니까 엄마도 많이는 아니지만 노래까지 했단 말야. 우린 엄마를 도울 수 있어, 누나. 클래런스 할아버지랑 같이 날마다 엄마를 보러 갈 거야. 누나랑 아이들도 모두 보러 가야 해."

"그런 일은 없을걸, 트래비스. 아빠 말씀이, 엄만 병원에서 나오신 뒤 나아질 가망이 없대. 엄마의 그런 모습 또 보고 싶지 않아. 애들은 엄마 무서워해. 요양원에 갈 일은 없을 거야. 아빠는 엄마랑 얘기조차 하려 하지 않으니, 이젠 끝이나 마찬가지야."

가족들은 엄마를 만나 보지도 않고 없는 사람 취급을 하고 있었다. 누나와 동생들이 이 상황을 제대로 파악할 수 있게 해야 한다.

"내 말 뭘로 들은 거야, 누나? 요양원에 있는 그 사람은 예전 엄마랑 같은 사람이야. 아빠가 뭐라든 휩쓸리지 마. 아빠는 요양원에 엄마를 보낸 뒤로 만나지도 않았어."

얼린은 이제 뒤에서 우는 소리를 냈다.

"얼린, 잠깐만. 있잖아, 트래비스, 나도 할 수 있는 한 최선을 다하고 있는데, 손이 열 개라도 모자란다. 엄마 걱정할 틈이 없어."

준은 전화를 끊고 트래비스에게 모든 일을 맡기려 한다. 이건 공평하지 않다. 식구라면 모두 개입해야 하는 일이다.

"아니. 기다려! 아빠 어디 계셔? 집에 계셔?"

"응. 밖에서 차를 좀 고치고 계셔. 이제 수명이 다 된 모양이야."

"아빠 좀 바꿔 줘."

"아, 트래비스, 그건 좀……."

"징징대지 말고 얼른 불러 줘."

준이 한숨을 쉬었다.

"좋아, 그치만 요즘 그나마 원래대로 돌아가셨는데 새삼스럽게 열 받으시게 하면 안 된다. 핫도그 가게 시간제 일자리도 구하셨어."

"그러셔? 핫도그 잘 만들어서 메달이라도 받겠다셔?"

준은 트래비스의 마지막 말은 못 들었던 게 틀림없다. 현관 안쪽 문을 세게 밀면서 아빠를 부르는 소리가 바로 들렸으니까. 트래비스는 목이 잠겼다. 아빠한테 무슨 말을 하려고 했던 거지? 잠깐 돌았나 보다. 바보 같은 결정을 하고 말았다. 문이 다시 쾅 닫히는 소리가 들리더니 전화기로 걸어오는 소리가 났다. 트래비스는 순간 전화를 끊을 뻔했지만 걸걸한 아빠 목소리가 바로 들려왔다.

"예, 여보세요? 누구시죠?"

대답이 없자 점점 화를 내는 목소리가 되었다.

트래비스는 숨을 크게 들이마셨다.

"트래비스예요, 아빠. 소리부터 지르지 마시고 제 얘기 먼저 들어주세요."

"원하는 게 뭐야? 뭐 문제라도 생긴 거냐?"

트래비스는 클래런스가 문가로 돌아와 만약에 필요하면 전화를 받으려고 대기하는 모습을 보았다.

"요양원에 엄마 뵈러 갔었어요."

"흥, 그래서? 그럼 이제 엄마가 어떤 꼴인지 잘도 알았겠구나. 엄마는 이제 죽은 거나 마찬가지야."

"아니에요! 엄마는 나아지고 있어요. 오늘 저랑 노래도 부르셨다고요."

전화선 너머로 침묵이 흘렀다.

"엄마는 외로워요, 아빠. 엄마를 만나셔야 해요, 애들도 데리고 가셔야 하고요. 엄마를 보러 오는 사람이 있어야 해요. 클래런스 할아버지랑 저는 이제부터 매일 갈 거예요."

"클래런스라는 놈은 또 누구야?"

"저를 도와주는 분이세요. 저는 잘 지내요."

그 순간 트래비스는 아빠에게 어떻게 지내시는지 먼저 묻지 않았음을 깨달았다.

"그래, 잘 지내신다? 너를 도와준다고, 어? 어디 얼마나 잘 돕는지 보자. 그 작자 바꿔."

트래비스는 전화기를 클래런스에게 쥐어 주었다.

"아빠가 바꾸라셔요."

트래비스는 아빠가 하는 말을 듣지 못했지만 뭐라고 하든 소리를 지르는 것만은 분명했다. 클래런스가 거의 끼어들지 못하고 있었다.

"테이시 씨, 제 말씀 좀 들어 보세요……. 트래비스는 잘 지냅니다……. 아니요, 진정을 좀 하시면……. 아니요, 아들을 납치했다니요! 내쫓은 사람이 누군데."

클래런스는 얼굴이 시뻘개져서 소리를 지르기 시작했다.

"어디 한번 경찰 불러 보시죠……. 무슨 소리, 누가 곤란해지나 어디 봅시다."

아빠가 그 시점에서 분통을 터뜨리고 있는지 클래런스는 약 1분 동안 아무 말도 하지 않았다. 그러고는 가슴을 펴고 일어섰다.

"잘 들으쇼, 이 한심한 작자야, 지금 당신은 전직 주 경찰관이랑 통화하고 있다는……. 그렇지, 내 말이 그 말이네. 본부에 있는 내 친구들이 혼자 살 능력도 안 되는 자기 아들을 집에서 내쫓은 아버지란 작자에게 상당히 관심이 많을 것 같거든."

클래런스는 아빠가 뭐라고 계속 말하는 도중에 전화를 끊어 버렸다.

"우와, 전직 경찰관이신 줄은 꿈에도 몰랐어요."

트래비스는 그 점 때문에 클래런스가 곤경에 처하게 될까 봐 걱정이 되기도 했다. 사회복지 단체 같은 곳으로 트래비스를 보내야 하는 건 아닐까?

클래런스는 멋쩍어 하면서 어깨를 으쓱 올렸다.

"뭐, 글쎄, 경찰관이었던 적은 없는데, 네 아버지가 전직 낚시용품 가게 주인을 무서워할 리는 없겠다 싶어서."

트래비스는 활짝 웃으면서 안도의 한숨을 내쉬었다.

17

다음 날 아침 클래런스와 트래비스가 아침 식사용 샌드위치를 사 가지고 작업실에 도착했을 때, 스콧은 한창 기타의 목 부분을 다듬고 있었다. 스콧이 둘을 쳐다보았다.

"일찍 와서 다행이네. 오늘 할 일이 무척 많아. 있다가 세 시 반에 애디론댁 밴드 리허설 좀 도와줘야 해."

"밤을 꼴딱 새웠나 본데. 벨트 샌더(모래를 내뿜으면서 금속 따위의 거친 표면을 다듬는 기계)로 목 부분 다듬는 정도는 내가 도와줄 수 있다고 했잖나."

"어제 너무 진도가 떨어졌어. 그래서 저녁 먹고 와서 새벽 세 시까지 일하고 집에 돌아가 일곱 시까지 잤네. 아침에 커피 몇 잔 마셨더니 견딜 만해."

트래비스는 스콧이 기타 목을 어떻게 다듬는지 보러 가까이 다가갔다. 스콧은 바이스(다듬어야 할 물건을 끼워서 고정시키는 장치)에 기다랗고 폭이 좁은 나무 조각을 죔쇠로 죄어 넣고 양쪽 끝에 손잡이가 달린 칼을 들고 있었다. 스콧이 기타 목을 길이로 놓고 칼로 밀자 종이처럼 얇은 나무가 곱슬거리며 바닥에 떨어졌다.

트래비스가 물었다.

"이 나무는 어떤 나무예요?"

스콧이 대답했다.

"마호가니(가구용 나무. 특히 장롱을 만드는 데 널리 쓰인다). 이 칼로 나무를 한 번에 조금씩만 깎아 내고 양 측면이 똑같이 평평해졌는지 잘 봐야 해. 모양이 어느 정도 갖춰졌다 싶으면 스크레이퍼(가장자리를 다듬어 마무리하는 데 사용하는 공구)로 도구를 바꿔서 한 번 더 다듬어야 하고. 시간이 많이 걸리는 작업이기는 해도, 기타 만들 때 내가 가장 좋아하는 작업이지."

트래비스는 자기도 저 칼로 나무를 다듬어 보고 싶어서 손가락이 근질거렸지만 스콧은 말도 꺼내지 않았다. 그렇지만 트래비스가 속으로 무슨 생각을 하는지 알았던 건 분명하다. 스콧은 칼을 내려놓았다.

"나중에 시간 여유가 생기면 그때 너도 한번 해보게 해주마. 이제부터는 애디론댁 밴드 리허설 준비를 해야 한다. 네가 할 가장 중요한 일은, 아이들이 악기 음 맞출 때 도와주는 일이야. 각자 악기를 어떻게 조율하는지 배우기는 했지만, 몇 명은 음치라 어디가 틀렸는지 몰라. 두 번째 문제는 망가진 줄인데, 너, 기타 줄 갈 줄 아니?"

"아뇨, 항상 엄마가 직접 하셔서 저는 몰라요."

"알았다. 클래런스가 그건 집중 교육을 시켜 줄 거야. 그럼 조율부터. 기타 줄마다 음 이름 다 알지?"

트래비스는 코드 이름은 알았지만 각각의 음 이름은 몰랐다.

"저는 다섯 번째 프렛을 잡고 한 줄씩 그 전 줄에 맞췄어요. 두 번째 줄 맞출 때만 네 번째 프렛을 잡아서 첫 번째 줄과 맞추고요."

"좋아. 그렇게 할 수 있다는 건, 음감이 좋다는 뜻이야. 지난번에 노래할 때 화음 넣는 걸 봐도 그렇고."

스콧은 작업대 위를 뒤져서 맨 위에는 날개가, 뒤쪽에는 커다란 클립이 달린 작고 까만 장비 하나를 꺼냈다.

"시끄러운 장소에서는 음감만으로 조율하기 힘들 테니까, 클래런스한테 배워서 이 전자 조율기를 써라. 리허설 시작 전에 너랑 클래런스랑 버디 모두 조율 안 되는 애들을 도와줘야 할 거야. 트래비스는 만돌린이나 바이올린, 밴조 같은 악기는 만지지 마라. 줄도 갈지 말고. 너는 기타만 손보는 거야."

"자, 그럼 줄 가는 방법부터 가르쳐 주지."

클래런스가 방 뒤켠으로 가서 선반에 있는 기타를 하나 가져와 작업대 위에 공간을 마련했다.

"이 기타 줄은 나일론으로 만든 거다. 줄은 아래부터 미, 라, 레, 솔, 시, 미. 이렇게 되는 거야."

클래런스는 망가진 레 줄만 빼고 각 줄을 하나씩 쳤다. 그리고 선반에서 상자 몇 개를 꺼내서 '스틸(철) 기타 줄'이라고 쓰인 것과 '나일론 기타 줄'이라고 쓰인 것을 들었다.

"그러니까 이 기타에는 레 줄이면서 나일론으로 된 걸 찾아 갈아야겠지."

트래비스는 클래런스가 헌 줄을 제거하고 브리지를 통해 새 줄로 갈아 끼우는 모습을 유심히 지켜보았다. 그 다음 클래런스는 프렛을 잡는 쪽 구멍으로 줄을 잡아당긴 뒤 동그란 줄감개를 줄이 팽팽해질 때까지 당겼다.

그러고는 음을 점점 더 높게 치면서 계속 더 팽팽하게 조였다.

"우선 귀로 듣기에 맞은 것 같으면 전자 조율기로 다시 확인해 보는 거야."

클래런스는 기타 헤드에 조율기를 고정시키고 불이 들어오게 스위치를 켰다.

"바늘을 잘 봐."

트래비스는 몸을 기울여서 들여다보았다.

"레 음을 가리켜요. 그럼 된 거죠?"

"아니지. 저 바늘이 딱 중심에 서야 돼."

클래런스는 줄을 약간 더 조이고 바늘이 다이얼 중간에 올 때까지 계속 쳤다.

"이제 네가 해봐라."

클래런스는 트래비스가 기타 앞에 마주하도록 비켜섰다.

"처음에는 줄을 팽팽하게 해놔도 자꾸 늘어져 음정이 달라지니까, 모든 줄을 이렇게 당겨 두는 편이 낫지."

클래런스는 손가락을 줄 아래로 걸어서 몇 번 부드럽게 잡아당겼다. 다시 줄을 쳤을 때 조율기 바늘은 도 음에서 반음 더 높은 지점에 가 있었다.

"반음 낮으니까 다시 맞춰야지. 이렇게 반복하는 거야, 바늘이 정확히 목표를 맞출 때까지 당기고 맞추고."

이후 오전 내내 트래비스는 줄을 갈고 조율하면서 보냈다. 처음으로 제대로 돈벌이를 하는 기분이 들었다. 소에 색칠하고 안내문 돌리는 일은 괜히 바쁘기만 하고 쓸모없는 일 같았지만 기타를 손에 쥐고 일하니 시간 가는 줄 모르고 진정 즐기는 마음이 되었다.

버디가 점심거리를 들고 1시경에 들어왔다. 점심을 먹고 나면 짐을 싸서 리허설 장소로 출발해야 했다.

트래비스로서는 학교를 떠난 뒤 처음으로 학교에 다시 걸어 들어가는 셈이다. 겨우 일주일 전 일인데도 마치 외계인의 영역에 들어가는 듯한 기분이 들었다. 엘킨스라는 음악 선생님이 안내소에서 모두를 맞이하고 합주실로 쓰이는 방으로 데려갔다.

"애들이 오늘 아침 여기에 악기를 두고 갔는데 확인 좀 부탁 드립니다. 줄이 나간 악기도 좀 있고 만돌린은 음이 완전히 엉망이에요. 여러분께서 봐주실 줄 알고 그냥 뒀습니다. 제가 하면 더 망칠 거 같아서요."

"만돌린은 제가 고치겠습니다."

버디가 말했다.

스콧은 트래비스를 조수라고 소개하고 기타가 있는 자리로 지정해 주었다. 트래비스가 앉은 자리는 스콧과 엘킨스 선생님이 있는 데서 가까워 대화가 잘 들렸다.

"스콧 맥키삭 씨, 이렇게 와 주셔서 정말 고마워요. 학교 측에서 음악 수업 예산을 확 줄여 버리는 바람에 전 합창 지도 외엔 다른 걸 하나도 못해요. 악기를 배우고 또 실제로 그걸 집에까지 가져가서 연습한다는 게 아이들에게 얼마나 큰 의미인지 짐작도 못하실 겁니다."

스콧은 밴조 앞판에 씌워진 가죽을 당기면서 작은 렌치를 이용해 일일히 나사를 조여 주고 있었다.

"아, 어떤 의미인지 저는 잘 압니다. 어렸을 때 음악 선생님이 저에게 기타 치는 법을 가르쳐 주지 않았더라면, 전 아마 지금쯤 감옥에 가 있을 테니까요."

엘킨스 선생님이 웃음을 지으며 말했다.

"아, 괜한 말씀 마세요. 그럴 리가요."

스콧이 고개를 들었을 때 그 표정에는 웃음기가 없었다.

"농담이 아니에요. 저는 이 세상을 살아갈 어떤 의미도 찾지 못했거든요. 입양된 뒤 이 집 저 집으로 보내지면서 아무 생각 없이 살았어요. 그런데 음악만이 유일하게 나를 살아 있게 해주었지요."

트래비스에게도 스콧이 그렇게 힘든 일을 겪었던 사람으로 보인 적은 없었지만, 음악에 대한 말은 충분히 이해가 갔다. 자신도 집에서 힘이 들 때면 오로지 음악만이 유일한 힘이 되어 견딜 수 있었으니까. 오늘은 클래런스와 같이 엄마를 보러 갈 수 없다는 생각에 마음이 좋지 않았다. 하지만 오늘 밤 기타 연습을 더 할 수 있으니 내일 가면 한결 나은 연주를 들려드릴 수 있을 것이다. 기타 소리를 듣고 엄마가 어떤 반응을 보일지, 트래비스는 너무 보고 싶어서 기다리기가 몹시 힘이 들었다.

버스가 도착하고 학생들이 합주실로 들어오자 트래비스에게는 더 이상 생각할 틈이 주어지지 않았다. 아이들이 제자리에 앉고 나자 스콧이 음을 맞추기 시작했다. 스콧이 낮은 미를 치자 모든 기타 연주자가 그 음에 맞추려 애썼다. 차에서 스콧은 이렇게 말했었다.

"돌아다니면서 누가 음정이 안 맞나 들어보고 전자 조율기로 맞춰 줘야 해."

트래비스의 귀에 바로 심각하게 안 맞는 음정이 들렸다. 그 악기를 갖고 있는 아이는 덩치가 크고 약간 거칠어 보였다. 그래도 트래비스는 용기를 내어 다가갔다.

"내가 음 맞춰 줄까?"

아이는 기타를 건네주었다.

"응, 고마워. 연주는 좀 하겠는데 조율은 도저히 못하겠더라, 난."

트래비스는 거짓말을 조금 했다.

"나도 그래. 그래서 이런 조율기를 써."

실내가 무척 시끄러웠지만 트래비스는 바늘을 보면서 금세 조율을 마칠 수 있었다.

아이들 중 몇몇이 음정을 전혀 잡지 못해서 그들의 기타도 맞춰 주었다. 실내를 둘러보니 클래런스가 바이올린 조율을 하는 것이 보였다. 신나는 노래 〈병사의 기쁨 Soldier's Joy〉을 마치 프로처럼 아무렇지도 않게 몇 소절 연주하고 있었다. 저 사람이 못 다루는 악기가 있기는 할까?

마침내 전부 준비가 되자 스콧이 자기 기타를 들었다.

"잘 들어라, 얘들아. 우리가 연주할 곡은 〈짚 더미 속 칠면조 Turkey in the Straw〉야. 기억해 둬, 전부 다 같이 연주한 다음 기타가 첫 소절을 하고 만돌린이 그 다음, 밴조가 세 번째로 하고 나서 조 버틀러가 바이올린으로 네 번째 소절을 하는 거야. 만돌린이랑 기타 솔로 할 사람 다 준비됐지?"

두 아이가 손을 들었다. 기타를 든 아이는 트래비스 또래 나이로 보였다.

합주가 시작되자 트래비스는 깜짝 놀라 나가떨어졌다. 아이들은 7학년, 8학년부터 고등학생까지, 남녀가 섞여 있었다. 몇 명은 프로처럼 잘하는데 다른 몇 명은 겨우 따라가는 수준임이 분명했다. 하지만 중요한 것은 아이들이 모두 함께하자 훌륭한 소리가 났고 그들의 얼굴에는 밴드에 속해 있다는 자부심이 뚜렷하다는 점이었다. 그 광경을 보자 트래비스도 그 일원이 되었으면 하는 바람이 들었다.

***

트래비스는 그날 밤 연습을 열심히 해서 〈내 사랑 애프턴 강, 잔잔히 흐르네〉의 새로운 피킹 연주법을 익혔다. 소리가 제대로 날 때까지 까다로운 부분을 반복해서 연습했다. 심지어 자기만의 방식으로 〈짚 더미 속 칠면조〉의 한 소절까지 시도해 보았다.

클래런스가 거실 쪽에서 소리쳤다.

"그렇게 늦게까지 연습하면 내일 아침에 못 일어난다."

클래런스는 트래비스가 다음 날 엄마를 보러 간다는 기쁨에 흥분한 나머지 어차피 잠을 못 이룰 거란 사실은 모를 것이다.

다음 날 아침, 스콧은 페스티벌 손님들이 기타 만드는 장소를 보러 올 경우를 대비해 트래비스에게 작업실 청소를 시켰다. 청소 중에 트래비스는 종이 더미 아래에서 가죽 재킷을 하나 발견하고 스콧에게 물었다.

"이건 누구 거예요?"

"엄청 오래된 거야. 너 가져라."

"정말요? 고맙습니다."

트래비스는 재킷을 잘 접어서 배낭 안에 넣었다.

열의를 가지고 시작했으나 청소가 생각보다 만만치 않다는 사실을 트래비스는 얼마 안 가서 깨달았다.

"뭐가 이렇게 많아요. 기껏 청소해 봐야 탁자나 작업대 위에 차곡차곡 쌓아 올리는 정도밖에 못하겠는데요."

스콧은 보는 둥 마는 둥하며 말했다.

"그 정도면 됐어. 너무 정리가 잘 되면 내가 찾지를 못하거든. 엉망진창으로 보이지만 나는 다 찾을 수 있다. 너무 많이 쌓는 것보다는 작게 나누는 편이 깨끗해 보이니까, 알아서 정리해 봐라. 어차피 다음 주면 다시 다 어지럽혀질 거야."

트래비스는 입을 벌린 채 어이가 없다는 듯한 몸짓으로 팔을 늘어뜨렸다. 클래런스가 그 몸짓이 말하는 바를 알아채고 일어났다.

"꼬마들 체험학습 용품 좀 사러 갈 건데 조수가 필요해. 나가서 시간 되면 알아서 점심 먹고 올게. 뭐 좀 사다 줄까?"

스콧이 말없이 고개를 저었고, 클래런스는 트래비스를 문 쪽으로 밀었다. 스콧은 자개로 '맥키삭'이라는 글자를 만들고 있었다. 글자를 붙일 자리도 기타 헤드에 끌로 다 파 놓았다. 그 작업은 섬세하고 조심스러운지라 스콧은 손으로 균형을 완벽하게 잡아야 했다. 저렇게 완벽하게 하려면 얼마나 많은 연습이 필요했을까, 트래비스는 문득 궁금해졌다.

"매년 이런 식이지. 수상자에게 수여하는 기타 작업은 계속 미루다가 막판에 일주일 남겨 놓고 밤을 꼬박 새서 만들거든."

소리가 들리지 않는 밖으로 나오자 클래런스가 말했다

"스콧 아저씨는 기타 작업 말고 다른 데는 신경도 안 쓰시는 것 같아요. 주변에 가족은 없어요?"

"없어. 아기 때 입양되었거든. 고등학교 졸업하고 바로 결혼했다지. 그런데 일이 잘못 풀려서 이혼했고, 전처는 다른 지역에 살아."

트래비스는 클래런스가 뭔가 더 말해 주기를 기다렸지만 그걸로 끝이었다. 질문에 대한 답이 될 정도의 사실만 얘기하고 끝. 아마 클래런스는 원래 남의 뒷얘기나 하는 사람이 아니었나 보다.

첫 번째 커브를 돌 때 트래비스에게 뭔가가 생각났다.

"할아버지, 잠깐만요, 우리 돌아가면 안 돼요? 혹시 엄마 만나러 갈 시간이 있을지 모르니까 기타 좀 가져오려고요."

클래런스가 엄지로 뒷좌석을 가리켰다.

"내가 너보다 한 수 위지. 오늘 아침에 이것부터 챙겨 놨어. 오래는 못 있겠지만, 20분만 있어도 어머니께는 효과가 있을 거야."

옆 마을에서 클래런스가 잡화점에 들렀다. 두 사람은 고리 던지기 한 세트와 화려한 기구까지 딸린 비눗방울 불기 세트를 여섯 개 샀다. 그러고 나서 클래런스는 트래비스를 데리고 가게 뒤쪽 벽을 가로지르는 청바지 진열대로 갔다.

"치수 맞는 거 있나 한번 봐라. 세일하는 저쪽 티셔츠도 두어 장 골라."

트래비스에게 옷은 우선순위에서 가장 마지막을 차지하는 품목이었다. 트래비스는 선반에서 돌아섰다.

"저 청바지도 있고 셔츠도 두어 장 있어요. 더 있으면 뭐 해요? 특히나 셔츠는 더더욱 필요 없어요."

클래런스가 청바지 쪽으로 다시 밀었다.

"기분 상하게 할 생각은 없는데, 네가 입은 그 누더기 옷에서 이제 썩는 냄새가 진동을 해. 적어도 한 벌을 빨 동안 입을 여벌은 있어야 할 거 아니냐. 게다가 셔츠는 세일 중이니까 한 벌 값에 두 벌 얻는 거야."

"하지만 저는 아직 수중에 돈이 없어요."

"좋아. 그럼 네 생일이 언제냐?"

"12월이요."

"그만하면 가깝네. 생일 축하한다."

클래런스가 세일 매대에서 셔츠 두 장을 끌어당겨서 트래비스의 가슴에 쑤셔 넣었다.

"분홍색이랑 보라색은 안 입는데요."

"그럼 네가 골라라. 치수 맞는 거 찾아서 저쪽 계산대에서 만나자. 내가 계산할 테니."

클래런스가 가게 앞쪽으로 가다가 돌아섰다.

"운동화도 하나 찾아봐. 발가락이 그렇게 덜렁대는 물건을 신고 온 천지를 돌아다녀서야 쓰겠냐."

트래비스가 계산대로 가니 클래런스가 양말과 속옷도 들고 있었다. 클래런스에게 감사 인사를 하면서 트래비스는 돈이 생기면 꼭 갚겠다고 마음먹었다. 계산을 마친 뒤, 트래비스는 이왕이면 좋은 차림으로 어머니를 만나고 싶어서 탈의실로 가서 청바지와 티셔츠를 새것으로 갈아입었다.

요양원으로 가는 길에 트래비스는 잔뜩 긴장한 채로 뻣뻣한 청바지를 입은 다리에 대고 손가락 연습을 하고 있었다. 이런 새 옷은 처음 입어 본다. 엄마는 언제나 벼룩시장이나 교회 바자회 같은 데서만 옷을 샀다. 트래비스는 청바지는 다 이렇게 처음에는 뻣뻣하다가 낡을수록 부드러워지는 건지 클래런스에게 묻고 싶었지만, 아까 쌓여 있던 바지들이 전부 그랬던 것을 떠올리고 이 바지 역시 나중에는 편안해지겠지 생각하고는 굳이 묻지 않았다.

클래런스가 트래비스를 힐끗 바라보았다.

"아직도 연습하냐, 어? 어제 밤에 〈내 사랑 애프턴 강, 잔잔히 흐르네〉 연습하는 거 들었는데, 소리 꽤 좋더라. 내가 좋아하는 노래 중 하나지."

"엄마도 좋아하셔요. 〈여우〉보다 느리니까 가사도 다 따라 하실 수 있을 거예요."

트래비스는 연습하던 손을 멈추고 아까부터 꼬리표가 살갗을 간질이는 목 뒤를 문질렀다. 꼬리표가 그대로 달린 옷은 난생 처음 입는다. 중고 옷 말고 새 옷 한번 입어 보기를 오랫동안 바라기는 했어도, 이렇게 작은 꼬리표 때문에 짜증이 날 줄이야 누가 알았겠는가?

"그렇다고 어머니랑 연주할 때 기적을 바라서는 안 된다."

"안 그래요. 그치만 매번 갈 때마다 엄마가 점점 나아질 거라고 믿어요. 엄만 기타를 보면 분명히 엄청 좋아하실 거예요."

트래비스는 클래런스가 주차장에서 앞뒤로 차를 움직이며 주차시키는 중에도 여차하면 나갈 듯 문손잡이를 계속 잡고 있었다.

"안에서 봬요, 할아버지!"

말하자마자 트래비스는 트럭 밖으로 뛰어내렸다. 그리고 뒷자리에서 천천히 기타를 꺼내서 트럭과 옆 차 사이 좁은 공간에 조심스럽게 내려놓았다. 트래비스는 현관으로 뛰어가서 안내 데스크 앞에서 멈추지도 않고 일광욕실로 바로 갔다. 아니나 다를까, 어머니가 며칠 전과 똑같이 구석 자리에 있는 것이 보였다.

방을 가로질러 그 앞으로 돌진하는데, 가슴이 쿵쾅거리며 뛰었다. 이번에도 엄마가 노래를 할까? 트래비스는 엄마에게 다가섰다.

"엄마, 내가 오늘 뭐 가져왔는지 보세요."

지난번에 앉아서 눈을 맞춘 기억이 나서, 기타를 잡지 않은 손으로 접이 의자를 끌어와 어머니 앞에 펴고 앉았다.

"내가 연습한 거 들어 봐요, 엄마. 깜짝 놀라실 거예요. 잠깐만요."

트래비스는 클래런스가 저만치서 들어오는 것을 보고 의자 하나를 더 가져와 펼쳐 놓았다. 그리고 기타 끈을 어깨에 메고 자리를 잡았다.

"엄마 이거 들으면 진짜 좋아하실 거예요."

트래비스는 처음에는 그냥 코드만 친 다음 핑거 피킹으로 음을 쪼개서 연주했다. 초반에는 좀 긴장했지만 몇 번 실수를 하고 나서는 제대로 할 수 있었다. 아직은 손가락을 보면서 쳐야 했지만 잠깐씩 곁눈질로 엄마의 반응을 보았다. 엄마는 휠체어에 기대고 앉아서 머리를 거의 어깨에 닿을 정도로 숙이고 있었다. 그래도 눈을 뜨고 깨어서 듣고 있었다.

트래비스는 속도를 좀 더 내서 연주했다. 지금까지는 엄마가 한 음 한 음 들을 수 있게끔 천천히 연주했지만, 클래런스처럼 나는 듯한 연주를 보여주면 더 빨리 감동할지도 모른다. 트래비스는 집중한 나머지 윗입술이 앞으로 나오고 혀가 뒤로 말리는 느낌을 받았다. 며칠 전까지만 해도 느리게 친다 해도 이런 방식으로 연주할 수 없었다. 그러니 엄마는 자신도 기타를 연주하는 입장에서 트래비스의 이런 연주가 얼마나 의미 있는 성과인지 잘 알고도 남을 것이다.

트래비스는 과장된 몸짓을 하며 연주를 끝냈다.

"엄마, 나랑 노래하실래요?"

그때 클래런스의 손이 어깨에 닿았다.

"트래비스, 엄마께 말 좀 걸고 나서 해. 연주를 다시 하기 전에 깨어날 시간이 필요하지 않겠니."

트래비스는 어머니를 다시 보았다. 같은 자세로 몸을 기대고 있었는데, 들여다보니 전혀 집중이 안 된 눈빛이었다. 이 사람들이 엄마에게 대체 무슨 짓을 한 거야?

"엄마! 내 말 들려요?"

트래비스는 기타를 클래런스에게 맡기고 엄마의 정상적인 손을 잡았는데, 그러자 엄마는 더 옆으로 기울어져 버렸다. 반응은커녕 방 안에 누군가 자기 옆에 와 있다는 것조차 모르는 것 같았다.

"어서요, 엄마. 일어나셔야 해요."

트래비스가 휠체어 뒤로 가서 어깨를 부여잡고 허리를 펴고 앉은 자세로 바로잡아 보려는 순간 엄마의 발이 발판에서 떨어져 버렸다. 몸이 미끄러져 내려가면서 의자에 엄마를 고정시켜 준 띠가 스르륵 풀렸다. 트래비스가 손을 놓치자 클래런스가 기타를 내려놓고 엄마를 붙잡으려 했지만 이미 늦었다. 엄마는 바닥에 주저앉고 말았다.

"무슨 일이죠? 제니퍼에게 무슨 짓을 하고 있는 거죠? 여긴 어떻게 들어왔어요?"

분홍색 유니폼을 입은 여자 하나가(지난번에 봤던 그 간호보조원은 아니었다) 다가왔다. 여자는 돌아서더니 문 쪽을 향해 소리를 질렀다.

"짐! 일광욕실로 와 줘요."

흰 제복을 입은 덩치 큰 남자가 순식간에 들어왔다. 남자가 엄마를 들어올려 의자에 앉히는데, 엄마의 머리가 헝겊 인형처럼 덜렁거렸다. 옷이 말려 올라가서 속옷이 다 보였다. 엄마는 저렇게 속옷이 보이면 굴욕감을 느낄 게 틀림없다. 트래비스는 옷을 다시 여며 주려고 했지만 짐이 밀어제치면서 띠로 거칠게 조였다. 너무 꽉 조여서 엄마가 숨이나 쉴 수 있을지 걱정이 되었다.

트래비스가 짐이라는 남자의 팔을 잡으면서 소리쳤다.

"우리 엄마를 그런 식으로 대하지 말아요! 왜 자꾸 잠만 자게 하는 거죠? 의식이 없잖아요."

짐이 말했다.

"진정해. 네 어머닌 어차피 감각이 없어."

트래비스는 화가 나서 펄펄 뛰었다.

"이제 알겠네요, 여기서 무슨 짓을 하는지. 엄마 주치의는 어디 있죠? 제가 좀 만나야겠어요."

짐이 말했다.

"엄청난 운이 따라야 할 텐데. 여기는 처방전 결재하러 한 달에 한 번이나 겨우 오시거든."

클래런스가 물었다.

"의사 이름이 뭐죠? 우리가 찾아서 약을 끊어도 되는지 물어보겠습니다."

"시간 낭비일 겁니다. 제니퍼가 지난 며칠간 동요를 보여서 진정제 양을 더 늘렸거든요."

그렇게 된 거군. 트래비스는 더 이상 참을 수가 없었다.

"우리 엄마 이름은 제네바예요! 여기 직원들은 모두들 얼마나 멍청하면 그거 하나 외우는 사람이 없죠?"

마음 같아서는 짐에게 돌진해서 바닥에 때려눕히고 싶었지만 가까스로 억누르고 두 주먹을 짐의 거대한 가슴 위에 대고 치기만 했다. 이런 기질은 아빠와 닮았다는 생각에 트래비스는 필사적으로 억누르려 했다. 아버지와 같은 점이 있다니, 절대 안 될 일이다.

트래비스가 짐에게 가한 힘이야 생쥐가 코끼리를 공격하는 정도로 미약했겠지만, 짐의 화를 돋우기에는 충분했다. 짐이 트래비스의 셔츠 뒷덜미를 잡았다.

"됐으니까, 자, 넌 여기서 꺼져."

짐은 방을 가로지르며 트래비스를 끌고 나가서 대기실을 통과해 입구 밖으로 내팽개쳤다.

"그리고 너, 여기 다시는 나타날 생각 마라. 내가 이번 일을 보고해서 너희 엄마 기록에 남길 테니까."

짐이 안으로 들어가자마자, 클래런스가 문을 열고 나와 트래비스가 제대로 설 수 있도록 부축해 주었다. 클래런스가 트래비스의 새 셔츠 뒤에 붙은 나뭇잎을 떼면서 말했다.

"아무리 화가 나도 입은 다무는 게 나을 때가 더 많아. 하긴 너도 아마 알고는 있었겠지?"

18

트럭으로 돌아왔을 때, 트래비스는 정말 죽고 싶은 기분이었다. 무엇보다도 스스로의 어리석음에 치가 떨렸다. 이제 만나지도 못하게 되었으니 어떻게 어머니를 돕나? 자신이 한 짓이 엄마의 의료기록에 남게 된다. 기적이 일어나서 아빠가 여기 올 작정을 한대도, 그 기록 때문에 아빠나 누나조차 방문이 허락되지 않으면 어쩔 텐가? 트래비스에게는 누군가 이들에 맞서 도와줄 사람이 필요했다. 클래런스는 이제까지 요양원에서 별 도움이 안 되었으니 적임자가 아니다. 좋은 사람이지만 요양원 사람들 눈에는 그저 나이 들고 힘없는 노인으로밖에 안 보인다.

"엄마를 도와줄 사람이 어딘가에 분명히 있을 거예요. 다른 의사라도 찾을 수 있다면 좋을 텐데."

굳이 클래런스 들으라고 한 말도 아닌데, 기대도 하지 않았던 대답이 돌아왔다.

"물론 있지. 웨스턴 박사라고, 내 친구야. 어떻게 이 문제를 해결해야 할지, 그 친구라면 몇 가지 안을 내놓을 것 같다. 작업실로 돌아가서 오늘 저녁에 만날 수 있는지 전화 한번 걸어 봐야겠다."

"의사를 아신다고요? 그럼 왜 진작 말씀해 주시지 않았어요?"
"네가 좀 전에 말하기 전까지는 생각이 안 났지 뭐냐. 의사라는 생각보다는 친구로만 여기고 지내서, 정작 그 사람 직업이 의사라는 건 까맣게 잊고 있었지."
"그런데 어떻게 두 분이 친구가 되셨어요?"
트래비스는 의사들은 너무나도 중요한 일을 하기 때문에 클래런스처럼 평범한 사람들과는 친구가 되기 힘들 거라고 생각했다.
"그게 바로 낚시의 좋은 점이지. 낚시를 하면 온갖 부류의 인간을 알게 되거든. 부자, 가난뱅이, 의사처럼 공부 많이 한 사람, 교육은커녕 글씨도 못 읽는 사람. 대부분의 부류를 다 사귀면서 배우는 게 참 많아. 의사랑은 그 친구가 의과대학 가기 전부터 알고 지냈지."
이런 점이 클래런스의 장점이구나. 클래런스는 누구에게나 진지하게 관심을 가졌다. 낚시 가게 주인이라 해도 그저 낚시용품을 팔면 그뿐, 손님이 뭘 사는지 아랑곳하지도 않는 이들도 많을 테지만, 클래런스라면 가게에 오는 모든 이들과 대화를 나누는 모습이 충분히 그려진다.
그날 밤 식당에서도 역시 늘 앉던 자리에 앉았다.
"주문부터 하자. 의사 친구는 언제 올지 몰라."
둘은 아무 말 없이 닭고기 파이를 먹으면서 각자 자기만의 생각에 잠겼다. 트래비스는 클래런스의 의사 친구가 오는 걸 좋아해야 할지 어쩔지 마음의 결정을 내리지 못하고 있었다. 웨스턴 박사라는 분이 엄마의 상태를 듣고 해결책을 내놓을지도 모르지만 아예 별 볼일 없는 사람일 수도 있지 않을까. 트래비스는 다시는 깊은 실망의 나락으로 떨어지고 싶지 않았기에, 의심의 옷으로 스스로를 꽁꽁 싸매 몸을 사렸다.

클래런스가 접시에 남은 부스러기를 포크로 쓸고 있다가 고개를 들더니, 문가에 있는 남자를 소리쳐 불렀다.

"어이, 웨스턴 박사, 이리로 오시게."

"반갑네, 클래런스. 자네 가게의 그 통통한 밤낚시용 미끼가 없으니 영 고기가 물지를 않아."

"트래비스, 내 친구 웨스턴 박사다. 이 근방 최고의 의사란다. 심지어 진료 받으러 못 오는 환자들에겐 왕진도 해주지. 요새는 아무도 왕진 같은 건 안 하는데 말야."

클래런스 정도 나이의 할아버지 친구일 거라는 예상과는 달리, 막상 의사는 스콧 아저씨보다도 어려 보였다. 청바지에 올이 다 뜯어진 격자무늬 플란넬 셔츠를 입었는데 클래런스의 옷보다 더 낡아 보였다. 미리 의사라는 말을 들었으니 망정이지, 이런 외모만 봐서는 절대 의사라고 생각지 않았을 것 같다. 아직은 그런 외모가 트래비스에게는 점수를 올리는 요인으로 작용했다.

웨스턴 박사는 다른 자리에서 의자를 가져와 등받이를 앞쪽으로 돌리고 다리를 벌려 앉았다.

"클래런스는 물고기 얘기를 자주 들려주었지. 과장을 많이 해서 탈이지만."

두 친구는 잠시 낚시 얘기를 하면서 올해는 어디서 무슨 물고기가 잘 잡히는지 등에 대한 대화를 나눴다. 트래비스는 원래 낚시를 좋아하지 않았지만, 물고기를 먹기도 전에 굶어죽을 상황이라 해도 일단은 기다려야 한다는 생각이 들었다.

의사가 마침내 트래비스에게로 시선을 돌렸다.

"그래, 클래런스한테서 어머니 얘기는 좀 들었다만, 좀 더 상세히 말해 주겠니? 사고는 언제 일어난 거야?"

그래 좋다, 트래비스는 이 남자를 한번 믿어 보자는 생각이 들었다. 사고가 난 후 집에 있었던 몇 주와 집을 나와 거리에서 지내던 날들을 세어 보았다. 그러고는 혼자 지낸 지가 겨우 엿새밖에 안 되었다는 사실을 깨닫고 깜짝 놀랐다. 마치 한 달은 된 것 같은데.

"사고가 난 건 한 5주 전쯤이에요. 엄마는 트럭을 몰고 가시다가 미끄러져 구르셨어요. 창문에 부딪혀 머리가 깨졌고요. 안전띠를 매고 있어서 그나마 다행이었대요. 안 그랬으면 트럭 밖으로 떨어져 나가서 죽었을 거라고들 했어요."

의사가 고개를 끄덕였다.

"내 환자들도 안전띠를 착용했더라면 좋았을 텐데. 살면서 조금이나마 생명을 연장하고 싶다면, 인간이 유일하게 할 수 있는 일이란 안전띠 매는 것뿐이지. 그래서 병원에서 어머니를 뵈었니? 어머니가 널 알아보시든?"

의사는 차분한 태도로 질문하면서 트래비스의 단어 하나하나에 귀를 기울였다. 트래비스는 약간 희망을 품어도 좋겠다고 생각했다.

"병원으로 뵈러 갔을 때는 말씀을 못하셨어요. 하지만 지금은 우리를 알아보신다고 확신해요. 전에는 머리카락을 완전히 삭발했고 두피에 꿰맨 자국이 많이 남아 있었지만 정신은 무척 또렷하셨는데, 지금은 약을 너무 많이 투여해서 완전히 무기력해지셨어요, 그 '고요한 산장 요양원'으로 옮기고 나서부터요."

"거기는 만성질환을 앓고 있는 환자를 위한 시설이지. 더 이상 개선될 여지가 없는 사람들이 있는 곳이야. 그래서 재활치료가 필요한 환자 다루는 법을 아는 직원도 없을 거다. 네 어머니에게 맞는 장소는 아니구나. 아마도 적절한 관심을 받지 못하고 방치된 모양이야. 가끔 그런 일이 있다, 특히나 변호인을 두지 않는 환자에게 잘 일어나지."

"변호인이라니?"

클래런스가 물었다.

트래비스는 클래런스가 그 자리에 있다는 사실을 거의 잊고 있었지만 마침 자신도 모르는 단어가 나왔는데 물어봐 줘서 반가웠다.

"환자에게 취해지는 일련의 과정을 계속 주시하는 사람이라고 생각하면 돼. 보통은 배우자나 사회복지사, 혹은 가정 주치의가 그 역할을 맡아. 너희 집 담당 주치의가 있니, 트래비스?"

"없어요. 가끔 주사를 맞거나 할 때는 동네 병원에 갔어요. 종합병원은 제 팔이 부러졌을 때 딱 한 번 갔고, 정기적으로 검진하는 그런 의사는 없어요."

의사는 작은 공책에 메모를 했다.

"그럼 네가 아는 한도에서는 어머니가 지금까지 물리치료라든가, 작업치료(재활의 중요한 일부분으로서 각종 놀이, 게임, 운동 같은 활동을 통해 환자의 자립성을 높이는 것을 목적으로 한다)나 언어치료 같은 거 받으신 적 없니?"

"병원에서 어떤 치료를 받으셨는지는 모르겠어요. 하지만 요양원에선 아무 치료도 못 받으신 게 분명해요. 거기선 엄마한테 신경도 안 써요. 이름조차 제대로 모른다고요!"

"그래, 그래도 네가 이렇게 돌보고 있잖니. 그리고 엄마를 도와 보려고 애쓰고 있으니, 그건 참 좋은 일이다. 조금만 정보를 더 주면 내가 한번 좋은 방법이 있는지 찾아보마."

의사는 공책과 펜을 탁자 위로 건네주면서 말했다.

"어머니 이름, 아버지 이름, 그리고 아버지 연락처 좀 적어 다오."

트래비스는 핑계를 대면서 시간을 끌었다. 아빠와 집안 상황이 더 많은 사람에게 알려지면 알려질수록, 가족들이 뿔뿔이 흩어질 가능성은 커진다.

"아빠는 엄마를 만나려고도 안 하세요. 선생님이 승인을 요청하면 아빠는 꺼져 버리라고 할걸요."

의사가 미소 지었다.

"나한테 그런 말 하는 사람이 너희 아버지가 처음은 아니다."

트래비스는 펜을 쥐었다. 걱정이 되기는 하지만, 엄마를 도우려면 의사를 믿어 보는 수밖에 없다. 트래비스는 깊이 숨을 들이마신 뒤 정보를 적었다. 희망을 품기에는 여전히 두려움이 컸다.

"저희 어머니는 이제 영원히 정상으로 돌아오시지 못하나요?"

"모르겠다. 직접 만나 뵙고 기록을 찾아보지 않고서는 내가 아는 지식만 가지고 단정할 수 없어. 하지만 뇌를 다친 경우 회복 기간으로 보자면 5주라는 시간은 결코 긴 게 아냐. 그러니 뭐든 일단 가능성은 있어. 내 확인해 보고 알려 주마."

'뭐든 가능성은 있다.'

트래비스는 그 문장을 마음속 깊은 곳에 간직했다.

작업실 일이 너무 바빠서 다음 날은 쏜살같이 흘러갔고 그 다음 날 아침도 마찬가지였다. 트래비스는 엄마를 만나러 가고 싶어 죽을 지경이었지만, 클래런스가 다시 가기 전에 의사의 조언을 들어야 한다며 기다리라고 했다.

스콧은 전날 경연대회용 기타에 광택제를 뿌려 아름다운 나무결을 한껏 살려 놓고는, 도로 사포질을 하기 시작했다.

"왜 다시 사포질을 해요? 광택제 뿌리니까 진짜 예뻤는데. 사포질을 하면 다 망치는 거 아니에요?"

트래비스의 질문에 스콧은 고개를 저으면서 계속 사포질을 했다.

"그렇지 않아. 이렇게 사포질을 해야만 초벌 도료 뿌린 데 있는 결함이 없어지거든. 이따 오후에 마지막으로 광택제 뿌리고 내일 다시 사포질을 해야 한단다."

트래비스는 무슨 결함이 있다는 건지 상상조차 되지 않았다. 기타는 그 상태로도 완벽해 보이기만 했는데.

그날 오후, 의사가 엄마 소식을 가지고 모습을 나타냈다.

"자, 트래비스, 이제 어떻게 된 건지 다 알아냈다. 번잡한 절차는 다 뚫었고, 어머니 상태를 직접 관찰할 수 있게 됐어. 요양원에 있는 의사하고 해결을 봐서 기록도 찾아보았고 네가 처음 다녀간 뒤 약을 더 처방했다는 것도 확인했다."

트래비스는 이 말에 크게 놀랐다.

"대체 왜 그랬대요? 그날 엄마는 훨씬 나아졌는데요. 제가 보러 간 날 헤어질 때쯤에는 저랑 노래까지 같이 부르려 했다고요."

"나도 안다. 자, 들어 봐. 내 생각은 이래. 어머니께선 그날 네가 방문했으니 흥분해서 직원 중 누군가에게 그 얘기를 하고 싶어 하셨겠지. 그런데 실어증 때문에 이해를 시킬 수 없었던 거야."

클래런스가 의사의 말을 자세히 들으려고 트래비스 곁으로 왔다.

"그게 무슨 소리야? 그래서 말을 못했던 거야?"

"머리를 다쳐서 그래. 뇌에서는 말하고자 하는 게 뭔지 아는데 입 밖으로 단어가 되어 나오지는 않는 거지. 당사자는 너무나도 절망스럽지. 특히나 자기 옆에 있는 사람들이 귀도 기울이지 않는다면. 그래서 아마 너희 어머니께서는 화가 나셨을 테고, 간호보조원은 그걸 동요행동이라 판단, 약을 늘렸겠지."

트래비스가 작업대를 손으로 탕 내리쳐서 톱밥 먼지가 구름처럼 일었다.

"벌을 줬단 말예요? 그럴 순 없어요! 말을 못해서 어쩔 수 없는 거였잖아요!"

"너한테는 그게 벌주는 것처럼 보일 수 있겠지, 트래비스. 문제는 요양원 직원들은 너무 늙어서 종일 잠만 자는 환자들만 늘 돌보고, 너희 어머니 같은 환자를 받은 경험이 전혀 없다는 거야, 그러니 당연히 어떻게 다뤄야 하는지도 모르고. 환자가 급격한 흥분 상태를 보이면 무조건 진정제를 투여해서 안정시켜야 한다고만 생각하는 거야."

트래비스의 가슴이 덜컹 내려앉았다.

"그럼 제가 가면 엄마가 흥분하니까, 저는 떨어져 있어야 하나요?"

"아니, 그 반대야. 나는 너랑 클래런스가 가서 기타를 치면서 노래하기를 바란다. 무반응 상태로 만드는 그 약은 끊으라고 지시해 뒀다. 다음에 가면 깨어나 계실 거야."

"와, 정말 대단하셔요. 하지만 아예 거기서 나오시게 할 수는 없을까요? 선생님도 엄마가 무슨 치료를 받아야 한다고 그러셨잖아요."

트래비스는 이제 죄책감 때문에라도 의사 선생님께 사실대로 전부 말씀드려야 했다.

"거기다가, 제가요……. 음……. 지난번에 너무 화가 난 나머지 이성을 잃고 말아서 거기 있는 간호보조원이 제가 다시는 못 오게끔 보고한다 그랬거든요."

"내가 담당자들에게 말해 뒀어. 그러니 다시 가도 넌 아무 제재를 받지 않을 거야. 사실상 너랑 클래런스의 방문이 어머니 치료의 일부분이 된다고 처방전에 적었거든. 어머니 인생에서는 음악이 매우 중요했으니까 다시 돌아오시게 하려면 음악을 이용해서 도와야 하지 않겠니. 트래비스 너는 본능적으로 그걸 알고 있었고, 그래서 이미 그 길을 밟았던 거야."

음악을 이용해서 엄마에게 다가가야겠다는 생각을 한 장본인이 자기라는 생각을 하자, 트래비스는 기분이 좋아졌다. 그리고 이제 엄마 곁에 이런 의사가 지키고 있으니 참으로 다행이라는 생각이 들었다. 이제 모든 상황이 나아지려나 보다. 트래비스는 그날 오후 요양원에 갈 때까지 기다리기가 너무나도 힘들었다. 하지만 우선 해야 할 일이 있었다. 클래런스는 페스티벌이 열리는 공원에 가서 전기 기사가 조명에 필요한 선을 다 설치했는지 보고 야외무대 음향도 확인해야 했다. 트래비스는 무대 위에 올라서서 경연대회를 보러 오는 관객들이 앉게 될 드넓은 경사지 잔디밭을 둘러보았다. 그렇게 많은 이들 앞에서 연주하는 기분은 어떨까 궁금했다. 하지만 지금 당장은, 단 한 사람을 위한 연주를 해야 한다.

몇 시간이 지난 뒤, 클래런스는 애먹이던 전선 스위치와 콘센트를 마침내 모두 점검하고 나서 요양원으로 향했다.

"의사가 미리 말해 뒀다고는 했지만 너를 밀친 그 간호보조원에게 사과해서 나쁠 건 없지, 아마."

이 말에 트래비스는 화가 났다.

"그건 그 사람 자업자득이었어요. 엄마를 의자에 아무렇게나 떠미는 게 싫었을 뿐이에요, 전."

트래비스는 낯익은 요양원 건물이 가까워지는 밖을 바라보았다. 아직은 나무밖에 보이지 않는다.

"글쎄다, 그 사람도 네가 어머니를 바닥에 떨어지게 해서 그게 싫었을지도 몰라. 어쨌든 간에, 내 생각엔 네가 최대한 예의 바르게 구는 편이 현명하지 싶다. 그래야 네 엄마도 잘 돌봐 주지 않겠냐."

비록 요양원 직원들에게 화가 나 있기는 했지만 트래비스는 클래런스의 말이 옳다고 인정하지 않을 수 없었다.

"다 왔네요!"

이번에는 반대 방향에서 요양원 쪽으로 왔다는 걸 알아채는 순간 트래비스가 외쳤다.

안으로 들어가서, 바로 대기실을 황급히 가로질러 일광욕실로 가는 대신 트래비스는 안내 데스크에 먼저 이름을 댔다. 여자는 전혀 친절하지 않았다.

"아, 너구나."

트래비스는 억지로 미소를 지었다.

"네, 아주머니. 좋은 하루 보내세요."

트래비스는 복도 끝에 있는 짐을 발견하고 일광욕실로 들어가기 전에 그에게로 갔다.

"지난번에는 제가 지나쳤어요. 죄송합니다, 선생님."

트래비스는 '선생님'이라고 말할 때 거의 말이 나오지 않았지만 미소를 지으며 악수를 청했다. 저런 인간에게 잘 대해야 하다니 사기꾼이 된 기분이었지만, 엄마를 위해서라면 어쩔 수 없다.

짐은 놀란 얼굴을 하면서 트래비스의 손을 잡고 흔들었다.

"괜찮다, 짜식."

트래비스가 고개를 돌리자 클래런스가 입구에서 활짝 웃고 있었다. 그리고 엄지손가락을 들어 보였다.

트래비스는 크게 숨을 들이마시고 일광욕실로 들어가서 어머니를 찾아보았다. 의사의 말은 틀리지 않았다. 어머니가 깨어 있고, 눈은 트래비스를 똑바로 쳐다보고 있었다.

"엄마, 잘 지내셨어요?"

트래비스가 엄마를 껴안자 엄마가 정상인 팔로 마주 안았다.

트래비스는 자신과 클래런스의 의자를 가져다 놓았다. 그리고 기타를 꺼냈다.

"저랑 노래하실래요, 엄마?"

엄마는 웃으며 열심히 고개를 끄덕였지만 아직 말은 나오지 않았다. 트래비스가 연주를 시작하고 〈내 사랑 애프턴 강, 잔잔히 흐르네〉를 부르자 엄마가 음악에 맞춰 고개를 앞뒤로 흔들며 흥얼거렸다. 노래를 마치자 정상적인 손을 반대편 손에 대고 두드리면서 박수를 쳤다.

"메이!" 엄마가 기타를 가리키면서 말했다. "프-프-메이."

트래비스는 엄마가 말을 하려는 시도에 감격했지만, 정작 뭘 말하려 하는지는 알 수가 없었다. 엄마가 속상해하지 않도록 얼른 수수께끼를 풀어야 했다.

엄마는 왼손으로 기타를 치는 시늉을 했다.

"치라고요? 다른 것도 치라고요?"

엄마가 다시 고개를 끄덕였다.

“메이. 메이. 징.”

‘메이. 메이. 징.’ 단어는 머릿속에 들어왔지만 무슨 뜻인지 감이 오지 않았다.

“어메이징 그레이스?”

클래런스가 의견을 내놓았다.

엄마가 클래런스를 가리키면서 힘차게 고개를 끄덕였다. 트래비스는 자기가 맞추지 못해 약이 올랐다. 클래런스가 불쑥 끼어들지만 않았으면 몇 초 안에 생각이 났을 텐데. 트래비스는 연주와 노래를 시작했다. 엄마가 함께 “메이즈…… 징…… 그레이…… 스위……”라고 따라 불렀다.

트래비스가 소리쳤다.

“이거예요! 엄마, 엄마가 하고 있어요. 노래하고 있어요!”

엄마의 뺨 위로 눈물이 흘렀다. 엄마는 다음 구절에서 첫 음절을 놓쳤지만 곧 크고 맑은 소리로 “이제 나는 본다네.”라고 불렀다.

첫날 봤던 간호보조원이 들어왔다.

“어머나, 전에는 한 번도……. 제네바, 힘내요.”

트래비스가 2절을 기억하지 못해서 허둥지둥했기에, 둘은 1절로 되돌아갔고 엄마가 이번에는 더 많은 가사를 채웠다. 트래비스는 엄마 목소리가 사고 이전보다 오히려 더 강렬하고 달콤해진 것 같다고 생각했다. 그러나 연주를 마치고 엄마가 구부정하게 앉아서 정상적인 손으로 손부채질을 하는 모습을 보자 정신이 들었다.

“엄마, 피곤하세요?”

엄마가 고개를 끄덕이면서 힘없이 한쪽 입술만 올리며 미소를 지었다.

트래비스는 엄마의 정상적인 손을 꼭 쥐었다.

"괜찮아요, 엄마. 정말 잘하셨어요."

트래비스는 간호보조원 쪽을 보았다.

"우리 엄마 정말 잘하셨죠?"

"그럼, 최고였어. 제네바, 조만간 우리를 위해서도 공연해 줘야 해요."

엄마는 고개를 숙이고 있었지만 분명 기뻐하고 있었다. 그런데 왜 말은 하지 않는지 이해가 되지 않았다. 노랫말을 부를 수 있는데, 왜 말은 하지 않는 걸까?

엄마는 기타를 가리켰다. 여전히 '말하기'는 몸짓으로만 하면서 어깨를 으쓱했다.

"노래 하나 더 할까요, 엄마?"

엄마가 고개를 저었다.

"와디……. 어디?"

이 말에 트래비스는 엄마가 지금 엘리의 행방을 묻고 있음을 문득 깨달았다.

"엄마가 치던 그 오래된 기타요?"

엄마가 고개를 끄덕였다.

"그건 좀 고쳐 써야 해서요."

완전한 거짓말은 아니었다. 다만 완전한 진실을 말할 수 없었을 뿐. 아직은 그러기엔 이르다.

19

그 다음 주는 마치 빠르게 달리는 화물 열차 안에서 보이는 차들처럼, 어느 날에 무얼 했는지 구분이 잘 가지 않을 정도로 바쁘게 지냈다. 클래런스와 트래비스는 겨우 두 번밖에 요양원에 가지 못했지만 엄마는 의식이 있어서 두 번 다 반갑게 맞이해 주었다. 노래 가사는 점점 더 잘 불렀지만 아직도 말을 안 해서 트래비스는 실망감을 감추기 힘들었다. 하나는 하는데 다른 하나는 왜 못하는지, 이해할 수 없었다. 웨스턴 박사가 주중에 작업실에 들렀을 때, 트래비스는 이 부분에 대해서 물어보았다.

"시간에 맡겨라. 넌 확실히 어머니에게 변화의 계기를 주고 있어. 하지만 말하려는 시도를 하시기까지는 더 큰 계기가 필요할 거야."

"어떤 노래는 완벽하게 가사를 다 부르시는데요? 그런데도 말할 때는 왜 안 되는 거죠?"

"그건 복잡한 문제란다, 트래비스. 그 노랫말들은 어머니의 뇌 속에 무의식적으로 튀어나오게끔 저장되어 있거든. 그런데 실제 대화에서는 의식적으로 자기 생각을 표현할 단어를 골라내야 하니까 뇌에서 진행과정이 달라져. 넌 노래를 많이 불러 봐서 알겠지. 입으로는 노래하는데, 생각은 가사 말고 다른 데 가 있을 때도 있지 않든?"

"네, 그런 적 많아요."

트래비스는 동생들과 있을 때 노래를 불러 주면서도 속으로는 가사와 전혀 상관없는 생각을 하던 기억을 떠올렸다.

"그럼 내 말이 무슨 뜻인지 알 거다. 그리고 상황이 더 복잡한 것이, 그 두 군데 뇌 손상이 정확히 똑같지는 않다는 거야. 그러니 회복 시간도 다르지. 넌 계속 어머니와 노래를 불러. 분명히 도움이 된단다."

의사의 말은 너무 애매하게 들려서 기분이 나아지지 않았다. 트래비스는 의사가 언제 엄마가 정상으로 돌아올지, 설사 가능성이 없다 해도 정확한 날짜를 알려 주었으면 싶었다. 언제 그 일이 일어날지 확실히 알고 기다리면 무슨 일이든 더 쉬운 법이니까.

페스티벌 전날, 클래런스는 트래비스만 작업실에 내려 주고 마지막 점검 사항을 살펴보러 현장으로 갔다. 트래비스는 작업실 문을 열기 전에 기타 소리를 들었다.

안에 들어가자, 스콧이 경연대회에서 수상자에게 줄 기타를 연주하고 있었다. 그는 음악에 깊이 빠져서 노래가 끝날 때까지 누가 들어왔는지도 모르고 있었다.

"기타 소리 끝내 주네요."

이렇게 말하면서도 트래비스는 마치 비밀스런 대화를 엿들은 것 같아 약간 당황스러웠다.

스콧이 열두 번째 프렛에서 줄을 각각 살짝 건드리면서 마치 종소리처럼 들리는 화음을 연속으로 만들어 냈다.

"지금은 줄을 조정하는 것뿐이야. 난 기타를 만들고 나서 맨 처음 소리를 들을 때마다 매번 흥분돼. 마치 나무에서 하나의 목소리가 흐르는 것 같은 그런 느낌이거든. 내 말 알겠니?"

트래비스가 어깨를 으쓱했다.

"알 것 같아요."

스콧이 일어나서 게시판 아래 종이 한 장을 꺼냈다.

"잠깐, 내가 뭐 좀 보여 줄게. 나는 이 느낌을 말로 표현 못하겠는데, 내 친구 현악기 제작자 버니 리먼이 시로 써 냈지. 자, 한번 봐라."

스콧이 종이를 트래비스에게 건넸다.

소토 보체 Sotto Voce

바람과 물과
비옥한 토양이 품은
우여곡절에 기대어

설원 아래서 기다리네
충분히 따스해지기를
충분히 밝아지기를
그저 충분히
자라나기를

세대가 세 번 바뀌는 동안
톱, 가마, 대패가 지나가고

살뜰하고 숙련된 손길에
송진은 비로소 공명으로 거듭나네

악기장이는 나무 소리를 듣고
나무는 노래를 부른다네

트래비스는 제목에서부터 막혔다. 소토 보체? 이게 대체 무슨 말이지?

스콧이 트래비스가 혼란스러워하는 걸 알고 말했다.

"소토 보체란 조용한 소리로 말하거나 노래한다는 이탈리아 말인데, 별로 신경 쓸 거 없다. 나머지만 읽어 봐."

트래비스는 자신이 시를 훑어보는 동안 스콧이 지켜보고 있음을 느꼈다. 첫 소절 '우여곡절'에서 또 막혔다. 나머지도 그렇지만 이 말은 정말 어렵다. 마치 전에 학교에서 독해 시험 치던 때처럼 마지막에 나올 질문이 너무나 걱정스럽고 단어가 눈앞에서 소용돌이처럼 헤엄치는 것 같았다. 학교와 달리 여기서는 채점을 하지는 않는다는 게 다를 뿐. 그렇지만 트래비스는 분명히 스콧에게 특별한 의미를 갖는 시를 제대로 보지도 못해서 실망시키고 싶지는 않았다.

"뭔 말인지 모르겠구나?"

결국 스콧이 말했다.

"저 국어 시간에 시에서 낙제 받았거든요. 죄송해요."

스콧이 고개를 끄덕였다.

"괜찮다. 나도 시를 그닥 잘 알지는 못해, 그런데 이 시는 다르더라. 내가 전에 기타 앞판 나무가 얼마나 중요한지 말했던 거 기억나니?"

"네, 그럼요. 그 나무가 애디론댁 가문비나무라고 하셨잖아요."

"그래, 맞다. 이 땅에서 가문비나무를 키우려면 붉은 가문비나무 열매에서 씨앗이 적절한 토양에 떨어져야 하고 애초에 물기가 충분한 데서 자라나기 시작해야 해. 그 일이 약 백여 년 전에 일어난 거지."

트래비스가 시를 다시 들여다보았다.

"네, 그러네요. 세대가 세 번 바뀐다는 말이 있어요."

"좋아. 그러고 나서 가느다란 묘목이 되면 여름 가뭄과 겨울 눈보라에 지지 않고 살아남아야 하지. 게다가 더 키가 큰 나무가 빛을 가리지 않는 지점에 서 있어야 해. 나무가 커지면, 폭풍우와 눈보라, 그리고 쓰레기로 버려질 포장재를 만들려고 나무를 잘라 내는 인간들로부터 살아남아야 해. 완벽하게 운이 맞아야 한다고. 알겠니? 이 나무는 기타 만드는 사람이 잘라 낸 거야. 톱질을 해서 네모나게 만들고, 나무 속 송진이 빠지도록 가마에서 말린 뒤 매년 더욱 공명이 일게끔 만든 거지."

이번에는 제대로 이해하고 고개를 끄덕였다. 이 아름다운 기타가 어쩌면 형편없는 포장재로나 쓰일 수도 있었다는 생각을 하자 눈이 번쩍 뜨이는 느낌이었다.

"이 부분이 최고야. 버니 리먼은 그 누구보다도 기타 만드는 일을 사랑하는 사람이니까. 악기 제작자의 일은, 아니 그건 일이라기보다는 은총이지만, 이 나무를 기타가 되게끔 다듬는 데 있어. 최대한 얇게 대패질을 하고 몸체에서 진동이 생기게끔 버팀대를 깎아 내는 거지."

스콧이 마장조를 퉁긴 뒤 느리게 아르페지오(화음을 동시에 연주하는 것이 아니라 연속적으로 차례로 연주하는 주법)로 연주했다. 음들이 공기 중에 오랫동안 일렁였다.

"잘 들어 봐. 이 소리가 나무 소리야."

트래비스는 귀를 기울여 들으면서 목 뒤에 소름이 돋는 것을 느꼈다.

그때 이후로 작업실은 단 한 순간도 조용한 때가 없었다. 몇 분 뒤 바로 웨스트 버지니아 주에서 남자 둘이 도착하고 테네시 주에서 젊은 여자 한 명이 오는 등 경연대회에 참가하러 온 기타 연주자들이 속속 등장했기 때문이다. 스콧은 마치 오랜 친구를 맞이하듯 그들을 반겼고 모두가 경연대회 시상용 기타를 보면서 아름다움에 감탄을 금치 못했다. 이들이 몇 곡 연주하는 것을 들어 보니 경연대회가 얼마나 놀라울지 트래비스는 충분히 짐작이 갔다.

트래비스는 구석으로 가서 시를 다시 한 번 읽었다. 시는 계집애 같은 사내나 여자애들이 읽는다고 생각했는데 이제 보니 시란 평범한 말로는 표현하지 못하는 무언가를 말하는, 특별한 의미를 전달하는 방식이라는 생각이 들었다. 스콧이 기타 만들 때 그 일을 얼마나 즐기는지를 보았기에, 이제 트래비스는 아름다운 겉모습보다 그것을 만드는 기쁨이 얼마나 큰지 이해할 수 있었다. 스콧은 나무 안에 소리가 갇혀 있다는 걸 알았고, 그 소리가 밖으로 나올 수 있도록 시간과 솜씨를 다해 공을 들였다. 트래비스는 어머니를 떠올렸다. 자신이 어떤 방식으로 참을성 있게 대해야 어머니한테서 갇혀 있던 소리가 나올지 어쩌면 알 것도 같았다.

하루 종일 작업실 안팎으로 사람들이 드나드는 통에, 트래비스는 커피를 우려내고 머그잔을 씻는 데 많은 시간을 써야 했다. 현관 앞은 사람들이 즉흥 연주를 즐기는 비공식 무대가 되어서 한 무리의 밴드가 같이했다가 또 다른 밴드랑 어울리고는 했다. 트래비스는 짬이 날 때마다 그 자리에 앉아 연주를 들었다. 어떤 두 자매가 만돌린을 연주하며 노래했는데, 준과 엄마가 했던 것과 무척 비슷했다. 엄마는 언제나 가족 간에 화음을 넣으면 특별하게 들리는 이유가 노래하는 음색이 비슷해서 함께 잘 어우러지기 때문이라고 했다. 아, 엄마가 이 자매의 노래 소리를 들으면 얼마나 좋아하실까. 생각하면 할수록, 점점 더 엄마에게 들려주고 싶어졌다.

트래비스는 작업실 안으로 들어가서 클래런스를 찾았다.

"클래런스 할아버지, 저한테 좋은 생각이 떠올랐어요. 내일 요양원에 가서 엄마를 페스티벌에 데려오면 어떨까요?"

"그건 너무 선부른 행동 같구나, 트래비스. 아직 짧은 거리도 밖으로 나가 본 적이 없으실 텐데. 하루 종일 이 어수선한 장소에 계시게 한다니. 어머니께서 너무 피곤해하실 거야."

"하루 종일은 아니고요, 조금만 보게 해드리면 되잖아요."

클래런스가 손을 들어 올렸다.

"어휴, 트래비스. 난 못한다. 페스티벌이 진행되는 동안 할 일이 너무 많아. 아침에 가장 먼저 도착해야 하고, 애들 체험학습도 봐줘야 하고, 그 다음엔 애디론댁 밴드 공연에, 말할 것도 없이 그……."

트래비스가 이어지는 변명을 끊었다.

"알았어요, 알았다고요! 됐어요. 괜한 걸 여쭤 봐서 죄송해요."

트래비스는 밖으로 뛰쳐나가서 작업실 뒤로 가 혼자 있을 만한 장소를 찾았다. 다른 사람은 몰라도 클래런스만큼은 페스티벌에 오는 게 엄마에게 얼마나 중요한 기회인지 알 거라고 생각했다. 의사도 둘이 함께 연주하는 소리를 들으면 치료에 도움이 된다고 했다. 그런데 페스티벌에 와서 듣는다면 요양원에서보다 더 좋지 않을까?

트래비스는 가망 없는 기분이 되었다. 이렇게 끔찍한 일이 일어날 수밖에 없는 운명이었다면, 운전이라도 할 수 있는 나이에 일어났다면 얼마나 좋았을까? 그랬다면 직접 차로 엄마를 어디든 원하는 대로 모시고 다닐 수 있을 텐데. 다른 누군가에게 의지할 필요도 없을 텐데.

하지만 잠깐, 트래비스가 아는 사람 중에 차가 있는 사람이 하나 더 있다. 더 생각할 것도 없이 트래비스는 작업실로 뛰어가 전화기를 집었다. 벨이 울리자마자 아빠가 응답했다. 너무 빨리 받아서 트래비스도 처음에는 기가 죽지 않았다.

"아빠, 엄마를 모시고 음악 페스티벌에 와 주세요. 엄마가 정말 좋아하실 거예요. 하루 종일 계시는 건 피곤하실 테니 잠깐이라도 볼 수 있게 해 주세요."

잠시 침묵이 흘렀다.

"대체 무슨 빌어먹을 소리를 하는 거냐?"

트래비스는 급히 말을 쏟아 냈다.

"기타 경연대회가 있는 음악 페스티벌이 열려요. 카일러 근교 4번 도로에 있는 공원에서요. 아홉 시에 시작하지만 경연대회는 열 시 반이나 되어야 열려요. 그러니까 엄마를 요양원에서 데려오실 시간은 충분하고요."

트래비스는 잠깐 아빠가 뭔가 말하기를 기다렸다가 다시 말했다.

"아마 일단 요양원에 전화부터 걸어서 아빠가 가신다는 걸 알려야 할 거예요. 아니다, 잠깐요! 그러지 마시고 웨스턴 박사님한테 전화해서 엄마 치료에 필요하니까 이렇게 해야 한다고 말해 달라고 하세요."

"너 지금 네가 무슨 짓을 하는지나 아냐, 응? 내가 네 분부를 듣고 곧장 달려 나가서 하라는 대로 할 것 같냐고."

소용없다. 아빠는 들으려고도 하지 않는다. 트래비스는 마지막으로 한번 더, 이번에는 조용하게 말했다.

"아빠, 저한테 화나셨다는 건 잘 알아요, 하지만 엄마를 위해서……. 제발요, 네?"

전화선 너머로 침묵이 흘렀다. 트래비스는 끊기 전까지 족히 1분 정도 기다려 보았다. 하지만 그걸로 끝이었다. 이제 더 이상은 아빠에게 아무런 기대도 할 수 없다.

"커피 다 떨어졌다!"

스콧이 방 저쪽에서 소리쳤다.

"네, 지금 가요!"

트래비스는 커피 찌꺼기를 버리고 커피 주전자를 씻은 뒤 물을 부었다. 그러고 나서 기타 연주를 좀 더 들으러 현관 쪽으로 나갔다. 트래비스는 이번 페스티벌의 매순간을 즐길 것이다. 아빠는 절대 자기 마음대로 여기서 트래비스를 빼낼 수 없다. 엄마가 이 모든 것을 놓친다고 생각하니 가슴이 아팠지만 내년에 꼭 데려오리라 다짐했다.

그날 밤 치킨 디너 식당은 트래비스가 한 번도 본 적 없는 사람들로 꽉 찼다. 그래서 클래런스와 트래비스는 늘 앉던 자리가 아닌 구석 좁은 자리에 앉아야 했다.

"이 사람들이 전부 경연대회에 가는 걸까요?"

"맞다. 틀림없어. 그렇지만 경연대회 실제 참가자는 20명뿐이야."

"20명이요? 등록한 사람이 왜 그렇게 적어요?"

"아, 신청자야 올해가 최고로 많았어. 거의 백 명 가까이 되었지, 아마. 지난 달 신청일 막바지에 커다란 상자 안에 신청자 명단을 다 넣고서 그중 20명만 무작위로 고른 거야. 그렇게 해서 참가자가 결정되었지. 그리고 대기 명단이 열 명 더 있어. 각자 3분씩 연주할 시간이 주어진다는 내용은 편지로 발송했고."

"그럼 무작위로 골랐으니 실력도 모르겠네요."

"그렇지. 매년 멍청한 참가자들이 있지. 자기 연주에 대해 과대평가하는 사람들 말이야. 하지만 정말 연주를 잘하는 사람들만 세우면, 매년 가장 잘하는 연주자가 똑같을 거 아니냐. 이렇게 해야 항상 놀라는 맛이 있지, 좋은 쪽이든 나쁜 쪽이든."

랠핀이 음식을 들고 왔다. 이제 트래비스도 클래런스와 마찬가지로 날마다 스페셜 정식을 먹는다는 걸 안 뒤로는 주문을 따로 받지 않았다. 오늘 밤 요리는 튀긴 생선, 트래비스가 가장 좋아하는 요리 중 하나다.

클래런스가 물었다.

"내일 준비 다 됐지, 랠핀?"

"물론이죠. 계획대로 다 준비해 두었고, 페스티벌에서 도와줄 사람도 구해 뒀어요."

클래런스가 고개를 끄덕였다.

"잘했네. 그럼 내일 보세."

"랠핀 아줌마는 이 페스티벌에서 뭘 하는 거예요?"

트래비스가 랠핀이 다른 자리로 가자 물었다.

"랠핀과 아르노 부부가 점심 식사를 맡기로 했어. 이쪽 판이 크니까 올해 페스티벌 당일에는 가게 문을 닫을 거야. 어차피 그날은 대부분의 사람들이 공원 쪽에 있으니까."

트래비스와 클래런스가 다음 날 아침 현장에 도착하자 주차장이 벌써 반은 꽉 차 있었다. 트래비스가 걸어가면서 세어 보니 다른 지역 번호판이 열네 종류나 되었다. 대부분은 뉴잉글랜드 주와 남동부 쪽에서 온 차들이었는데 중서부에서 온 차도 간간히 보였다. 아빠의 짐차가 있지나 않을까 하는 희망을 포기 못하고 주변을 둘러보았지만, 없었다.

경사진 벌판에는 접이식 의자가 빠르게 채워졌다. 사람들은 옹기종기 모여 앉아 누군가의 연주를 듣거나 연주를 하고 있었다. 트래비스는 그중 두 남자와 한 여자가 각기 기타, 만돌린, 밴조로 연주하는 것을 들었다. 분명 전문적인 밴드라고 생각하고 있었는데, 곡이 끝나자 밴조 연주자가 이렇게 말했다.

"이야, 멋진데요! 또 다른 곡 아는 거 없어요? 〈크리플 크릭Cripple Creek〉 어때요?"

저렇게 깔끔한 연주가 그냥 모르는 사람들이 만나서 즉흥 연주를 한 결과였다니, 트래비스는 믿을 수 없었다. 몇 달은 함께 연습한 것처럼 들렸기 때문이다.

트래비스의 첫 번째 임무는 어린 아이들이 소에 색을 칠할 수 있도록 이것저것 준비를 하는 것이었다. 색칠 장소는 무대 뒤에 멀찍이 떨어져 있었다. 혹시 하루 종일 그 자리에만 처박혀 있어야 하는 건 아닐까 걱정이 되었다. 만일 그래야 한다면 아무것도 볼 수가 없다. 그때 누군가 음향을 점검하고 곧이어 음악 소리가 들렸다. 적어도 들을 수는 있겠구나.

사람들이 어린아이를 맡기러 오기 시작해서, 트래비스는 아이들 손목에 이름표를 묶어 주었다. 어떤 아이는 자기는 이런 이름표를 찰 나이가 아니라면서 부루퉁하게 입을 내밀었다.

"이름표 안 달면, 소 칠하기 못해."

트래비스의 말에 아이는 포기하고 이름표를 달았다.

로이와 얼린이랑 놀아 준 경험이 있어서인지, 아이들에게 색칠하기 놀이에 관심을 갖도록 이끄는 데는 어려움이 없었다. 세 명의 아이에게 페인트와 붓을 주고 옷을 가려 줄 앞치마를 입히는데, 스콧이 경연대회 시작을 선포하는 소리가 들려왔다. 그때부터 트래비스는 아이들이 서로의 옷에 페인트를 칠하지 않도록 주의를 기울이면서도 실은 음악 소리에 더 귀를 쫑긋했다. 처음 두 연주자의 연주는 훌륭했지만 세 번째 나온 연주자는 아주 별로였다. 누구인지는 몰라도 그 정도는 트래비스라도 칠 것 같았다.

몇몇 가족이 더 와서 이름표를 달아 주고 물감을 주고 소를 지정해 주는 등 갖가지 정리를 하느라 트래비스는 그 뒤로 몇 곡은 듣지 못했다. 곧이어 여자아이 둘이 서로 보라색 물감을 갖겠다고 옥신각신하는 통에 중재를 해야 했다. 트래비스가 내놓은 해결책은 각자 맡은 소를 서로 옆에 붙여 놓고 물감을 나눠 쓰는 것이었다.

다시 음악을 들을 만큼 조용해지자, 엄청나게 멋진 기타 소리가 들렸다. 벌써 스콧이 만든 그 기타로 연주하나 싶을 만큼 좋은 소리였다. 만약 그렇다면 이겨도 공정하지는 않으리라. 경연대회가 반쯤 지났을 즈음에, 어떤 여자가 왔다.

"여긴 내가 맡을게, 트래비스. 가서 경연대회 봐."

트래비스는 기회를 놓치고 싶지 않았지만 자기가 해야 할 일은 여기 있다는 생각이 들었다.

"괜찮습니다. 돈을 받고 하는 일인 걸요."

"아니야, 이건 스콧의 명령이야. 네가 꼭 경연대회를 봐야 한다고 했어."

"알겠어요, 감사합니다!"

트래비스는 앞쪽으로 뛰어가서 왼쪽 가장자리 자리를 점찍었다. 그 자리에서라면 연주자의 손가락이 잘 보인다. 연주자가 왼손잡이만 아니라면. 심사위원석을 둘러보니, 참가자들 시야에 잘 들지 않는 자리라는 사실이 떠올랐다. 블라인드 경연대회 이야기를 했을 때 트래비스는 참가자들이 무대 장막 뒤에서 하는 줄로 생각했는데, 이렇게 심사위원이 안 보이는 편이 관객에게는 더 흥미롭다는 생각이 들었다.

열여덟 번째 참가자가 나올 때 클래런스가 트래비스를 찾았다.

"조금 뒤에 10분간 쉬는 시간이니 우린 그때 애디론댁 밴드 공연을 준비해야 해. 아이들이 무대 위에서 조율을 할 텐데, 우리가 올라가서 도와줘야 한다."

클래런스가 주머니에서 전자 조율기를 꺼내서 트래비스에게 건넸다.

"밴드 공연은 심사위원이 최종 다섯 명의 연주자를 뽑는 동안에 끝나야 하니까 빠르게 해야 한다."

트래비스는 마지막 세 명의 공연을 보았다. 모두 훌륭했다. 사실상 두 명은 평균 수준의 연주자였고 한 명은 아주 수준 낮은 연주를 해서, 그 사람만 빼면 나머지는 전부 다 상을 받을 만한 것 같았다. 트래비스라면 절대 심사위원이 되고 싶지 않을 것 같았다.

마지막 기타 연주자가 무대를 뜨자마자, 공연할 아이들이 자리를 잡기 시작했다. 트래비스는 조율기를 갖고 무대 위로 올라가서 기타를 든 아이들과 함께 점검을 시작했다. 버디와 클래런스는 바이올린, 만돌린, 밴조 주자들과 점검을 하고 있었다. 여자아이 하나가 트래비스에게 기타를 건네면서 말했다.

"넌 참 운도 좋다."

"왜?"

"스콧 아저씨랑 이렇게 일하니 말야. 스콧 아저씨는 정말 좋은 분이야. 기타 만드는 법도 가르쳐 주셨어?"

트래비스는 라 음정에 조율기 바늘을 맞추면서 말했다.

"아니, 이 페스티벌 도우미로 고용된 것뿐이야. 그래도 경연대회 수상자에게 줄 기타 만드시는 건 봤어."

여자아이가 웃었다.

"스콧 아저씨는 최고야. 아까도 말했지만, 넌 진짜 행운아야."

트래비스는 그 말에 고개를 끄덕였다. 바트와 일하거나 아빠한테 야단맞으면서 지내는 것에 비하면 백만 배는 더 좋다.

클래런스가 기타 한 대를 들고 왔다.

"이것 좀 조율해라. 할 수 있지?"

"네, 그럼요, 그런데 누구 거예요?"

"네 거. 기타 치는 애들 몇 명이 안 와서 네가 보강해야 돼."

"하지만 저는 곡을 모르는데요."

"모르긴 뭘 몰라. 〈빵집 아가씨 앤젤리나 Angelina Baker〉, 〈황금 슬리퍼 Golden Slippers〉 하고 나서 마지막으로 〈짚 더미 속 칠면조〉에 솔로를 넣어서 지난번 리허설 때처럼 할 거야. 너도 이 곡들은 다 알잖아, 그렇지?"

"네, 대충은요."

"그럴 줄 알았다. 넌 잘할 거야. 저기 빈 의자를 앞으로 가져와라."

무슨 일이 일어나는 건지 트래비스가 미처 깨닫기도 전인데, 의자를 가져오자마자 스콧이 〈빵집 아가씨 앤젤리나〉를 시작했다. 처음에는 많은 사람 앞에서 연주한다는 것이 부담스러워 몸이 뻣뻣해졌지만 얼마 가지 않아 트래비스는 두려움을 잊고 음악에 빠져 들었다. 〈황금 슬리퍼〉를 반쯤 연주한 시점에는 관객을 바라볼 만큼 여유도 생겼다.

자리가 꽉 찼는데도 사람들이 계속 들어오고 있었다. 야외 공연의 좋은 점이 바로 이런 점이다. 정식 좌석은 없다. 접이식 의자를 더 가져와 끼어 앉는 거다. 밴드가 마지막 부분을 연주했고, 스콧이 마이크를 잡고 애디론댁 밴드 프로젝트에 대해 설명하면서 도와준 분들에게 감사를 전했다. 클래런스와 버디가 무대 위로 불려 올라가 맨 앞에서 고개 숙여 인사했다. 그리고 스콧이 여러 학교 음악 선생님들께 감사를 전하고, 이름이 불린 선생님들이 관객석에서 일어섰다. 그때, 어떤 여자가 휠체어를 밀고 들어서는 것이 트래비스의 눈에 띄었다. 클래런스가 일어나서 앞쪽 대열 오른쪽 자리로 안내했다. 트래비스는 눈을 의심했다. 바로 랠핀 아줌마와 엄마였던 것이다!

엄마가 어떻게 왔는지 생각해 보기도 전에, 스콧이 말했다.

"이 페스티벌을 준비하면서 저에게 크나큰 도움을 준 젊은이에게 고맙다는 말을 전하고 싶습니다. 제 조수, 트래비스 테이시입니다. 인사해라, 트래비스."

트래비스가 일어날 때 메고 있던 기타가 마이크에 부딪치면서, 관객석으로 울려 퍼질 정도로 크게 쿵 소리가 났다. 랠핀이 트래비스를 향해 손을 흔들었다. 그런데 엄마가 어떻게 여기까지 왔을까? 랠핀이랑 뭐 하는 거지? 서로 알지도 못하는 사인데.

트래비스는 더 이상 생각하고 있을 틈이 없었다. 스콧이 〈짚 더미 속 칠면조〉를 시작했기 때문이다. 이 곡에서는 솔로를 맡은 아이들이 혼자 연주하는 대목이 있다. 바이올린 솔로, 다음에는 만돌린 솔로가 이어졌다. 솔로가 끝나면 모두 다 같이 후렴구를 연주했다. 소리가 무척 좋았다. 다른 아이가 연주하는 동안에 스콧이 솔로 연주자를 가리키면 다음 주자가 나섰다. 그러면 스콧이 그 아이가 연주를 시작할 때 이름을 불러 주었다. 박수 소리가 잦아들 때까지 약 1분간을 기다리면서 즉석 연주를 해야 했다.

트래비스는 다음 차례가 기타 솔로임을 알고 있었다. 무대를 둘러보면서 리허설 때 연주했던 아이를 찾았으나 보이지 않았다. 이렇게 모두가 기대하는 역할을 맡고도 어떻게 안 나타날 수가 있지? 트래비스는 스콧에게 대안이 있는지 궁금해하고 있었는데, 그때 옆에 앉은 아이가 말했다.

"어이, 트래비스, 네 차례야."

아니나 다를까, 스콧이 자기를 보고 있다. 트래비스는 고개를 저었다. 이건 말도 안 되는 우스운 짓이다. 솔로는 연습도 안 했는데.

"이번에는 기타 솔로, 트래비스 테이시입니다."

스콧이 마이크에 대고 말했다. 트래비스의 머릿속은 멍했지만 다행히 손가락만큼은 무얼 할지 알고 있었다. 연주를 시작하자, 클래런스가 기타 앞에 마이크를 대고 있었다. 클래런스와 스콧이 이 모든 일을 짠 건가? 관객석으로 자신의 솔로가 울려 퍼지는 소리가 들렸다. 이제까지 느낀 모든 감정 중에 최고로 멋진 기분이었다. 자기가 듣는 소리가 스스로 내는 소리라는 것이 믿어지지 않았다. 마지막에는 한 번도 해보지 않은 과장된 동작까지 하면서 곡을 끝냈다. 연주가 끝나자 모든 관객이 박수를 치면서 환호성을 보냈다. 그러고 나서 몇 번의 솔로가 더 이어졌고, 후렴구를 두어 번 반복한 뒤 애디론댁 밴드 공연이 끝났다. 트래비스는 내려가서 얼른 어머니를 보고 싶어 미칠 것만 같았다.

“너 정말 멋졌다, 트래비스. 네가 솔로를 하는 줄은 몰랐어.”

랠핀이 말했다.

“공연 직전에 대타로 한 거예요. 엄마, 여기 오셔서 정말 기뻐요. 최종 경연자들이 연주할 때까지 계셔야 해요. 너무들 잘해서 엄마 아마 기절할지도 몰라요.”

트래비스는 엄마를 껴안았다.

엄마는 고개를 저으면서 트래비스 가슴을 정상적인 손으로 콕 찍었다. “너” 엄마가 말하면서 엄지를 치켜세웠다.

“으아, 전 아무것도 아네요, 엄마. 경연대회 참가자 연주 들을 때까지 기다려 보면 알아요. 그런데, 엄마, 여기 어떻게 오신 거예요?”

“클래런스가 네가 엄마를 모시고 오는 게 어떻겠냐고 했다면서 깜짝 놀래 주자고 계획을 짰단다. 의사가 반나절은 괜찮다고 허락해서 마지막 우승자를 뽑을 때쯤 오는 게 좋겠다고 생각했지. 오면서 꽤 즐거웠어요, 그렇죠, 제네바?”

랠핀이 말하자 엄마가 랠핀을 가리키면서 활짝 웃었다.

“그럼요, 친구.”

트래비스의 기억에 엄마는 친구가 하나도 없었다. 평생 일만 하고 가족만 돌보느라 그랬던 것이다.

스콧이 최종 본선에 오른 참가자들을 호명했다.

“결승전에 오를 다섯 분을 뽑았습니다. 4번, 7번, 13번, 14번, 그리고 19번 참가자입니다. 아까와 마찬가지로 심사위원은 참가자를 볼 수 없는 자리에서 듣기만 할 테니, 참가자들이 나왔을 때 흥분해서 이름을 부르거나 하지 말아 주셨으면 합니다. 사람이 아니라 연주로 평가해야 하니까요. 그리고 모든 연주자의 연주가 끝날 때까지 박수는 치시면 안 된다는 점, 명심해 주세요."

첫 번째 연주자가 무대에 올랐다. 연주가 너무나도 훌륭한 나머지 트래비스는 곡이 끝날 때 무릎에 올린 손이 저절로 박수를 치지 않도록 정말로 조심해야 했다. 다음 주자는 십대 연주자로, 트래비스 또래로 보였는데 나이가 믿어지지 않을 만큼 연주가 훌륭했다. 흘끗 쳐다볼 때마다 엄마는 미소를 짓고 있었다. 페스티벌을 진정으로 즐기고 있었다. 트래비스가 엄마에게 몸을 기울였다.

"지금까지 들은 것들 중 최고죠, 엄마? 정말 멋지지 않아요?"

"으응."

엄마가 얼굴 가득 미소를 머금으면서 말했다.

다음 주자는 여자였는데, 첫 번째 남자보다도 더 나았다. 엄마도 마음에 들어했다. 엄마는 트래비스에게 엄지를 들어 올려 보였다.

"이제 두 명밖에 안 남았어요."

트래비스는 관객을 둘러보았다. 접이식 의자가 빽빽히 들어차 있고 사람들은 그 옆 경사면까지 올라가 앉아 있었다. 이런 광경을 보고 있자니 자기가 지난 몇 년 동안 단 한 번도 이 페스티벌에 대해 들어 본 적도 없다는 게 한심스러웠다. 숲 속에 앉아서, 거의 아무것도 하지 않으면서 보낸 시간 동안에 어쩌면 상상조차 하기 힘든 최고의 기타 공연을 놓쳤을지도 모른다. 하지만 이젠 아니다. 이제부터는 매년 이 페스티벌에 올 것이다. 엄마랑 누나 동생들도 꼭 오게 할 것이다.

다음 연주자가 연주를 시작하고 있었다. 아까 소 칠하기 작업을 하면서 아이들을 도울 때 들었던 감미롭기 그지없는 기타 소리다. 스콧이 만든 악기일 거라고 확신했지만 무대 쪽을 보니 기타는 몹시 낡고 비틀려 있었다. 트래비스는 기타를 치는 남자를 확인하는 순간 숨이 멎는 것 같았다. 그 남자였다. 카우보이 모자는 안 썼지만, 그 남자가 맞다! 절대 그 얼굴을 잊을 리 없다. 그 남자가 엘리 더닝 할아버지의 기타를 들고 있었다.

20

트래비스는 무대 옆에 서 있는 스콧에게로 달려갔다.

“저 사람이 제 기타를 훔쳐 간 그 남자예요. 제 기타로 연주하고 있어요.”

스콧이 트래비스의 어깨를 잡으면서 속삭였다.

“쉬잇. 진정해라, 트래비스. 확실한 거야?”

“확실해요. 저 남자가 맞아요, 아저씨. 분명해요.”

트래비스도 작은 소리로 속삭였다.

“알았다, 잠깐만 기다려. 일단 연주를 마치게 두자. 경연대회부터 끝내고 이 문제를 해결하자.”

카우보이가 엘리 할아버지의 기타를 들고 연주하는 3분이 트래비스에게는 시간이 멈춘 것처럼 길었다. 다른 누구보다도 더 좋은 소리가 났지만, 트래비스에겐 그마저도 상관없었다. 저 남자는 도둑놈이고, 그러니 응분의 대가를 치르게 하고야 말 것이다.

남자가 연주를 마치고 무대를 떠나려 했다.

“저놈 잡아요! 그냥 가게 내버려 두면 안돼요!”

트래비스가 고함을 지르며 뛰어가는 동안 남자가 무대 뒤로 피신했다.

이런 식으로 도망치게 놔둘 수는 없다. 트래비스는 스콧이 "경연 번호 19번 나오세요."라고 말하는 안내 방송을 들었다.

"이봐요, 거기 서요, 아저씨!"

트래비스가 소리를 질렀다. 다음 참가자가 연주를 시작하는 소리가 들렸다.

'자원봉사자' 이름표를 단 남자 하나가 트래비스를 붙들었다.

"어어, 얘야, 조용히 해. 경연대회 중이잖니."

"하지만 저 남자가 제 기타를 훔쳤다고요. 달아나려 하고 있어요."

자원봉사자는 카우보이가 가는 방향의 반대로 트래비스를 밀기 시작했다. 트래비스가 자원봉사자 뒤로 목을 길게 빼고 봤지만 카우보이는 온데간데없이 사라졌다. 주차장 쪽을 바라보았다. 트럭 쪽으로 갔을까?

마지막 연주자가 공연을 마치자 관객석이 떠나갈 듯 박수가 울려 퍼졌다. 스콧은 팀버 크릭이라는 밴드가 심사위원이 우승자를 결정할 동안 연주할 것이라고 알렸다. 밴드가 연주를 시작하자마자, 스콧이 트래비스에게로 뛰어왔다.

"좋아, 이제 도둑 잡기 시작해 보자. 남자는 어디 있지?"

"무대 뒤로 갔는데 그 뒤로는 못 봤어요."

"찾을 수 있을 거다. 우승자 발표가 나기 전에는 여길 뜨지 못할 거야. 성패가 달려 있는 상황이니까.'

아니나 다를까, 가 보니 카우보이가 다른 경연자들과 얘기를 나누고 있었다.

"얘기 좀 할 수 있을까요?"

스콧이 물었다.

카우보이가 트래비스를 알아보고 얼굴이 시뻘게지더니 곧 억지 미소를 지었다.

"물론입니다. 무슨 일이시죠?'

"아저씨가 내 기타를 가져갔잖아요. 그 일이지 무슨 일이에요."

카우보이가 킬킬대며 웃었다.

"미안하다, 꼬맹아. 이 기타는 우리 집안 대대로 내려오는 기타거든. 얼마나 낡았는지 보고도 모르겠니."

"이 기타가 당신 거라는 증거를 댈 수 있겠소?"

스콧이 물었다.

카우보이가 콧방귀를 뀌었다.

"뭐가 어째요? 백 년이나 된 물건을 샀던 전표를 보여 달란 소리요? 이 기타가 내 기타가 아니라는 증거가 있음 한번 대 보쇼. 저 애처럼 나도, 형제들이나 열 명도 넘는 사돈의 팔촌까지 다 데리고 와서 평생 이 기타를 봐 왔다고 할 수 있단 말이요."

"저도 그럴 수 있어요. 우리 엄마께서 저 앞에 계시거든요. 엄마가 우리 기타를 확인해 주실 거예요. 제가 엄마를 모셔 올게요."

트래비스는 달려가서 엄마와 랠핀을 찾았다. 밴드 연주 중간이라 음악이 다시 시작될 때까지 1분 정도밖에 말할 시간이 없었다.

"어머니 기분이 안 좋아지신 것 같아. 왜 그러시는지 모르겠네. 계속 무대 위만 가리키고 계셨어."

"우리 기타 때문에 그러셨을 거예요, 그렇죠, 엄마? 엄마도 보셨죠?"

엄마는 너무 고개를 세게 끄덕이는 바람에 의자에서 균형을 잃고 떨어졌다. 트래비스는 엄마 곁에 쪼그리고 앉아서 말했다.

“저기 엄마, 제가 미리 말씀 못 드렸는데, 사실은 너무나 바보같은 짓을 저질렀어요. 저 남자가 차를 태워 준대서 탔는데, 우리 기타를 훔쳐 갔어요.”

엄마가 눈을 크게 뜨면서 쏘아보았다. 뭔가 말하려고 기를 쓰고 있었다.

“알아요, 엄마. 타란다고 아무 차에나 타면 위험하다고 항상 주의를 주셨죠. 그러면 안 되는 거였는데. 하지만 그건 지금 잠시만 잊어 주세요. 저 남자가 우리 기타를 자기 거라고 주장하고 있거든요. 진정하시고, 스콧 아저씨한테 가서 저 기타는 엄마 기타라고 말씀 좀 해주세요, 네? 꽉 잡으세요, 빨리 달릴 거니까.”

트래비스는 무대 옆에 서 있는 사람들을 뚫고 휠체어를 몰았다. 스콧은 휠체어에 앉은 트래비스의 어머니를 보고 약간 걱정스러운 표정을 지으면서 카우보이와 얘기하고 있었다. 엄마는 의자에 기대 앉아서 악의라고는 전혀 없는 표정을 짓고 있었다. 랠핀과 트래비스는 그런 엄마를 똑바로 일으켜 세웠다.

“테이시 부인, 약간 분란이 있어서 해결을 봐야 하는데요. 여기 이분이 수십 년간 이 기타를 집안 대대로 갖고 있었다고 맹세하신다네요.”

엄마가 고개를 흔들었다.

“아네야, 아네야.”

카우보이가 비웃었다.

“이분이 그렇게나 중요한 증인입니까? 아이고야, 말도 제대로 못하는 사람을 데려다 놓고 원.”

엄마가 앞으로 몸을 기울여서 엘리 기타를 붙들려고 하자 떨어질까 봐 랠핀이 막았다.

"내 거야!"

엄마가 그 어떤 단어보다 또렷하게 말했다.

심사위원들이 우승자 발표를 앞두고 있었다. 카우보이가 말했다.

"이런 바보 같은 짓은 이제 그만하겠어요. 저는 무대 앞으로 갑니다."

스콧이 말했다.

"가세요, 그럼. 기타는 두고 가시고요. 이 문제를 해결할 때까지는 제가 보관하도록 하죠."

"아하, 그렇게 나오시겠다? 애 편을 들겠다 이거군요. 이래 놓고 다시는 나한테 기타 안 돌려줄 작정 아뇨."

카우보이가 그대로 걸어가는데, 클래런스가 갑자기 어디선가 나타나서 남자를 붙잡았다. 카우보이는 깜짝 놀란 나머지 클래런스가 자기 손에서 기타를 빼어 가는데도 아무런 저항을 하지 못했다.

"스콧은 약속을 지키는 사람입니다. 기타가 당신 거라면, 분명히 돌려받게 될 거요. 다른 경연자들과 무대 위로 올라가시죠."

트래비스는 클래런스로부터 기타를 받았다. 다시 기타를 잡은 기분이 너무나 감격스러워 울음이 터져 나오려 했다. 트래비스는 기타를 아래 위로 훑어보았다. 뒤에는 아직도 크게 금이 가 있었다.

"이걸 고치지도 않았다니, 말도 안 돼요. 그런데도 두 동강 나지는 않았네요."

스콧이 손가락으로 금 간 데를 만져 보았다.

"그러니까 확실히 네 거란 말이지?"

"분명히 맞아요."

트래비스는 스콧에게 개에 쫓겨서 넘어진 얘기를 들려주었다.

"그때 금이 더 가게 되었고, 기타가 도로에 부딪히면서 옆면이 이렇게 약간 파였어요."

스콧이 기타를 잡고 돌려 보았다.

"이건 전부 수리하면 돼. 금이 갔는데도 불구하고 소리가 정말 놀랍더라. 하지만 저 사람이 자기를 위해서 거짓 증언을 해줄 사람을 데려오면 문제가 달라진다. 나야 물론 너를 믿지만, 착한 사람이 항상 이기는 건 아니거든."

심사위원이 선언했다.

"이제 최종 본선에 오른 단 두 명의 경연자만 남았습니다. 열다섯 살 소년 제이슨 디트리히와 샘 해리스입니다."

스콧이 고개를 저었다.

"이제 내 말 뜻 알겠지?"

"샘 해리스가 그 남자예요? 그 남자 이름이 샘 해리스?"

"그렇단다."

"저런 놈이 아저씨가 만든 기타도 갖고 엘리 할아버지가 만든 기타도 갖다니, 그건 안 돼요. 공정하지 않다고요."

돌연 엄마가 무언가를 말하려고 하면서, 자기에게 기타를 달라는 몸짓을 했다. 스콧은 엄마의 무릎에 조심스럽게 기타를 올려 주었고, 그러자 엄마는 손으로 원을 그리면서 뒤로 돌려 달라는 뜻을 전했다. 그러고 나서 몸체와 맞닿은 두꺼운 목 부분을 손으로 문지르더니 이렇게 말했다.

"엘리!"

트래비스는 엄마가 가리키는 곳을 가까이서 들여다보았다.

"거기 뭔가 글자가 새겨 있다고는 생각했지만 잘 보지는 못했는데."

"엘리."

엄마가 다시 말했다.

스콧이 기타를 들고 햇살에 비춰 글자를 볼 수 있도록 돌렸다.

"E. D.라고 적혀 있는 것 같은데."

"그게 바로 저희 4대조 할아버지예요. 엘리 더닝Eli Dunning. 맞죠, 엄마?"

"응!"

엄마가 대답했다.

심사위원의 발표가 다시 나왔다.

"그러면 이제 스콧 맥키삭의 명품 기타를 받게 되실 우승자는……."

심사위원은 여기까지만 말하고 잠깐 멈추어서, 티브이 쇼 같은 긴장감을 조성했다.

클래런스가 스콧에게 우승자 시상용 기타를 주면서 말했다.

"어서 가. 빨리 여기를 빠져나가야 해."

트래비스도 따랐다. 스콧이 무대에 기타를 들고 올라서자, 관객이 환호성을 터뜨렸다.

심사위원이 발표를 이어 나갔다.

"우승자는 샘 해리스!"

트래비스의 가슴은 무너졌다. 스콧의 아름다운 기타가 저런 비양심적인 망나니한테 간다는 생각을 하니 참을 수가 없었다.

카우보이는 소년을 옆으로 밀어제치고 무대 앞쪽으로 거들먹거리며 나가서 관중이 환호하는 동안 수차례 인사를 했다. 트래비스는 당장 뛰어가서 무대 밑으로 끌어내리고 싶은 마음을 겨우 참고 있었다.

환호성과 휘파람 소리가 잦아들자, 스콧이 마이크를 잡았다.

"수상자에게 줄 기타를 만드는 일은 저에게 그 의미가 매우 큽니다. 제가 기타를 더 좋게 만들려고 끊임없이 노력하는 만큼이나 기타 연주자도 기술을 완벽에 가깝게 연마하는 사람으로서 이 기타를 받을 자격이 있다는 생각이 들기 때문입니다. 매년 저는 이렇게 우승자에게 새 기타를 건네주는 순간을 고대합니다."

더 큰 환호가 이어졌다. 카우보이는 트래비스를 건너다보며 비웃었다. 믿을 수가 없었다. 스콧이 저 쓰레기 같은 놈한테 기타를 상으로 주다니. 하지만 어쩔 도리가 없었다. 결국 저놈이 승리한 것이다. 카우보이는 스콧 옆으로 다가서서 기타를 향해 몸을 내밀었다. 그러자 스콧이 말했다.

"그런데 올해는 약간 규정이 달라졌습니다. 우승자가 넘어야 할 마지막 관문이 있어요. 클래런스 씨, 샘 해리스 씨에게 경연대회 때 쓴 기타 좀 갖다 주시겠습니까?"

클래런스가 카우보이에게 엘리 기타를 건네주었다. 트래비스는 그자가 또 기타를 쥐고 있는 꼴이 무척 보기 싫었다. 갑자기 달아나 버리면 어쩌지? 무슨 일이 일어나는지 아무도 모를 정도로 재빨리 주차장에 있는 트럭으로 줄행랑칠지도 모를 일이다.

"이 기타를 만든 장인이 직접 기타에 이름의 약자를 새겨 놓았습니다. 해리스 씨, 그 약자를 보여 주신 뒤 제작자가 누군지 말씀해 주시겠어요?"

카우보이는 기타 안쪽, 보통 제작자가 글자를 새기는 자리를 들여다보았다. 그러고는 말했다.

"이렇게 오래된 기타를 누가 만들었는지 어떻게 압니까. 게다가 그게 무슨 상관이에요? 이제 새 맥키삭 제품이 생겼으니 더 치지도 않을 건데요."

해리스가 관객을 향해 활짝 웃으면서 허공에 주먹질을 하는 시늉을 하자, 모두가 환호성을 질렀다. 스콧이 말했다.

"글쎄요, 그건 아닌 것 같은데요. 우리는 기타 제작자가 누군지 알거든요. 목에 E. D.라는 글자가 새겨져 있어요. 트래비스, 그 약자가 무엇을 뜻하는지 네가 한번 말해 줄래?"

트래비스가 마이크로 갔다.

"제 4대조 할아버지 엘리 더닝께서 만드신 기타라는 뜻입니다."

음향이 들어가 커진 자신의 목소리가 기이하게 들렸다. 관중은 조용해졌다. 트래비스는 깊이 숨을 들이마셨다.

"저 기타는 몇 세대에 걸쳐 저희 집안에 전해 내려온 기타입니다. 그런데 그 기타를 샘 해리스가 훔쳐 갔어요."

목소리가 메아리를 만들며 들판에 울려 퍼졌다. 관중석에서 낮게 웅성대는 소리가 들렸다.

스콧이 마이크 앞으로 나섰다.

"제 생각으로는 훔친 기타로 연주하면 완전히 자격 상실이지 싶은데요."

스콧의 목소리가 "우~" 하는 관중의 야유 위에 쾅쾅 울렸다.

"그래서 이번에 상으로 수여되는 제 기타를 아주 유능한 젊은 연주자이자 첫 번째 주자인 제이슨 디트리히에게 드릴 수 있음을 진심으로 기쁘게 생각합니다."

"이건 사기야! 이 엉터리 고물 기타나 받아라!"

샘 해리스가 고함을 질렀다. 트래비스는 그가 수상자용 기타를 얘기하는 건 줄 알았다. 그런데 그때 카우보이가 엘리 기타를 머리 위로 들어 올리더니 온 힘을 다해 바닥에 내던지는 믿을 수 없는 광경이 펼쳐졌다.

"안 돼에에에에에!"

트래비스는 기타가 바닥에 떨어지지 않도록 몸을 던져 잡으려고 했지만 이미 너무 늦어 버렸다. 기타는 폭발하는 듯한 굉음을 내면서 무대 바닥에 부딪혔다. 땅에 세게 떨어지면서 뒤판이 몸체에서 떨어져 나갔다. 트래비스는 내장을 드러낸 악기 위로 몸을 구부리면서 마치 엘리 더닝 할아버지의 유령이 갑자기 드러난 것처럼, 오래된 관에서 나는 희미한 연기 냄새를 맡았다. 이 모든 일이 일어나게 한 장본인이 트래비스 자신이라는 것이 믿어지지 않았다. 0.5초만 더 빨리 움직였어도 기타가 떨어지는 걸 막을 수 있었을 것이다. 트래비스는 주저앉아 카우보이가 무대 위에서 뛰어내려 주차장 쪽으로 달리는 것을 보았다. 관객 중 세 남자가 카우보이 뒤를 쫓았다. 여기 있는 이들에게는, 기타 도둑질은 심각하지만 남의 일일 뿐이라고 해도 기타를 파괴한다는 것은 감히 상상조차 할 수 없는 일이다. 주차장에서 남자들이 카우보이를 구석으로 몰았고, 트래비스의 눈에 주 경찰이 그쪽으로 뛰어가는 모습이 보였다. 샘 해리스는 이제 곧 체포되겠지만, 이제는 아무런 의미가 없어졌다. 기타는 이미 박살났으니까.

그 뒤로 많은 일들이 빠른 속도로 진행되었지만, 트래비스에게는 그저 영화를 보는 것 같을 뿐이었다. 멀리서 경찰이 카우보이에게 수갑을 채우고 경찰차에 태운 뒤 문을 잠그는 모습이 보였다. 그리고 경찰이 차를 무대 바로 옆까지 몰고 왔다. 스콧은 버디를 무대로 보내서 경찰이 질문을 하는 동안 관중을 즐겁게 해주도록 했다.

첫 번째 질문은 트래비스의 어머니에게 향했다.

"이 기타가 당신 가족이 물려준 기타임이 확실합니까, 부인?"

"네. 제 거예요!"

엄마는 흐느끼고 있어서 가까스로 말했지만, 크고 또렷한 발음이었다.

"스콧 맥키삭 씨, 이 기타의 가치는 얼마나 되는 것 같습니까?"

경찰이 물었다.

트래비스는 스콧의 답을 듣고 펄쩍 뛸 만큼 놀랐다.

"적어도 천 달러는 되겠지요. 저렇게 오래된 기타도 드문 데다가, 제가 이제껏 들어 본 소리 중 가장 나았어요."

경찰이 수첩을 덮었다.

"알겠습니다. 뉴욕 주에서는 이 정도면 중죄에 해당합니다. 해리스는 감옥에서 한동안 지내야 할 겁니다."

그 정도로는 카우보이가 기타에 한 짓이나 어머니 얼굴에 깃든 슬픔을 상쇄하기엔 턱도 없다.

"기타를 저런 꼴로 만들어서 죄송해요, 엄마. 하지만 스콧이 다시 연주할 수 있게 고쳐 줄지도 몰라요. 다른 악기도 쓰레기 부스러기 같다가도 스콧이 고치면 새것처럼 변신하는 걸 봤거든요."

이 말은 사실 그대로는 아니었지만, 트래비스는 자기는 못 가지더라도 어머니만큼은 희망을 가졌으면 하고 바랐다.

랠핀이 말했다.

"제네바, 피곤해 보여요. 이제 돌아갈까요?"

엄마가 고개를 끄덕이자 랠핀이 주차장 쪽으로 휠체어를 몰았다.

"제가 할게요."

트래비스는 휠체어를 들어 올리고 어머니가 랠핀의 차에 올라타도록 도왔다.

"엄마, 클래런스 아저씨랑 같이 곧 뵈러 갈게요."

"자, 자, 자랑스러워."

엄마는 트래비스를 가리키며 이렇게 말하고는 몸을 숙여서 손을 꼭 쥐었다.

"저도요, 엄마. 엄마가 자랑스러워요."

트래비스는 차 문을 닫고 랠핀이 운전하는 모습이 안 보일 때까지 차가 떠나는 모습을 지켜보았다.

21

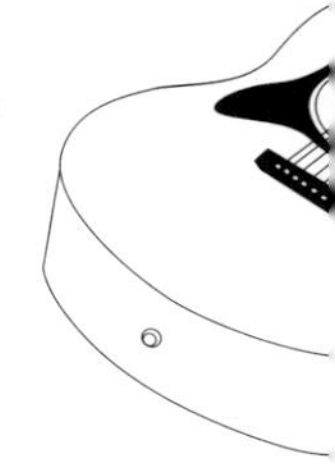

트래비스가 무대 쪽으로 돌아가자, 관객들이 버디의 마지막 노래에 박수를 치고 있었다. 노래가 끝나자 스콧이 마이크를 다시 잡았다.

"버디 허버트였습니다. 버디는 열 개 주를 통틀어 만돌린을 가장 잘 치는 연주자죠. 이번에는 여러분이 열렬히 다시 듣고 싶어 하시리라 생각되는데요, 우승자 제이슨 디트리히가 새로운 기타로 연주하는 곡 몇 곡을 들려 드리겠습니다."

제이슨이 집중 조명을 받으며 자리로 올라왔다. 어린 연주자치고는 연주하는 법을 제대로 알고 있었다. 트래비스는 자기도 미친 듯이 연습해서 내년에는 꼭 참가하리라고 속으로 다짐했다. 클래런스가 약간 가르쳐 준 뒤로 자신의 연주도 이미 나아지고 있었다. 1년 안에 얼마나 발전할지는 아무도 함부로 말할 수 없다.

그때 자기 기타는 이제 낡은 담요에 쌓인 나무 조각으로만 남게 되었다는 사실이 떠올랐다. 그동안 등에 천 달러나 되는 기타를 메고 다녔다고 생각하니 기분이 묘했다. 미리 알았더라면, 기타를 팔아서 그 돈으로 어머니를 더 좋은 병원으로 옮겼을지도 모른다. 하지만 이제는 상관없는 일이 되었다. 자신이 한 일이라고는, 아빠가 늘 말한 대로 멍청한 짓을 또 해서, 기타를 박살 내려 했던 상황에 불을 붙인 것뿐이다.

트래비스는 제이슨의 연주 뒤로 밴드 세 팀이 연주하는 것을 거의 듣지 않았다. 해가 지기 시작하고, 하늘이 주황빛으로 물들고 구름이 보라색으로 변할 때쯤 누군가 페스티벌의 마지막 무대를 장식할 밴드 이름이 '냄비 바닥 밴드'라고 소개했다. 짧게 무대를 여는 연주가 시작되자 모든 관중이 넋을 잃었다. 트래비스가 무대를 살펴보니 스콧이 기타를, 클래런스가 밴조를, 버디가 만돌린을 치고 있었고 셋 다 카우보이 모자를 쓰고 있었다. 그들은 한 곡을 연주하고 다음 곡으로 바로 이어 가면서, 중간에 쉬는 법도 없이 각자 악기 줄을 빛의 속도로 통과하면서 손가락이 거의 보이지 않을 정도로 연주했다. 관객들은 솔로 연주가 끝날 때마다 비명을 지르고 휘파람을 불면서 급기야 음악에 맞춰 박수를 치는 등 광란의 도가니가 되어 절정의 순간을 맞았다. 클래런스가 하얀 손수건을 불쑥 꺼내더니 이마를 훔치고는, 만면에 미소를 지으면서 마지막 곡으로 돌입하기 전에 항복의 깃발이라도 되는 듯 그 손수건을 흔들었다. 트래비스는 이 노인이 얼마나 쇼에 강한 사람인지를 알고 새삼 놀랐다. 냄비 바닥 밴드는 열렬한 기립 박수 갈채를 받았다. 그들의 공연에 흥분한 트래비스는 잠깐이나마 엘리 기타에 대한 비통함을 잊고 즐겼지만 박수 소리가 잦아들자마자 곧 다시 마음이 엄청나게 무거워졌다.

스콧과 클래런스가 얘기를 나누고 싶어 하는 관중들로부터 풀려났을 때는 날이 캄캄해졌다. 스콧이 말했다.

"작업실로 돌아가자. 네 기타 좀 살펴봐야겠다, 트래비스."

"내일 아침에 하면 안 되겠나? 난 지금 녹초가 돼서 쓰러질 지경인데. 집에 가서 자야겠어."

스콧이 클래런스 어깨에 손을 얹었다.

"그럼 가 봐, 클래런스. 하루 종일 고생 많았네. 트래비스는 내가 나중에 데려다줄게."

스콧이 기타와 다른 악기들을 트럭에 싣고 출발했다. 몇 킬로를 가는 동안 스콧과 트래비스는 아무 말이 없었다. 이윽고 스콧이 트래비스를 바라보면서 말했다.

"너 오늘 기타 솔로 멋졌다."

트래비스가 말도 안 된다는 듯이 말했다.

"저를 솔로 시키려고 클래런스 할아버지랑 짜신 게 대체 언제예요?"

"기타 솔로 할 애가 안 온다는 걸 알았을 때 바로."

"그래요? 그게 언젠데요?"

스콧은 활짝 웃으며 앞만 바라보았다.

"지난 목요일."

트래비스가 좌석을 철썩 쳤다.

"그럴 줄 알았어요! 미리 알려 주면 어디가 덧나요? 연습할 시간 좀 주면 어때서요?"

"글쎄, 어쨌든 간에 넌 연습 없이도 잘 해냈잖냐. 난 그럴 줄 알았다. 넌 즉흥 연주를 할 만큼 음감이 좋아. 게다가, 내가 미리부터 솔로 해달라고 부탁했으면 네가 한다고나 했겠니?"

"물론 안 했겠죠. 제가 낯선 사람들 앞에서 연주할 실력이 안 된다는 거 아시잖아요."

"오늘 밤 공연에서는 잘하던데 뭘. 그리 나쁘지 않았어, 그렇지?"

트래비스는 몸을 움츠리며 말했다.

"연습을 했으면 그보다 잘했을 거라고요."

"하지만 어차피 싫다고 하면서 연습도 안 했을 거다. 그래서 네가 부담 없이 큰 무대에 설 수 있도록 약간 술수를 썼던 것뿐이야. 이제는 그 덕분에 언제든 원하면 할 수 있게 되었잖아."

"하긴, 그렇긴 해요."

트래비스는 무대에 섰던 자신의 모습을 그려 보았다. 정말 자기 모습이 맞나? 집중 조명을 받으며 무대에 서는 건 전혀 나쁘지 않은 경험일지도 모르겠다.

스콧이 냄비 바닥 밴드 공연을 위해 썼던 카우보이 모자를 벗어서 좌석 뒤로 던졌다.

"오늘 밤엔 우리가 예상했던 것보다 훨씬 열광적이었어. 샘 해리스 그놈이 훔친 기타를 들고 무대에 서는 어리석은 짓을 했다는 게 믿기지 않는다. 너를 그렇게 마주칠 줄은 꿈에도 몰랐겠지."

트래비스가 어깨를 으쓱했다.

"네. 알았다고 하더라도, 멍청한 애 하나쯤은 말로 이길 줄 알았겠죠."

"네가 그놈에게 맞서는 방식이 나는 좋더라, 트래비스. 감동이 있었어, 심지어 기타 솔로보다 더한 감동이."

스콧과 트래비스는 그 뒤로 한참 동안 둘 다 말이 없었다. 트래비스는 자신이 정말 기타를 다시 보고 싶어 하는 건지 확신이 들지 않았다. 아무리 생각해도 기타가 손쓸 수 없을 만큼 훼손되어 버린 것 같았기 때문이다.

사람이 한 명도 없는 작업실은 좀 낯설어 보였다. 스콧은 담요 꾸러미를 작업대 위에 올리고 시체가 된 듯한 기타를 조심스럽게 펼쳤다. 트래비스는 망가진 뒤로는 처음으로 기타를 제대로 들여다보았다. 가장 충격적인 부분은 목. 몸체에서 떨어져 나왔는데 아직은 엉킨 기타 줄 덕에 간신히 묶여 있는 상태다.

"어떻게 된 거죠? 목은 떨어져 있지 않았는데."

"뒤판이 부서지면 목은 지지할 곳이 마땅치 않아서 저렇게 된단다. 저 줄들이 당겨 대면 목은 약 45킬로그램이나 되는 압력을 견뎌야 해. 저기를 먼저 풀어 줬어야 했는데, 아까 너무 정신이 없어서 그 생각을 못했구나."

"아저씨 잘못이 아녜요."

트래비스는 기타의 잔해를 바라보았다. 예전에 길가에서 본, 죽은 캐나다 기러기가 떠올랐다. 그 기러기는 길게 늘어져서 보도 반대 방향에서 고통스러운 각도로 목을 벌리고 있었다. 그때만큼이나 보기 힘든 장면이 지금 눈앞에 있다. 트래비스에게는 기타도 새와 마찬가지로 살아 있는 생명체와 다름없었기에, 묵묵히 침묵하고 있는 기타를 보니 가슴이 찢어질 것 같았다.

스콧이 뒤판 조각들을 조심스럽게 정돈했는데, 나무 조각 몇 개가 사라져서 잘 맞지 않는 부분이 나왔다.

"못 고치겠네요, 그렇죠?"

"확실히 말을 못하겠구나, 하지만 뒤판은 기타에서 가장 중요한 부분은 아니야."

스콧이 기타 앞판에서 늘어져 내린 기타 줄을 손으로 쓸면서 낮게 휘파람을 불었다.

"이 부분이 애디론댁 나무에서 가장 아름다운 부분이지. 그래서 뒤에 금이 간 상태에서도 이렇게 좋은 소리가 나는 거야. 앞으로 이런 나무 절대 못 구한다. 새 기타 만들 때 이 부분을 사용할 수도 있을 것 같아."

트래비스는 질 좋은 나뭇결을 따라 손을 움직이는 스콧의 얼굴이 감탄으로 가득 차 있음을 느꼈다.

"나무가 거의 해진 곳은 다른 걸로 덧대실 거예요?"

"아니, 이 부분은 사람들이 수십 년간 연주해 온 역사의 한 부분이야. 다른 것과 섞어서는 안 되지. 여기는 아직 그런대로 괜찮으니 쓸 수 있겠다. 그럼 전과 같이 연주하는 맛이 날 거야."

스콧이 목을 점검하며 말했다.

"그럼 부분적으로만 새것으로 교체한, 엘리 기타랑 비슷한 기타가 나오는 건가요?"

스콧이 조각들을 모아서 담요에 다시 쌌다.

"그렇다고 할 수 있지. 어떻게 조립할지 좀 더 연구해 보고, 아주 천천히 고칠 생각이야. 늦더라도 이 나무를 다시 노래하게 할 수는 있다 싶은데."

트래비스는 이제 저 기타는 자기 것이 될 수 없다고 생각했다. 스콧이 고친 뒤에 살 만큼 큰돈이 없으니까. 그뿐만 아니라, 트래비스에게는 가질 자격도 없다. 애초에 훔쳐 가게 한 장본인 아닌가. 그래도 엘리가 아직은 누군가를 위해 음악을 만들 수 있다고 생각하니 기분이 나아졌다.

다음 날, 사람들이 수시로 작업실을 들락거렸고 현관에서 연주하는 즉석 밴드 연주가 줄을 섰는데 그들의 연주 또한 페스티벌을 방불케 할 만큼 좋았다. 반면 트래비스는 목구멍에 뭐라도 걸린 듯한 기분으로 침이 바짝바짝 마르는 기분이었다. 이제 모든 것이 끝났으니 트래비스의 일도 끝이다. 그러니 클래런스가 자기 집에 머물게 해줄 이유도 더 이상은 없다. 처음에 자기를 계속 긁어 댈 때 기분이 나빴던 만큼, 트래비스는 이제 클래런스가 자기 식구 같았다. 약간 정신이 이상해진 할아버지 정도의 느낌.

살아오면서 이 순간이 영원히 지속되었으면 하는 날들이 그리 많지 않았지만, 이번에는 그런 순간이 왔다. 시간이 얼어붙어서 꼼짝 않고 이 상태로 머물러, 누군가 구경꾼만 불러들이면 연주하고 노래하고 듣고 보고, 이렇게만 지낸다면 완벽하게 만족스러울 것 같았다. 여기가 바로 트래비스의 집, 모두가 기타와 음악에 대한 열정을 나눌 수 있는 진정한 마음의 고향이었다. 하지만 트래비스는 곧 쇼가 끝나고 클래런스와 스콧이 트래비스의 나이가 만 열넷이라는 사실을 알게 되어서 거짓말에 화를 내고 당장 나가라고 할 게 뻔하다는 것도 알고 있었다. 이 사실은 분명 곧 수면 위로 떠오를 것이다.

트래비스는 30분마다 커피를 끓이러 안으로 들어가야 했다. 버디가 결국 종이컵 꾸러미를 들고 왔다.

"저 많은 머그잔을 그만 씻어도 될 거다, 이제."

"감사합니다, 버디 아저씨. 그렇잖아도 머그잔이 부족해요. 사람들이 돌려 가면서 마시고 있었어요. 아, 그런데 어제 아저씨네 밴드 정말 멋졌어요. 냄비 바닥 밴드라는 이름은 어떻게 지으신 거예요?"

버디가 싱크대 위 선반에 걸린 냄비를 두드렸다.

"바로 여기 보이는 대로 지은 이름이야. 이건 커피 물 끓일 때 쓰곤 했던 냄비지. 지금은 변색되어서 잘 안 보이지만, 새것일 때 이 냄비 바닥은 반짝이는 밝은 구리색이었어. 처음 공연을 하기로 했을 때 밴드명이 필요했는데 작업실을 둘러보다가 눈길이 가장 먼저 멈추는 것으로 아이디어를 얻자 그랬거든."

"그럼 오래된 냄비에서 밴드 이름을 땄단 말예요?"

버디가 웃었다.

"좀 어이없지? 그런데 냄비 바닥 밴드라고 소리 내어 말하면 느낌이 괜찮잖아. 그래서 맘에 쏙 들었지."

웨스턴 박사가 문가에서 사람들을 헤치고 안으로 들어서고 있었다. 의사는 버디의 등을 어루만졌다.

"어젯밤 냄비 바닥 밴드 제대로 각이 잡혔던데."

"고맙소, 박사. 페스티벌이 전반적으로 성공적이었어. 그 어느 때보다 사람도 많았고 말야. 그런데 무슨 일로 아침부터 납시었나?"

"트래비스랑 할 얘기가 있어서. 좀 조용한 데서 얘기 좀 할 수 있을까?"

"네, 좋아요."

의사를 따라 밖으로 나가면서 트래비스의 머릿속에는 온갖 생각이 널뛰듯 오고 갔다. 엄마에 관한 얘기겠지? 기타 때문에 너무 속상해하시나? 아니면 내가 나이를 속인 게 들통 난 걸까? 의사는 가족에 대해 아는 게 너무 많다. 그러니 나이도 알 것이다.

의사가 작업실 벽을 등지면서 잔디에 앉고서는 트래비스에게도 앉으라는 시늉을 했다. 트래비스도 바닥에 앉았다.

"저희 엄마 얘기인가요? 페스티벌 끝나고 기력이 없어지셨나요?"

"그것도 좀 걱정스럽기는 했지. 그래서 오늘 아침에 뵈러 갔는데, 엄마는 괜찮으셔. 단지 네 걱정을 많이 하시더라. 그래서 계획을 좀 세워 보려고. 너 말이다, 집으로 돌아가는 게 그리 신나지는 않지, 그렇지 않니?"

트래비스는 이 말에 깜짝 놀랐다. 엄마와 의사 선생님이 자기를 위한 계획을?

"아, 네, 차라리 여기 더 있고 싶죠. 하지만 이제 페스티벌이 끝났고……. 글쎄요, 이젠 어디로 가야 할지 모르겠어요."

"그래서 또 아무 데로나 도망치려는 생각이구나."

이 말은 질문이라기보다는 단정으로 들렸다.

"아뇨, 제가 왜 그러겠어요?"

트래비스는 불편해지기 시작했다. 의사는 클래런스보다 훨씬, 어쩌면 스콧보다도 젊다. 그래서인지 더 예리하고, 더 속이기 힘들어 보인다.

"이제 대놓고 말할 때가 된 것 같다. 시작해 볼까. 우선, 난 네가 열네 살이라는 걸 안다."

트래비스의 몸이 폭삭 내려앉았다. 이제 모든 거짓말이 만천하에 드러나는구나. 하지만 재앙을 막을 시간이 좀 있을지도 모른다.

"스콧 아저씨랑 클래런스 할아버지한테 말씀하시진 않았죠?"

"아니, 할 필요가 없었지. 클래런스는 줄창 네가 열넷이라고 했거든. 스콧이랑 나는 열다섯이라고 했고. 클래런스랑 내기해서 우리가 5달러씩 잃었어. 이제 알겠니? 아무도 너를 열여섯이라고 생각하지 않았어."

의사가 웃었다.

다 알고 있었다고? 트래비스에겐 이제 더 이상 숨길 게 남아 있지 않다.

"어쨌든 말이다, 뭐가 되었든 너에 대해서 지속적인 관리를 하려면 사회복지 단체를 개입시켜야 해. 넌 미성년자니까."

"싫어요! 그럴 필요 없어요. 집으로 그냥 돌아가면 모든 게 괜찮아질 거라구요."

"네 어머니랑 그것도 의논했단다, 트래비스. 다른 아이들 걱정을 하셨어. 어머니께선 아버지가 도움이 안 된다는 것도, 누나 혼자서 모든 일을 다

하기 힘들다는 것도 알고 계시니까 설사 네가 집으로 돌아간대도 사회복지 단체에는 연락해야 한다고 생각하셔."

"하지만 애들이 뿔뿔이 흩어지게 되잖아요. 얼린은 무서워서 죽으려고 할 거고, 로이는 안 그래도 상처받고 화가 나 있다구요!"

트래비스는 벌떡 일어섰다.

"앉아라!"

의사가 소리를 빽 질렀다. 트래비스는 마지못해 앉았다. 한편으로는 그 길로 자전거를 타고 떠나 버리고 싶었지만 그렇게 한들 무슨 도움이 되랴? 의사는 이미 내가 사는 곳도 안다. 아이들도 금방 찾아낼 것이다.

의사가 손을 들어 올려 트래비스를 잡았다.

"진정해. 아무도 뿔뿔이 흩어지거나 하지 않아. 너희 어머니께 약속 드렸다. 너랑 준이 여름학교에 가서 그동안 놓친 수업을 따라잡는 동안 동생들을 돌봐 주실 분을 구하고 싶다는 것뿐이야."

"저도 모르게 이런 모의를 하셨단 말예요?"

이렇게 개인 생활에 간섭하는 의사가 세상 어디에 있나?

"괜히 말 꼬이게 하지 말고 나머지 얘기 잘 들어. 랠핀과 아르노 부부는 입양 부모로서 이미 제도적 승인을 받은 분들이야. 네가 집에서 살기 싫다고 하면, 그분들이 일시적으로 입양 가족이 되어 줄 수 있고, 클래런스가 바로 옆집에 사니까 거기서 머물러도 될 거다. 어머니께서도 이 방법이 마음에 든다고 하셨지만, 어머니가 다 나아서 집으로 돌아가실 때쯤에는 모두 함께 모여 살게 되는 게 목표라고 하셨다."

"엄마가 나을 수는 있는 거예요? 그 정도로 나으실 수 있을까요?"

"아, 그래. 오늘 아침 다른 얘기도 했다. 보험 문제가 해결되는 즉시 어머니를 재활 센터로 옮겨 드리기로 했어. 너희 집과도 더 가까워지니까, 아빠랑 누나 동생들도 찾아가기 좋을 거다."

트래비스는 눈썹을 찡그렸다.

"그러려면 대단한 운이 따라야 할걸요."

"아버지 좀 좋게 봐 드려, 트래비스. 전화로 좀 더 이야기를 나눠 봤다. 처음에는, 맞아, 꽤 완고한 편이셨지만, 이제 서서히 돌아오고 있다는 신호가 보인단다."

"그럼 얼마나 있어야 엄마가 거기, 그 센터 이름이 뭐예요?"

"루카스 지역 재활 및 운동 치료 센터. 평판이 좋은 곳이니 거기 가시면 더 이상 나이 든 분들과 한 무리로 섞여서 휠체어에만 앉아 계시지 않을 거야. 운이 따른다면, 오늘 아니면 내일이라도 옮기게 될 거다."

"우와, 그렇게나 빨리요?"

'고요한 산장'보다 훨씬 나을 것 같은 이름이다. 하지만 엄마가, 고등학교 시절에도 공 한번 차 보지 않은 엄마가 운동 치료 센터에 있다니 좀 우습다는 생각도 들었다.

"얼마나 오래 거기 계셔야 할까요?"

웨스턴 박사가 트래비스의 어깨를 쓰다듬었다.

"거기 가기도 전에 퇴원 날짜부터 생각지는 말자. 이런 일에는 시간이 필요해. 하지만 어머니께선 젊고 일도 열심히 하셨던 분이니까, 내 생각에 실제 치료는 6개월 남짓……. 아니다, 약속은 할 수 없고, 어쨌든 나는 아주 희망적으로 생각한다."

트래비스에게 한동안 이렇게 좋은 소식은 없었다. 감히 바라지도 못했는데 생각보다 훨씬 좋은 소식이었다.

22

이후 며칠간은 페스티벌 뒤의 잡무로 채워졌다. "페스티벌을 침대로 돌려보내기"가 스콧이 붙인 그 작업의 명칭이었다. 월요일에는 공원으로 모두 돌아가서 원래대로 복구가 되었는지 확인했다. 그러고 나서 연주자와 경연대회에 참가한 모든 이들에게 감사장을 썼다.

클래런스가 트래비스에게 함께 사는 계획에 대해서 입도 뻥긋하지 않았기에, 트래비스도 아무 말 하지 않았다. 그 이야기를 먼저 꺼내 주기를 기다리면서 바쁘게 움직일 뿐이었다. 그대로 쓰기에는 좀 무리가 있어 보이는 애디론댁 밴드의 악기들은 작업실로 가져와서 약간 손을 보았다. 손상된 만돌린을 치울 때 트래비스는 엘리 기타가 선반 맨 꼭대기에 꾸러미째 방치되어 있는 것을 보았다. 주먹으로 명치끝을 한 대 맞은 기분이 들었다. 그날 밤 자기가 조금만 더 빨리 움직여서 무대에서 떨어지기 직전에 잡았더라면 얼마나 좋았을까를 수백 번도 더 생각했다.

화요일 오후에는 요양원에 갈 수 있기를 바랐지만, 작업실에서 전화를 받고 난 클래런스가 모든 상황을 반전시켰다. 트래비스가 기타 줄을 교체하고 있는 작업대로 와서 클래런스가 웃으며 말했다.

"의사가 좋은 소식을 들려줬다."

트래비스가 올려다보았다.

"엄마 얘기예요?"

"그래. 오늘 아침에 재활 센터로 옮기신단다."

"진짜예요? 지금 당장 가 봐도 돼요?"

트래비스는 기타를 내려놓았다.

"글쎄다, 의사 말이, 처음 며칠은 검사하고 진단할 게 많다는데. 목요일까진 가기 어렵지 싶다. 자리 잡을 시간을 좀 드리자꾸나."

수요일 밤, 클래런스와 트래비스는 늘 그랬듯 닭고기 파이를 먹었다. 클래런스에 따르면, 의사 말이 엄마는 재활 센터를 아주 마음에 들어 하시고 아주 잘 지낸다고 했다.

"내일 어머니 만나러 가자. 의사가 들여보내 줬다는, 그 새롭고 멋진 장소가 보고 싶구나."

"저도 그래요."

트래비스는 엄마를 새로운 환경에서 보고 싶어 참을 수 없으면서도 한편으로는 뭔가가 발목을 잡는 느낌이 들었다.

"그런데 할아버지, 우리 가족이 사는 데 먼저 들러 주시면 안 될까요? 동생들이 어떻게 지내는지 보고 싶어요. 그러고 가면 엄마께 애들 얘기도 해드릴 수 있으니까요."

클래런스는 으깬 감자를 포크로 집어서 닭고기 위에 얹은 그레이비 소스 주변에 놓아 주었다.

"안 될 거 없지, 당연히. 아주 좋은 생각이다. 이제 작업실에 중요한 일은 없으니까, 내일 아침 당장 가보자."

트래비스는 밤에 잠자리에 누우면서, 과연 자신의 결정이 옳은가 하는 생각이 들었다. 동생들, 특히 로이가 걱정되기는 했지만 예전으로 돌아가고 싶지는 않은 것도 사실이었다. 이제 트래비스는 사람들이 자기를 좋아하고 존중해 줄 때 어떤 기분이 드는지 알게 되었다. 예전으로 돌아가서, 아빠의 구박을 항상 참고 살고 싶지는 않았다.

트래비스는 밤새도록 몸을 뒤척이며 잠을 못 이루다가 가장 좋은 결론을 내렸다. 집에 잠깐 들른다고 해서 계속 머문다고 약속하는 건 아니다. 어떤 결정을 하든 간에, 트래비스로서는 동생들이 다 잘 지내는지 확인하는 일이 꼭 필요하다.

다음 날 아침 트래비스는 30분이 넘도록 집에 가도 괜찮을 거라고 스스로를 다독인 뒤 출발했다. 그런데도 클래런스의 트럭이 집에 다다르기 전 마지막 언덕을 넘자 그 모든 자신감이 녹아 없어지고 있었다. 가족과 떨어져 있어도 괜찮도록 강구한 유일한 방법은 마음속에서 식구들 생각을 떨쳐 버리는 것뿐이었다. 그런데 이제 식구들이 어떻게 나올지 생각하게 되자, 몹시 두려워졌다.

입구로 들어서자, 아빠의 짐차가 보였다. 좋다, 이러나저러나 아빠를 마주해야만 하는 순간이 왔다. 매도 빨리 맞는 게 낫겠다. 트럭에서 나와 트레일러로 걸어가는 동안 붉은 가문비나무 향기를 맡으니 행복했던 시절의 추억이 되살아나서, 무릎에 힘이 풀렸다. 손잡이를 잡아 문을 열려는 트래비스를 클래런스가 제지했다.

"노크를 하는 게 낫겠다. 한동안 오지 않았으니까."

그 말을 들으니 마음이 아파 왔다. 이제는 정말 자기 집이 아닌 것이다.

마치 아무도 안으로 들여 주지 않기를 바라는 것처럼 노크 소리가 작게 나왔다.

준이 문 앞에 등장했다. 레스터가 엉덩이에 매달려서 숟가락 손잡이를 질겅질겅 씹고 있었다. 트래비스에게 눈길이 닿는 순간 준의 얼굴이 환하게 밝아졌다. 준이 한 팔로 트래비스를 붙잡고 껴안았다. 레스터가 둘 사이를 낑낑대며 비집고 들어왔다.

"아아, 트래비스, 너를 보다니, 얼마나 좋은지 모르겠다!"

트래비스는 누나를 껴안으면서 눈물을 흘리지 않으려고 애썼다. 준의 어깨 너머로 보니 얼린이 팔을 활짝 벌리고 달려오고 있었다. 그때 느낀 감정에 트래비스는 얼떨떨해졌다. 온몸의 세포 하나하나가 여기가 자기 집이라는 것을 깨우쳐 주었던 것이다. 트래비스의 무릎 정도 키밖에 안 되는 얼린이 껴안으려 해서, 트래비스는 얼린을 들어 올려 안아 주었다.

"트래비스 오빠! 집에 왔구나!"

얼린이 꺄악 소리를 지르며 트래비스의 뺨에 땅콩버터 냄새가 나는 뽀뽀를 해댔다. 그러고 나서 곧 수줍은 표정을 짓더니 얼굴을 보지 않으려고 몸을 비틀었다. 얼린은 트래비스가 내려놓자마자 방으로 뛰어 들어갔다. 그러더니 문설주 근처, 제 딴에는 안전거리라고 생각되는 곳에서 몸을 돌려 트래비스를 훔쳐보았다.

준이 트래비스 뒤를 보면서 자유로운 한 손을 내밀었다.

"죄송해요. 클래런스 앨콘이라는 분이시죠? 트래비스한테 얘기 들었어요. 와서 앉으세요. 뭐 마실 거라도 갖다 드릴까요, 커피 어떠세요?"

얼린이 방에서 스르르 나와서 준의 다리에 꽉 매달리고 있었다. 레스터가 숟가락을 떨어뜨려서 준이 주웠고, 눈에 묻은 얼린의 머리카락을 문질러 떼어 냈다. 두 아이를 돌보는 준을 보자니, 트래비스는 엄마가 집으로 와서 가족을 돌볼 날이 얼마나 멀었는지가 실감이 났다.

탁 하고 안쪽 문이 열리는 소리에 트래비스는 정신이 번쩍 들었다. 아빠가 안으로 들어서서 방 쪽으로 건너오지 않고 그대로 서 있었다. 바깥의 햇빛이 밝아서 어두운 그림자만 보였기에 트래비스는 아빠의 얼굴을 볼 수 없었다. 웃고 있나, 트래비스를 보고 반가워서? 아니면 고함치고 다시 내쫓으려고 하나? 트래비스는 절벽 끝에 매달린 사람처럼 불안하기 짝이 없었다.

그때 아빠가 몸을 움직이더니 트래비스 쪽으로 왔다. 웃음기 하나 없이. 하지만 고함을 치지는 않았다.

"그동안 좀 컸네."

트래비스는 아니라고 생각했다. 집을 떠난 지는 고작 몇 주밖에 안 되었으니까. 뭐라고 할 말이 없어서 어깨만 으쓱하고 아직도 길이 들지 않아 뻣뻣한 청바지 주머니 안에 손을 쑤셔 넣었다.

아빠가 클래런스를 힐끗 보았다.

"네 친구 소개 안 하냐, 트래비스?"

"어, 네, 해야죠. 이쪽은 클래런스 앨콘 씨예요. 제가 그…… 그랬을 때 이분 댁에서 지내게 해주셨어요."

트래비스는 집에서 지내지 않은 기간을 어떻게 표현해야 할지 몰랐다. 어떻게 되었을 때라고 해야 하나? 가출했을 때? 쫓겨났을 때? 새로운 삶을 시작했을 때?

클래런스가 다가가서 아빠와 악수를 나눴다.

"저희 집에 있는 동안 트래비스가 음악 페스티벌 일을 도왔습니다. 만나서 반갑습니다, 테이시 씨."

트래비스가 웅얼거렸다.

"네, 맞아요. 클래런스 할아버지랑 스콧 아저씨하고 일했어요."

아빠가 눈썹을 찡그렸다.

"아하, 그러니까 당신이 얘한테 드디어 일을 시킨 사람이구만요? 나는 아들인데도 일 한번 제대로 못 시켜 봤는데."

트래비스는 다시 욱 하고 성질이 올라왔다. 아빠가 자기더러 일하지 않는다고 나무라는 듯 말하고 있다. 바닥을 내려다보면서 아빠를 노려보지 않으려야 않을 수 없는 심정을 숨기기 위해 머리카락으로 얼굴을 가렸다. 준은 트래비스의 불편함을 감지했다.

"트래비스, 로이가 뒷마당에 있어. 가서 인사하지 않을래?"

그 자리를 벗어날 핑계가 생겨서 다행이었다. 로이가 뒤뜰 흙마당 더미에서 길을 만들고 있었다. 트래비스는 쪼그려 앉아서 로이의 팔을 잡았다.

"안녕, 친구. 잘 지냈어?"

로이는 힐끗 한번 볼 뿐 움직이지도 않고 말도 하지 않았다. 덤프 트럭에만 눈길을 주면서 자기가 만든 길 중간에 흙더미를 올려놓고 트럭으로 들어올리기만 할 뿐이다. 트래비스는 딱딱하게 굳은 로이의 등과 입술을 앙다문 모습에서 분노를 느낄 수 있었다. 트래비스에게 그냥 아무 말 없이 집을 떠나는 편이 낫다고 했던 준은 틀렸다. 적어도 로이한테만큼은, 엄마의 사고 이후 가장 상처를 많이 받았을 로이한테는 잘 있으라는 인사 정도는 했어야 했다. 로이는 트래비스를 무시하고 다른 길로 덤프 트럭을 몰면서 부웅부웅 소리를 냈다.

로이의 마음을 돌려야만 했다. 트래비스는 비탈길을 오르게 해주는 길

닦기 장난감을 들어 흙더미 위를 밀어서 길을 다듬었다. 로이는 트래비스가 들고 있던 장난감을 집더니 안 보이는 데로 던져 버리고 제 손으로 길 위에 흙을 펴 올렸다.

트래비스는 잔가지를 가져와서 길을 따라 흙더미 안에 심었다.

“잘 배치했네. 그런데 나무가 좀 더 있어야겠다. 이렇게 해서 우리 숲길 만들었었지, 기억나?”

로이는 잔가지로 심은 것들을 뽑더니 눈길도 주지 않고 어깨 뒤로 버렸다. 트래비스는 포기하고 뒤로 물러나 앉았다.

“로이, 내가 그렇게 떠나서 화난 거 알아. 그러고 싶어서 그런 건 아니었어. 떠날 수밖에 없었어.”

로이는 한참을 말없이 그대로 있다가 눈을 가늘게 뜨고 올려다보면서 말했다.

“이제 집에 계속 같이 있을 거야?”

“모르겠어.”

로이가 몸을 돌렸다.

“엄마는 절대 돌아오지 않았어. 엄마는 죽었어.”

트래비스는 로이의 마른 어깨를 감싸 안았다.

“에이, 그럴 리가, 로이. 엄마는 안 죽었어. 엄마는 괜찮아. 형이 봤어.”

로이가 트래비스의 팔을 흔들어 풀고, 잘 안 보이는 쪽인 흙더미 반대편으로 갔다. 트래비스는 움직이지 않고 가만히 그 자리에서 로이가 다시 자신에게 익숙해지기를 기다리기로 했다.

로이는 이제 산을 만들어 꼭대기에 흙을 더 얹고 길 내는 장난감으로 잘게 흙을 부수고 길을 다듬어서 꼭대기에서 아래까지 급경사로 구부러지는 길을 만들었다. 트래비스는 어린 날 자신이 팔이 부러져서 응급실에 갔을 때 그랬던 것처럼 일곱 살 로이가 이를 악물고 울지 않으려고 애를 쓰는 모습을 보았다. 트래비스는 동생을 끌어들이기 위해 다른 시도를 해보았다.

"있잖아, 로이, 엄마가 저번에 나랑 같이 노래 불렀다. 기타 치고 노래 부르던 엄마 생각나지?"

로이는 눈살을 찌푸리고 흙더미에 더 힘차게 난도질을 했지만 듣고 있다는 걸 트래비스는 잘 알았다. 로이가 모터를 움직여서 약간 시끄러운 소리가 났지만 트래비스의 목소리가 묻힐 정도는 아니었다.

"엄마 머리카락도 많이 자랐어. 엄마 머리카락 정말 예뻤지?"

로이가 몸을 비틀어 픽업 트럭을 찾았다. 트래비스가 마지막으로 만들어 줬던 트럭이다. 로이는 트럭을 산꼭대기에 올리고 길 아래로 굴렸다.

"몰라아아아아아아!"

로이는 소리 높여 흐느끼면서 트럭을 가파른 커브 길에 미끄러뜨렸다. 이제 로이는 엉엉 울면서 뺨에 흐르는 눈물을 마구 닦아 내느라 얼굴이 온통 진흙투성이였다. 로이가 갑작스레 트럭을 뒤집어엎고 산길을 따라 뒹굴게 했을 때에야, 트래비스는 무슨 일이 일어나고 있는지 깨달았다.

트래비스가 가까이 가자, 로이는 트럭을 흙더미 안으로 넣어서 지붕밖에 보이지 않을 때까지 장난감 삽으로 계속 파묻고 있었다. 트래비스는 가까스로 팔을 둘러 로이를 감쌌다.

"로이, 로이, 괜찮아, 괜찮아."

트래비스가 팔을 꼼짝 못하게 잡고 있었지만 로이는 머리를 앞뒤로 심하게 흔들면서 요동치고 있었다.

"잘 들어, 로이. 엄마는 그 사고로 돌아가신 게 아냐."

로이가 천천히 진정되었다. 아직은 팽팽하게 긴장한 채로 주먹을 꼭 쥐고 있었지만 말은 똑바로 듣고 있었다.

트래비스가 작게 속삭이듯 말했다.

"엄마는 상처를 크게 입으셨어. 하지만 점점 나아지고 계셔. 내가 봐서 알아."

로이가 트래비스 쪽으로 몸을 기울였다.

"진짜 엄마야? 저번에 병원에서 본 그 사람 말고?"

"응, 진짜 우리 엄마야."

트래비스가 주먹 쥔 로이의 손을 풀고 딱딱하게 굳은 작은 등을 쓰다듬었다.

"엄마, 집에 오는 거야? 응?"

로이의 아랫입술이 떨리고 얼굴은 당장이라도 울 듯이 일그러졌다. 로이는 트래비스의 팔을 꼭 붙잡으면서 가슴에 머리를 묻었다.

"으음, 당장은 못 오셔. 우선 몸이 나아지셔야 한대. 하지만 오시기만 하면……."

로이가 갑자기 물러서더니 트래비스 앞에 섰다.

"안 믿어. 또 거짓말하는 거지. 형은 만날 거짓말만 해."

로이가 집으로 뛰어가고 안쪽 문이 쾅 하고 뒤에서 닫혔다.

트래비스는 차마 따라갈 수 없었다. 대신에 숲 쪽으로, 통나무집 쪽으로 향했다. 전에는 로이가 트래비스를 우러러보았다. 하지만 이제 더는 트래비스의 말을 믿지도 않는다. 이 가족은 만신창이로 쓰러져서 트래비스가 어떻게 해볼 엄두도 낼 수 없게 되었다. 하지만 왜 트래비스가 애를 써야 한

단 말인가? 이제 클래런스와 살면서, 스콧이랑 일하면서, 여유 시간에는 기타를 치는 그런 삶을 살 수 있는데.

부드러운 솔잎이 깔린 땅 위로 걸어가면서 트래비스는 전에 늘 그랬듯 긴장이 풀리기를 기다렸다. 하지만 이번에는 상처가 그대로 머물러서 목구멍에 꽉 묶여 있었다. 얼마나 이곳을 그리워했던가. 하지만 이제는 달라 보였다. 아니, 장소가 아니라 트래비스가 달라졌는지도 모르겠다. 통나무집에 반쯤 다다랐을 때 트래비스는 집 쪽을 돌아다보았다.

트래비스가 로이만 할 때, 그에게는 상처를 어루만져 줄 엄마가 있었다. 그리고 아빠도, 약간 어수룩한 데가 있기는 했어도, 그 당시에는 꽤 훌륭한 아버지였다. 로이에게는 지금 둘 다 없다. 로이, 얼린, 레스터는 마치 고아 같은 처지다. 엄마가 오려면 아직 멀었다. 그럼 로이는 어떻게 될까?

트래비스는 집 쪽으로 방향을 바꾸어 문으로 다가가면서 점점 속력을 냈다. 아빠와 클래런스와 누나가 식탁 위에서 커피를 마시면서 이야기를 나누고 있었다.

"로이가 이리로 왔는데, 어디로 갔어요?"

준이 어깨를 으쓱했다.

"막 뛰어가던데. 아마 방에 있을 거야."

"로이는 지금 상태가 말이 아니에요! 누가 알기는 해요?"

"애가 약골이라 그래. 좀 자라면 괜찮아. 그럼 돼."

아빠의 말에 트래비스는 더 이상 버틸 수 없었다.

"약골이라고요! 로이는 겨우 일곱 살이고 엄마가 돌아가셨다고 생각해요. 저 불쌍한 애는 자기한테 무슨 일이 생긴 건지도 모른다고요."

준이 눈을 부릅떴다.

"나도 위로해 주려고 했어, 하지만 애 셋을 돌보기가 얼마나 힘든지 아니?"

"누나한테 하는 말 아냐. 가족이 하나로 뭉치게 하는 건 누나 일이 아니라고."

아빠가 식탁에서 일어섰다.

"그럼 내 일이란 말이냐? 네가 지금 하려는 말이 그거냐?"

트래비스는 아버지한테서 등을 돌리고 싶었지만 그대로 버텼다. 자신을 위해 싸우는 게 아니다. 어린 동생들과 어머니를 위해서 목소리를 내야만 한다.

"맞아요, 아빠. 아빠한테 말하는 거예요."

준이 트래비스 뒤로 와서 팔을 잡으며 속삭였다.

"이렇게 해선 아무것도 해결이 안 돼."

"글쎄, 조용히 있기만 하는 것도 도움이 안 되긴 마찬가지야."

트래비스는 너무 떨려서 말도 가까스로 나왔지만, 여기서 말을 할 수 있는 사람은 자기밖에 없었다.

"엄마는 나아지려고 최선을 다하고 계세요. 언젠가 돌아오실 거고, 그러니 우리도 엄마가 돌아올 집을 지켜야 해요. 아빠, 아빠는 이제 나가서 제대로 된 일을 구하셔야 해요."

준이 숨이 턱 막히는 소리를 내면서 트래비스의 어깨를 꽉 잡아 뒤로 끌고 갔다.

"트래비스, 그만해!"

아빠가 턱을 내밀며 다가왔다.

"그래서 내가 완벽한 아버지가 아니었단 거구나. 네 생각에 나는 뭐 속

편한 줄 아냐? 네 어머니 사고로 내 인생은 산산조각 났어."

트래비스는 클래런스 쪽을 흘긋 보았다. 클래런스는 살짝 고개를 끄덕이면서 계속하라고 용기를 북돋았다.

"우리 인생도 그래요, 아빠. 우리 전부 다요."

트래비스는 속으로 덜덜 떨고 있었지만 티가 나지 않기를 바라면서 아버지를 정면으로 응시했다. 아빠가 다시 자신을 쫓아낸다면, 앞으로 다시는, 그냥 들르는 일조차도 없을 것이다. 트래비스는 마음을 굳게 먹었다.

아빠는 한참 동안 눈을 마주 보고 있었다. 턱 근육이 여러 번 꽉 조여졌다 풀어졌다 했다. 그러고 나서 눈을 깜박이더니 다른 곳을 바라보면서 식탁으로 돌아가 앉았다. 아빠는 깊이 숨을 들이마신 뒤 천천히 내뱉었고 어깨를 축 늘어뜨렸다.

"그래. 확실해질 때까지는 아무 말도 안 하려고 했는데, 실은 몇 주 뒤에 개장할 숙박업소에서 요리사로 일하게 될 것 같다."

준이 옆으로 의자를 갖다 붙이면서 말했다.

"아, 정말 잘하셨어요."

아빠는 고개를 계속 숙이고 말했다.

"그 자리는 오후 두 시부터 저녁 늦게까지만 일하면 되니까 내가 아마 아침에 애들 봐줄 수 있을 거다. 준, 여름학교에 나가라. 하지만 내가 없을 때 집안일은 계속 돌봐야 해."

트래비스는 아빠가 정말로 일을 구할 거라는 확신이 들지는 않았지만 좋게 봐 주기로 했다. 아버지의 다음 말이 떨어지기도 전에 트래비스가 얼른 얘기했다.

"저도 애들 돌보는 거 도울게요. 제가 여기 있는 게 싫으면 말씀하세요.

갈 데는 있어요."

"트래비스 형이 또 나가면 나도 따라갈 거야."

모두 복도 쪽을 돌아보았다. 로이가 팔짱을 끼고 서서 흙 묻은 얼굴에 구불구불 눈물로 선을 그리고 있었다.

"트래비스가 이 집에 돌아오는 건 언제든 환영이다."

아빠가 일어서서 트래비스에게 손을 내밀었다. 트래비스가 손을 맞잡고 흔들려는 순간, 아빠가 몸을 돌려 트래비스를 어색하게 안았다. 트래비스는 마지막으로 아빠가 자기를 껴안아 준 게 언제인지 기억나지 않았다. 그래서 너무 불편한 나머지, 아버지의 등을 조금 어루만지는 시늉만 하고 얼른 벗어나서 로이 옆에 쪼그리고 앉아 귀에 대고 속삭였다.

"약속할게, 로이. 네가 엄마 얘기 믿으면 형이 집으로 온다고. 어때?"

로이가 신중한 표정으로 고개를 끄덕였다.

"그래 볼게. 대신 거짓말하면 안 돼."

"그럼. 항상 네 옆에 있을 거야, 항상."

클래런스가 일어서면서 의자를 끄는 소리가 났다.

"자, 커피 잘 마셨습니다, 여러분, 그럼 전 이만 가 봐야겠네요. 트래비스 가족을 전부 만나게 되어 반가웠습니다."

두루두루 악수를 하고 나서 트래비스는 클래런스를 따라 트럭으로 갔다. 트래비스는 클래런스와 스콧이 자신을 위해 마련해 준 계획대로 사는 것을 간절히 원했지만, 집에 남아야만 한다고 생각했다.

"할아버지, 괜찮으실지 모르겠는데, 전 같이 못 가겠어요. 여기 할 일이 너무 많아서요. 괜찮겠죠?"

클래런스는 뒷좌석에서 가방을 꺼냈다.

"여기 네 소지품은 다 넣은 것 같다. 뭐 빠뜨린 게 있으면 전화해라, 가져다줄 테니."

트래비스가 가방을 받았다.

"제 짐을 싸 오셨어요? 제가 집에 남을 거란 걸 어떻게 아시고?"

클래런스는 어깨를 으쓱했다.

"몰랐지. 근데 그렇게 되었으면 하고 바라긴 했다. 오늘 보니 넌 여기 있어야겠다. 동생들이 다 너만 바라보는데."

"전 동생들을 그냥 두고 나갔는데. 그런데도 애들이 저한테 바라는 게 있다니, 의외였어요."

"자책하지 마라. 그 당시에는 선택의 여지가 없었잖니. 앞으로 힘든 일이 또 닥쳐도 너한테는 이제 갈 곳이 있다는 사실만 반드시 기억해라. 아, 그리고 하나 더……."

클래런스는 뒤쪽으로 더 몸을 기울여서 기타 케이스를 꺼냈다.

"내 생각에 필요할 것 같아서. 너랑 스콧이 새 기타를 만들 때까지만 연습하라고 빌려주는 거다. 연습 많이 해야 해."

트래비스가 케이스를 받아 들었다.

"감사합니다. 그런데 전 어차피 스콧한테서 기타 살 만한 돈을 마련할 도리가 없는 걸요."

"왜 없어. 작업실에서 일한 대가가 있는데. 아, 그러고 보니 이걸 깜빡했네……."

클래런스가 주머니를 뒤져서 반으로 접힌 봉투를 꺼냈다.

"스콧이 전해 주라고 했는데 잊을 뻔했다. 지금까지 일한 거에 대한 보수다."

봉투가 두툼했다.

"우와, 고맙습니다."

"나한테 고마울 필요 없다. 네가 일해서 번 거니까."

"아녜요. 전부 다 고마워요, 할아버지. 저를 집으로 데리고 가 주신 것도. 그렇게 안 하셔도 됐는데. 저는 할아버지랑 아무 상관도 없는 애였잖아요."

클래런스가 웃었다.

"그렇지, 아무 상관이 없지. 근데 스콧 말이 나는 언제나 길 잃은 양들을 데려온다더라. 그런데 이번엔 대박을 터뜨렸지 뭐냐. 네 덕분에 인생이 재미있어졌어. 그리고 기타 말인데, 스콧은 애디론댁 나무로 만든 기타 몸체가 어떤 소리를 낼지 궁금해 죽겠나 봐. 작업할 때 너도 같이 만들면, 다 되었을 때 그 기타는 네 거가 될 거야. 내 거 만들 때도 그렇게 했거든. 나도 그렇게 비싼 기타 살 돈 없었기는 마찬가지다."

"엄마 기타로 해야죠."

클래런스가 트럭에 올라타 창문을 내렸다.

"그럼 더 좋고. 너 밖에 있을 때 아버지랑 얘기 좀 했는데, 이제 원래대로 회복하시는 중인 것 같더라. 어머니도 만나 보러 가실 것 같아."

"정말요? 진짜 놀라운 일인데요."

클래런스는 시동을 걸고 창문에 다시 기대어 말했다.

"네가 좋아할 줄 알았다. 원한다면, 다음 토요일에 데리러 와서 기타 작업 시작하러 가게 해주마. 주말에는 우리 집에서 지내도 좋고."

"물론 그러고 싶죠!"

클래런스가 트럭 옆을 탁 치면서 활짝 웃었다. 그러고는 속도를 올리며 말했다.

"그럼 그렇게 정한 거다. 다음 토요일에 보자."

트래비스가 손잡이를 잡았다.

"잠깐만요, 할아버지! 지금 부탁 하나만 들어주시겠어요?"

"물론. 뭔데?"

"동생 로이랑 엄마 보러 같이 가도 돼요? 자기 눈으로 꼭 봐야 할 것 같아서요."

"그럼, 괜찮고말고. 대신 좀 씻겨야겠더라. 애가 어머니한테 겁을 줄 정도면 안 되지."

트래비스는 짐을 들고 집으로 뛰었다. 트래비스의 가족은 아직 어지러운 채 정리가 안 되었지만 금 가서 떨어져 나간 부분들을 어떻게 고칠지는 알 것 같았다. 트래비스는 문 안쪽에 대고 큰 소리로 외쳤다.

"어이, 로이, 이리 와! 깜짝 놀랄 선물이 있어!"

옮긴이의 말

음악의 힘을 믿어요

이 책을 읽는 여러분 중에 혹시,

정말 죽고 싶을 만큼 서럽고 힘들고 외로울 때 어떤 '음악' 하나가 자신을 구원했다고 느낀 분이 있나요?

이 책을 읽는 여러분 중에 혹시,

기타나 그 밖의 악기를 연주하다가 문득 악기가 살아 숨 쉬는 생명체 같다는 느낌이 들었던 분이 있나요?

이 책은 그런 놀라운 순간을 맛보았던 독자에게는 큰 공감을 불러일으키고, 아직 그럴 기회가 없었던 독자에게는 실제 경험 못지않은 감동을 주어서, 읽고 나면 당장 기타를 한 대 사서 연주해 보고 싶을 만큼 강력하게 음악의 힘을 일깨워 줍니다.

음악의 힘만 빼고는 아무것도 가진 것이 없는 이 책의 주인공 트래비스는 엄마에게 닥친 불의의 사고로 인해 어른도 아이도 아닌 상태에서 세상과 맞서야 합니다. 이 책은 그런 트래비스 같은 청소년에게 우리 어른들이 해주어야 할 몫이 얼마나 중요한지도 새삼 일깨워 주었어요. 저 역시 역자이기 이전에 한 아이의 엄마이고 음악을 몹시 사랑하는 사람인지라 이 작품이 지닌 매력에 흠뻑 젖어서 행복한 마음으로 작업했답니다.

그런데, 책 속에 나오는 트래비스네 가족의 곤궁한 생활 형편이라든가

즐겨 부르는 노래들이 하도 오래된 느낌이어서, 언뜻 지금보다는 한참 이전의 시대상을 배경으로 한 게 아닌가 하는 의구심이 들기도 했어요. 그런데 작가인 M. J. 아크 여사는 분명 오늘날의 미국을 시공간적 배경으로 이 작품을 썼다고 합니다. 막연히 강대국이라 생각하는 미국이지만 가난하고 소외된 지역과 계층에 대한 사회 안전망은 생각보다 튼튼하지 않은가 봐요. 그리고 주인공 트래비스가 열네 살밖에 안 된 소년이라기엔 참 어른스러워 보이죠? 눈치채셨겠지만, 우리 식으로 하자면 열여섯 살, 그러니까 보통 중학교 3학년 정도 되는 나이랍니다. 이 점을 독자 여러분이 알고 읽으면 조금이나마 더 도움이 될 듯해서, 사족이다 싶지만 이 지면을 통해 언급해 둡니다.

마지막으로, 번역 초고를 흔쾌히 검토해 주신 다락방 님과, 귀찮아 하면서도 일일이 엄마의 질문에 응해 준 기타 좀 치는 아들 이하린, 처음부터 끝까지 제 모든 부족함을 메워 주시고 아낌없는 조언을 해주신 편집자 또치 님께 깊은 감사의 마음을 전합니다.

2011년 초겨울

문지영